정령왕 엘퀴네스

이환 판타지 장편소설

3

정령왕 엘퀴네스 3

초판 1쇄 인쇄 / 2013년 3월 22일
초판 10쇄 발행 / 2021년 11월 11일

지은이 / 이환

발행인 / 오영배
책임편집 / 편집부
펴낸 곳 / (주)삼양출판사 · 드림북스
주소 / 서울특별시 강북구 도봉로 173
대표 전화 / 02-980-2112 팩스 / 02-983-0660
편집부 전화 / 02-987-9393 팩스 / 02-980-2115
블로그 / blog.naver.com/dreambookss

등록번호 / 제9-00046호
등록일자 / 1999년 3월 11일

ⓒ 이환, 2013

값 15,000원

(주)삼양출판사 · 드림북스의 서면 허락 없이는 어떠한
형태나 수단으로도 이 책의 내용을 이용하지 못합니다.
ISBN 978-89-542-4484-8 (04810) / 978-89-542-4481-7 (세트)

* 지은이와 협의하에 인지는 생략합니다.
* 잘못된 책은 구입한 곳에서 바꾸어 드립니다.

Contents

제1화	7
제2화	61
제3화	147
제4화	175
제5화	251
제6화	283
제7화	335
외전: 그들이 처음 만났을 때	359
캐릭터 프로필 라피스라즐리	389
캐릭터 복불복 Q n A	391
네 칸 만화	397

1.

 나와 이사나가 샴페인 용병단과 동행하게 된 지도 어느새 한 달이란 시간이 흘렀다. 처음 출발했을 때만 해도 여름을 갓 벗어났던 계절은 이제 제법 쌀쌀해져 완연한 가을 날씨로 바뀐 지 오래였다. 지천의 나무들마다 색색이 물든 잎사귀로 무성했고, 어디를 가든 수북이 쌓인 낙엽들이 카펫처럼 바닥을 뒤덮고 있었다.
 도착지인 클모어까지는 두 달 정도 걸린다고 했으니 이제 겨우 반을 온 셈이다. 아마도 카웰 공작을 만나게 될 즈음엔 눈이 내리게 될지도 몰랐다.
 '눈이라…….'
 높은 건물과 공해가 없는 이곳의 풍경은 어디를 가든 절경이 가득하다. 이렇게 아름다운 세상이 새하얗게 빛나는 모습은 또 얼마나 아름다울까. 그 광경을 상상하는 것만으로 마음이 설렜다.

하지만 나는 더 이상 한가롭게 상념을 이어 나갈 수가 없었다. 근처의 수풀 속에서 갑자기 무언가 시커먼 것이 휙 솟아올랐기 때문이다.

"쿠웨에에에에!"

"우왁!"

"엘!"

가장 먼저 보인 건 흉측하게 벌려진 커다란 입이었다. 상대가 내뱉는 끔찍한 소음에 경직된 찰나, 곧 그 형상은 빠르게 눈앞에서 사라졌다. 어느새 다가온 트로웰이 내게 덤벼드는 몬스터를 단숨에 걷어차 낸 것이다. 굼뜨기만 한 나를 보호하느라 최근 그의 반사 신경은 나날이 예민해져 가고 있었다.

"괜찮아?"

"으응, 고마워, 트…… 매튜."

"수풀 쪽엔 가까이 가지 마. 숨어 있는 몬스터가 있을 수 있으니까."

그는 부드럽게 웃으며 조언한 다음 바닥에서 경련하고 있는 몬스터에게 걸어가 숨을 완전히 끊었다. 나는 놀란 호흡을 고를 겨를도 없이 축 늘어지는 형체를 바라보았다. 벌써 며칠째 겪는 일이건만 여전히 이런 상황에는 익숙해지지 않는다.

작고 볼품없는 몸뚱이를 지닌 몬스터는 언뜻 보기엔 작은 난쟁이로 착각할 만큼 사람과 모습이 흡사했다. 하지만 그들이 지닌 날카로운 이빨과 손톱은 맹수에 더 가까운 편이었다. 심지어 몸 안에서 흘러나온 피도 붉은색이 아니라 초록색을 띠었다.

그 몬스터의 이름이 고블린이라는 것도 얼마 전에야 겨우 알게 된 사실이다. 몬스터 계보 중에서도 비교적 하급에 속한다고 하는 이들 종족은 근래 들어 상단 일행을 집요하게 괴롭히는 가장 큰 골칫거리였다.

"그쪽은 다 해결됐어요, 헤롤?"

트로웰의 질문에 다른 쪽에서 열심히 도끼질하던 헤롤이 여유 있게 웃으며 손을 흔들었다.

"여긴 처리 끝! 이제 슬슬 다른 놈들을 도와주러 가 볼까?"

그 말처럼 그가 서 있는 곳 주변엔 목과 몸체가 따로 분리된 고블린들의 시체가 즐비하게 늘어져 있었다. 그리고 그건 다른 샴페인 용병단원들의 상황도 마찬가지였다.

전투가 벌어지면 언제나 가장 먼저 일을 끝내는 건 샴페인 용병단이었다. 덕분에 항상 시간이 남아돌아 다른 사람들의 전투를 도우러 가는 것이 그들의 일상이기도 했다. 그러나 이번만큼은 쉐리의 의견은 달랐던 모양이다. 그녀는 들고 있던 검을 집어 던지며 소리쳤다.

"에이잇! 난 이제 싫어! 지쳤다고! 그냥 자기들끼리 알아서 해결하라고 해!"

"왜 또 성질이냐, 쉐리."

"지금 내가 성질나지 않게 생겼어? 도대체 이게 몇 번째야? 아무리 몬스터가 많이 출몰하는 지역이라고 해도 그렇지, 숨 돌릴 틈은 줘야 할 것 아냐! 정말 해도 해도 너무한 거 아니야? 이러다 지쳐 쓰러지겠다고!"

"뭐? 쓰러질 것 같다고? 쉐리, 이왕 쓰러질 거면 내 품 안에……."

근처에 있던 마이티가 두 팔을 활짝 벌리며 달려왔다. 물론 그 시도가 그녀에게 통할 리가 없었다.

"닥쳐! 저리 가, 변태야! 너도 이 녀석들과 같이 땅바닥에 뒹굴고 싶어?"

"변태라니! 나는 그저 널 위해서……!"

"거기서 한마디만 더 헛소리해 봐! 다시는 혓바닥을 놀리지 못하게 잘라 버릴 테니까!"

"크흑, 너무해……."

물론 이번에도 쉐리는 전혀 신경 쓰지 않았다. 그녀는 주변에 널려 있는 몬스터의 시체를 혐오스럽다는 듯이 바라보며 옷을 부산스럽게 닦아 냈다. 전투 중에 고블린들의 피가 튄 모양이었다. 그래 봤자 이미 갖가지 오물로 더럽혀진 옷이 새삼스럽게 깨끗해질 리는 없었다.

사실 쉐리가 투정을 부리는 것은 당연한 일이었다. 첫 번째 검문소를 지난 후부터 단 하루도 제대로 쉬는 날이 없었으니까. 울창한 숲에 들어선 이래, 본격적으로 습격을 시작한 몬스터 떼들이 원인이었다.

비단 그녀만이 아니라 다른 용병들 모두 매일같이 치열한 전투를 치르느라 몸살을 앓고 있었다. 다행히 처리하지 못할 정도로 위험한 몬스터가 나타난 적은 없었지만, 그 숫자가 워낙 많다 보니 처음엔 신이 나서 날뛰던 헤롤 일행도 이젠 지겨워하는 기색이 역력했다.

지금까지 그들이 처리한 몬스터만 헤아려도 마을 하나는 족히 채우고도 남을 숫자였으니 말 다 한 셈이다. 오죽하면 좀처럼 감정을 드러내지 않는 트로웰조차 노골적으로 짜증 난 표정을 지을 정도였다. 무기를 점검하는 이릴 역시 지친 표정이긴 마찬가지였다.

"진짜 독한 놈들이네. 아무리 지능이 떨어져도 학습 능력이 이렇게 없나? 한두 번 깨졌으면 좀 물러날 줄 알아야 할 거 아냐. 도대체 뭐 볼 게 있다고 이렇게 악을 쓰고 덤벼드는 거람?"

"이 길목이 원래 좀 악명이 높다고 하더라. 영주가 토벌을 시도했다가 포기한 지역으로 유명하던데."

"윽, 그게 정말이야? 그런데 왜 이쪽으로 들어온 거야?"

"당연히 그만큼 거리가 단축되니까 그렇지, 뭐겠어. 상인들은 신용을 목숨처럼 여기잖아. 내가 알기로는 여기 상단주가 구두쇠로 유명한 인간이거든. 그런 작자가 용병을 이렇게 많이 고용했다는 건 다 그만한 이유가 있는 법이지. 그래도 두 번째 검문을 통과하고 나면 나아진다니까 조금만 참자고. 이제 얼마 안 남았으니까."

헤롤의 말에 그녀는 한결 기분이 나아진 얼굴로 고개를 끄덕였다. 전투 중에 쓸데없는 말다툼을 자주 하긴 해도, 전체적으로 보았을 땐 그들은 호흡이 매우 잘 맞는 콤비였다.

전투가 소강상태에 이르자 행렬은 천천히 주변을 점검하기 시작했다. 부서진 수레를 보수하고 부상자들을 치료하는 그 짧은 시간이 잠시나마 용병들이 휴식을 취하는 순간이었다. 그 사이 휴센은 단장답게 단원들 사이를 돌아다니며 그들의 상태를 살폈다.

"어디 다친 사람은 없나?"

"우린 괜찮아. 저쪽은 부상자가 꽤 많이 나온 것 같지만."

"그래? 야단났군. 여기서 인원이 더 줄어드는 건 곤란한데."

"신관이 있으니 어떻게든 되지 않겠어?"

"그렇다면 좋겠지만……."

나는 굳어 있는 휴센의 시선을 따라 주변을 돌아보았다. 여기저기서 신음하며 치료를 받고 있는 용병들의 모습이 보였다.

몬스터의 습격이 연이어지면서 부상자의 수 또한 매일 꾸준히 증가하고 있는 중이었다. 다행히 아직까지 사망자가 나오지는 않았지만 중상을 입은 사람이 너무 많았다. 개중 움직이지도 못할 만큼의 심각한 부상을 입은 자들은 급조한 수레에 실려 가는 신세가 되어 있었다. 가장 마지막에 합류한 칵테일 용병단도 그러한 사정은 마찬가지였다.

"코웰, 너 다쳤냐?"

"다치긴 누가 다쳐. 그냥 스친 거야."

"어깨에서 피가 철철 흐르는데 무슨 헛소리야? 어디 봐, 얼른 치료하자."

"됐어. 고작 이 정도에 무슨……!"

"맞고 치료할래, 그냥 할래."

옥신각신 대화를 주고받는 용병들은 칵테일 용병단의 코웰과 빌트였다. 첫 대면에서부터 강렬한 인상을 남겼던 두 사람은 지금도 걸핏하면 수시로 다퉜다. 언제 주먹다짐이 오가도 이상하지 않을 만큼 험악한 공방이 하루에도 몇 번씩 이어졌지만 그러면서도 내내 붙어 다니는 것을 보면 어떤 의미에선 상당히 사이좋은 것 같기도 했다.

치료를 받는 동안 코웰은 계속 이쪽을 힐끗거렸다. 다른 용병들도 자주 시선을 주는 건 마찬가지였지만 대부분 동경에 가까운 감정이라면 그의 얼굴에 떠오른 건 명백한 질시의 감정이었다. 그들 쪽에선 하루에도 몇 사람씩 부상자가 속출하고 있는데 이쪽은 누구 하나 다친 사람이 없으니 당연한 일이다. 내가 그의 입장이었어도 상당히 속이 쓰렸을 것이다. 그만큼 샴페인 용병단과 다른 용병들의 전력 차는 압도적이었다.

코웰은 곧 들으라는 듯이 큰 소리로 중얼거렸다.

"쳇, 동패와 은패의 차이가 이렇게 심하다니 뭐 이런 사기 같은 일이 다 있어? 어이, 빌트. 심지어 당신은 은패인데도 저 정도는 아니잖아? 이게 대체 어떻게 된 거야?"

칵테일 용병단은 단장인 빌트를 제외하곤 전부 동패를 소유한 용병들로 구성되어 있었다. 금패를 가진 휴센이라면 모를까, 설마 이릴이나 헤롤들에게까지 밀릴 줄은 몰랐는지 코웰의 얼굴은 실망감이 가득했다. 그러자 빌트가 당황한 표정으로 변명했다.

"그건 네가 아직 이쪽 바닥을 잘 몰라서 그래. 같은 은패를 가진 용병이라 해도 경력에 따라 실력은 천차만별이라고. 난 아직 은패를 받은 지 얼마 되지도 않았어."

"뭐야, 그럼? 저 녀석들은 나랑 나이 차이도 별로 안 나는 것 같은데, 빌트보다 더 먼저 은패를 받았단 소리야?"

"당연하지. 내가 알기론 저들 대부분이 십 대 중후반에 은패를 땄어. 용병 길드에서 샴페인 용병단이라고 하면 모르는 자들이 없다고. 단원 전부가 은패 이상을 지닌 용병단이 어디 그리 흔한 줄 알아?"

"컥! 십 대 중후반? 완전 괴물들이잖아."

상당히 불쾌하다는 듯한, 그러면서도 감탄을 담은 탄성이 울렸다. 다시금 우리 쪽을 바라보는 코웰의 눈동자는 이전보다 더 뜨거운 열기로 불타오르고 있었다. 지금 당장 결투를 신청해도 이상하지 않을 것 같았다.

그러나 한두 번 겪어 보는 일이 아닌지 일행들 중에선 그의 행동을 의식하는 사람이 아무도 없었다. 오히려 귀찮아하는 기색이 역력했다. 그럼에도 시선이 끈질기게 따라붙자 헤롤이 작게 혀를 차는 소리가 들렸다.

"쯧, 갓 용병이 된 놈들은 저래서 싫다니까. 선배에 대한 예우를 눈을 씻고 봐도 찾아볼 수가 없으니, 원."

"너도 예전엔 저랬거든? 용병계에 막 입문한 주제에 당시 은 패였던 휴센에게 덤벼서 엄청 깨졌던 애송이가 어디의 누구였더라?"

"윽, 그 일은 왜 또 들먹여? 그게 언제 적 이야긴데."

"예전 일이라고 그게 없던 일이 되니? 그러니까 함부로 사람을 흉보지 말란 말이야. 누구에게나 어리숙한 시절은 있는 법이니까."

이릴의 따끔한 일침에 헤롤은 투덜거리면서도 순순히 고개를 끄덕였다. 평소 아무리 시비를 거는 사이라 해도 옳은 말을 들었을 땐 결코 꼬투리를 잡지 않는다. 허물없는 사이에도 상대방에 대한 예우는 확실하게 지켜 주는 사람들이었다.

'그나저나 정말 이렇게 가만히 있어도 되는 건가.'

부상자가 늘어날 때마다 걱정을 하는 건 휴센만이 아니다. 나 역시 가시방석에 앉은 것처럼 기분이 조마조마했다. 마음만 먹으면 지금 당장에라도 완벽하게 치료할 수 있는 능력을 지니고 있으면서 모른 척하자니 양심이 쑤셔 왔기 때문이다.

사실 처음엔 넘쳐나는 부상자를 보다 못해 내가 직접 치료를 하려고 한 적도 있었다. 하지만 함부로 능력을 드러내는 건 위험하다는 트로웰의 조언에 따라 그저 얌전히 지켜볼 수밖에 없었다. 인장을 받지도 않았는데 신관 행세를 하면 이단 심판관에게 쫓기는 신세가 될 수 있다는 것이다.

  이 세상은 워낙 특별한 능력들로 넘치는 탓인지 그에 따른 몇 가지 규제들이 있었다. 즉, 신의 힘을 받았다면 그 신을 증명하는 인장이, 정령을 부린다면 가장 명확한 소환의 증거가, 마법을 사용한다면 그 계파의 흔적이 분명히 드러나야 했다. 그렇지 않으면 위험한 힘을 사용한다고 판명하여 엄벌에 처했다. 마치 명품 가방의 진품과 가품을 구분하듯이 타고난 능력에도 진위를 가리는 것이다. 어떤 면에서 보면 지구보다 더 구분이 명확한 세상이었다.

  더구나 이 행렬엔 진짜 신관도 동행하고 있다. 아직 제대로 모습을 본 적은 없지만 의심을 사기 쉬운 환경인 만큼 각별히 주의할 수밖에 없었다. 결국 내가 하는 일이라곤 용병들 사이를 돌아다니며 잔심부름을 하는 것이 고작이었다.

  "죄송해요. 아무런 도움도 되지 못해서."

  "하하, 무슨 소리야. 애초에 너희들은 전력으로 기대하고 데려온 것도 아닌걸. 다치지 않고 그저 안전한 곳에 숨어 있는 것이 오히려 도와주는 거야."

  일행들은 모두 대수롭지 않게 말했지만 그럴 때마다 나는 한숨을 내쉴 수밖에 없었다. 명색이 정령왕씩이나 되면서 보호만 받고 있어도 되나 싶었기 때문이다. 그리고 그런 기분을 느끼는 건 이사나 역시 마찬가지인 듯했다.

전투가 벌어질 때면 한구석에서 사람들이 싸우는 모습을 멀거니 지켜보는 그의 모습을 쉽게 찾아볼 수 있었다. 당장에라도 전투에 가담하고 싶은 것을 애써 참는 기색이 역력했다.
　나중에 알게 된 사실이지만 이사나는 제법 수준 있는 검술을 구사할 줄 알았다. 그의 친위기사들만큼은 못하더라도 황통을 이을 후계자답게 어릴 때부터 꾸준히 육체를 단련해 온 덕분이었다.
　하지만 트로웰은 그에게도 전투에 참여하지 말라고 경고했다. 황실의 검법이 너무 정직하게 몸에 배어 있는 것이 문제였다. 조금이라도 눈썰미가 좋은 사람은 한눈에 그의 정체를 알아볼 우려가 있다는 말에 이사나는 풀죽은 얼굴로 고개를 끄덕일 수밖에 없었다. 그렇다고 정령사로서의 능력을 내세우기엔 터무니없을 정도로 미약한 수준이라 도움이 되지 않기는 마찬가지였다. 그 때문인지 최근 그는 지나칠 정도로 정령 수련에 열중하고 있었다.
　마침 나 역시 그의 성장을 도울 생각이었으므로 우리 두 사람은 주변의 시선을 피해 매일 틈틈이 수련하는 시간을 가졌다. 주로 내가 일방적으로 물의 기운을 퍼부어 주면(?) 이사나가 그것을 받아들인 후 다듬는 방식이었다. 그리고 그로 인한 성과는 금방 나타났다.
　"엘, 이것 봐! 내가 나이아스들을 더 많이 부를 수 있게 됐어."
　"엇? 그게 정말이야? 대단한데, 라이?"
　나는 이사나가 보란 듯이 소환해 낸 정령들을 감탄하며 바라봤다. 그의 말마따나 이전에는 간신히 두 마리에 그치던 물의 하급 정령들의 수가 이젠 다섯 마리로 불어 있었다.

소환된 나이아스들은 방긋방긋 웃으며 이사나의 주위를 뱅글뱅글 맴돌았다. 마치 춤을 추는 것처럼 아름다운 광경에 넋을 잃었는지 이사나는 그 모습을 구경하기에 여념이 없었다. 나는 풋 하고 터져 나오는 웃음을 억누르며 물었다.

"힘들진 않아?"

"응. 처음엔 조금 힘들었는데 이젠 괜찮아. 기분만으로는 당장 운디네도 소환할 수 있을 것 같아."

"그래? 그럼 한번 소환해 봐. 어쩌면 가능할지도 모르잖아."

"어? 그래도 될까? 하지만 이제 겨우 다섯 명에 성공한 것뿐인데……"

자기가 말을 꺼내 놓고도 자신이 없었는지 이사나는 난색을 표했다. 나는 머뭇거리는 그의 어깨를 두드리며 기운을 북돋아주었다.

"넌 네 자신을 좀 더 믿을 필요가 있어. 네 마나량은 이미 상당히 늘었어. 걱정하지 말고 해 봐. 혹시 문제가 생기면 내가 바로 도와줄 테니까."

"으응……"

이사나는 그제야 결심을 굳힌 얼굴로 눈을 질끈 감았다. 그와 동시에 그의 몸 안에서 강한 마나의 파동이 일어나기 시작했다. 온몸의 힘을 한곳에 집중시키기 위한 과정이었다. 파동의 기운이 손끝에 모이자 이사나의 입에서 잔뜩 경직된 목소리가 흘러나왔다.

"운디네 소환!"

그 순간 공중에서 청량한 기운이 터져 나왔다. 눈을 감고 있는 이사나에겐 보이지 않겠지만 내게는 그 기운의 정체가 분명하게 보였다. 뱀의 몸통처럼 새파란 물줄기가 이사나의 몸을 천천히 휘감아 가고 있는 것 같았다.

나선을 이룬 채 하늘로 솟구치던 물줄기는 이윽고 허공 위에서 천천히 사람의 형상을 이루어 가기 시작했다. 완성된 것은 투명한 물빛 원피스를 드리운 귀여운 외모의 소녀였다. 물의 중급 정령 운디네가 소환된 것이다. 이 뜻밖의 성과에 이사나는 그대로 눈을 부릅떴고, 나는 너무 기뻐 큰 소리로 환호성을 지를 뻔했다.

"우와! 라이, 굉장해! 정말 소환에 성공했어! 운디네야!"

"헉! 저, 정말 운디네인 거야?"

제 눈으로 보면서도 믿기지 않는지 이사나는 얼떨떨한 표정을 감추지 못했다. 이 순간 그의 시간은 잠시 멈춘 것처럼 보였다. 정령에게서 시선을 떼지 못하는 얼굴에 점차 환희와 격정이 차오르기 시작했다. 지켜보는 내 가슴이 다 설렐 정도로 감격스러운 표정이었다. 극심한 마나의 소모로 탈진한 몸은 안쓰러울 정도로 떨렸지만 눈빛만큼은 그 어느 때보다 선명하게 빛나고 있었다.

그때 운디네가 원피스의 양끝을 살짝 들어 올리며 인사를 건네왔다.

─운디네, 고귀하신 물의 왕을 뵙습니다.

"에, 엘! 운디네가 지금 뭐라고 하는 거야?"

정령의 작은 행동을 인지한 이사나가 부산스럽게 반응했다. 마치 갓난아기의 옹알이를 지켜보는 초보 아빠라도 된 것 같았다. 나는 웃으며 설명했다.

"내게 인사한 거야. 아마 정령의 언어라 너한테는 들리지 않는 것 같네."

"헤에, 엘은 정령의 언어를 알아듣는구나."

"당연하지. 나도 정령이잖아."

"하하, 그렇지. 알고는 있는데 그래도 좀 신기하다고 할까. 이렇게 보면 엘 너는 그냥 인간인 것처럼 보이거든."

"그렇지? 나도 가끔 신기하긴 해."

"응?"

"아하하, 아무것도 아냐. 자, 운디네. 이사나에게도 인사를 해야지."

신기하다 못해 가끔은 스스로 정령인 걸 잊기도 한다는 걸 내 입으로 어찌 말할쏘냐. 다행히 이름을 듣는 것만으로 이사나는 손쉽게 운디네에게 신경을 뺏겼다. 얼어붙은 채 붉어진 얼굴에 앞으로 벌어질 상황에 대한 기대감이 엿보였다. 이번에도 운디네는 물빛 원피스의 양끝을 잡고 정중하게 몸을 굽혔다.

─처음 뵙겠습니다, 왕의 계약자시여. 당신을 보필할 수 있게 되어 기쁩니다.

"에, 엘?"

"처음 뵙겠다고 하네. 널 도울 수 있게 되어 기쁘대."

"앗! 나, 나야말로. 앞으로 잘 부탁해, 운디네. 나는 라이…… 아니, 이사나라고 해."

흥분을 감추지 못하는 모습은 딱 여느 때의 그 또래 소년 같았다. 그 천진한 느낌이 운디네에게도 느껴졌는지 내내 무표정하던 작은 입술에 옅은 미소가 감돌았다. 그것을 본 이사나가 더 흥분한 건 당연한 일이었다.

"와! 우와! 이것 봐, 엘! 운디네가 웃었어! 날 보고 웃었다고!"

"그래, 그래. 운디네가 널 마음에 들어 하나 보다."

"지, 진짜? 와아— 어떡하지, 엘? 정말 너무 기뻐."

이사나는 어쩔 줄 몰라 하며 수줍게 말했다. 어째 정령왕인 나를 소환했을 때보다 더 감격스러워하는 것 같았다.

"아직 기뻐하기엔 일러. 시큐엘을 소환할 땐 운디네의 몇 배에 해당하는 마나가 필요하거든. 앞으로 단단히 각오해야 할 거야."

"아, 그렇지. 시큐엘은 어떻게 생겼어? 나이아스와 운디네처럼 귀여워?"

시큐엘이 귀엽던가? 이사나의 질문에 나는 무심코 속으로 모습을 떠올려 보았다. 물론 내 눈에는 그저 귀엽기만 했지만, 객관적으로 보았을 때 녀석은 빈말로도 귀엽다고 할 만한 용모는 아니었다. 거대한 덩치와 풍성하게 휘날리는 갈기, 사납게 치켜뜬 눈동자, 입 안에 드리운 날카로운 송곳니를 보고도 귀엽다고 할 사람은 없을 테니까. 때문에 나는 오래 고민할 필요도 없이 가볍게 고개를 저어 보였다.

"귀엽다기보다는 멋있게 생겼어. 늑대의 모습이거든. 음성도 남자 같고, 꽤 과묵한 편이야."

"헤에, 그렇구나. 늑대라니, 정말 기대된다. 빨리 만나 보고 싶어. 나 앞으로 더 열심히 할게, 엘."

"그래. 아마 지금 같은 속도면 분명 금방 소환에 성공할 수 있을 거야. 아, 그러고 보니 이 상태로 얼마나 버틸 수 있을 것 같아?"

"으음, 글쎄. 그냥 유지만 하는 거면 한동안은 괜찮을 것 같아. 하지만 운디네가 능력을 사용하면 어떨지……."

"흠, 그래? 그럼 테스트를 한번 해 볼까?"

"응? 테스트?"

"운디네, 마나를 사용해 봐."

충직한 운디네는 곧장 내 지시에 따랐다. 그러자 훅, 하고 터져 나오는 심호흡과 함께 이사나의 안색이 순식간에 창백해졌다. 그가 비틀거리며 주저앉자 곧 운디네의 몸을 감싸고 있던 무형의 기운이 흐트러졌다. 이사나가 집중력을 잃음으로써 저절로 결속이 끊어진 것이다. 아마 그의 눈에는 운디네가 사라진 것으로 보였을 것이다. 이사나는 고통이 가시지 않은 얼굴로 바닥에 엎드린 채 한참 동안 숨을 몰아쉬었다.

"헉, 허억. 엘…… 너무해."

"아하하, 미안, 미안. 아직 능력을 사용하는 건 무리구나. 으음, 일단 조금씩 마나량을 넓혀 가 보자. 운디네의 소환 숫자를 늘릴 수 있게 되면 마나를 펑펑 써도 두 시간 정도는 거뜬히 버틸 수 있을 거야."

"그, 그럴까?"

"당연하지. 그런 의미에서 목표를 정해 볼까? 이번 주 안으로 운디네 소환 숫자를 셋까지 늘려 보는 거야. 어때? 괜찮은 계획이지?"

"헉? 이번 주까지? 그건 불가능할 것 같은데……."

"괜찮아, 연습하면 돼. 그 정도는 할 줄 알아야 어딜 가도 정령사라고 내세울 수 있다고."

"……."

물론 그렇게 되기까지의 과정이 험난할 것은 자명한 일이다. 벅찬 수련을 상상하는 것만으로 눈앞이 아득해지는지 이사나는 울상을 지었다. 그것을 알면서도 나는 모른 척할 수밖에 없었다. 정령사가 된 이상 아무리 고단해도 결국 언젠가는 이사나가 걸어나가야 할 길이었기 때문이다.

2.

이사나의 근심과는 다르게 그의 정령술은 무서울 정도로 빠르게 발전했다. 처음 세웠던 목표량은 한 주가 되기도 전에 달성할 수 있었고, 그다음 주가 되자 다섯을 동시에 소환할 수 있는 수준이 되었다.

이사나는 자신이 이룬 성과에 도리어 놀란 듯했지만 사실 어떻게 보면 당연한 결과이기도 했다. 그는 이미 정령왕의 계약자였으니까.

인간이 정령왕을 소환하기 힘든 것은 그만한 친화력과 마나량이 뒷받침해 주지 않기 때문이다. 특히 정령을 소환하기 위해서는 세상에서 가장 정순한 마나가 필요했다. 하지만 인간의 몸은 갖가지 불순물로 가득 차 있기 때문에 마나를 흡수하는 것 자체가 어려운 구조였다. 설령 흡수한다 해도 원활히 순환하지 못하고 중간에서 가로막히고 만다. 대부분의 정령사들이 상위 단계로 넘어가는 과정에서 고비를 겪는 것도 바로 그러한 이유에서였다.

그러나 이사나의 몸은 내가 소환되었을 때(비록 그것이 변수에 의한 것이었다 해도) 그 통로가 한 번 뚫린 상태다. 즉, 빈 통에 물을 채워 넣기만 하면 되는 식이었으니 누구보다 성장이 빠를 수밖에 없었다.

'이런 걸 누가 알려 주지 않아도 저절로 깨닫다니, 아무래도 나는 천재가 됐나 봐.'

아무튼 이대로라면 이사나가 시큐엘을 소환할 수 있게 되는 건 말 그대로 시간문제나 다름없었다.

물론 그렇다고 해서 상황이 다 좋게 풀린 것만은 아니다. 막상 전력에 도움이 될 만한 실력을 갖추고 나자 이사나는 오히려 사람들 앞에 나서는 걸 더 주저하게 됐다. 정령사라는 존재 자체가 아직 이곳에서는 그다지 흔한 것은 아닌 만큼, 눈에 띄는 건 마찬가지였기 때문이다.

마음 놓고 얼굴을 드러내고 다닐 수 없는 상황에서 괜히 사람들 이목을 사는 행동을 할 필요가 없다, 이사나는 스스로 그렇게 결론을 내렸다. 더불어 밤마다 몰래 하던 수련도 중단했다. 시큐엘 정도의 정령을 소환하려면 상당한 마나량이 필요한데, 그쯤 되면 아무리 조심해도 주위에서 이상을 느낄 가능성이 컸으니까. 그렇다 보니 최근 그의 정령술은 더 이상 나아지는 일 없이 계속 정체되어 있는 상태였다.

이후로 이사나는 전투에 직접 나서려고 하기보다는 다른 사람들이 어떤 식으로 싸우는지 유심히 지켜봐 두는 듯했다. 웬만큼 숙련된 검사들은 다른 사람의 전투를 관망하는 것만으로 충분히 실력 향상에 도움을 받는다고 들었다. 이사나도 아마 그런 부분을 기대하는 것 같았다.

"라이, 지치진 않아?"

"응, 난 가만히 구경만 하고 있을 뿐인걸? 솔직히 온몸이 근질근질해. 나도 언젠가는 저들처럼 멋지게 싸워 볼 수 있겠지?"

전투가 벌어질 때마다 별처럼 눈을 빛내는 이사나를 보며 나는 이유 모를 죄책감마저 느꼈다. 그가 바라는 것이 무언지 알면서도 내가 아무것도 도울 수 없다는 사실이 갑갑할 뿐이었다.

'으음, 차라리 이쯤에서 적당한 틈을 내어 용병들과 헤어지는 게 나을지도.'

트로웰과 떨어지는 건 썩 내키진 않지만 어차피 영원히 헤어지는 것도 아니니 별로 서운할 것은 없었다. 아니, 오히려 내가 그의 유희를 방해하고 있어 미안한 상황이니만큼 심각하게 고민해 볼 만한 일이었다.

아무리 가족 같은 사이라 해도 배려하는 데는 한계가 있는 법이다. 이미 넘치도록 민폐를 끼치고 있는 주제에 이런 말을 하는 것도 우습지만, 나 때문에 그가 활동에 지장을 받는 건 싫었다.

"또 쓸데없는 생각."

"어? 트…… 매튜, 언제 왔어?"

문득 느껴진 인기척에 나는 당황해서 돌아보았다. 언제부터 있었는지 마치 그린 듯이 수려한 모습의 트로웰이 팔짱을 낀 채 서 있었다. 삐딱해진 표정을 보니 조금 전 내 생각을 읽은 모양이다. 잠시간 못 말린다는 듯이 나를 바라보던 그가 이내 웃는 낯으로 물었다.

"그런 식으로 여기고 있었다니 좀 서운하네. 엘, 네 눈엔 내가 방해받는 것처럼 보였어?"

"그, 그치만 사실이 그렇잖아. 내가 거추장스럽게 구는 건 맞으니까. 전투 시에도 날 보호하느라 제대로 싸우지도 못하고……."

"어차피 본힘을 다하지 않기는 마찬가지야."

"으응?"

"특별히 너 때문에 힘을 아끼는 게 아니라고. 여기서 내가 하고 싶은 대로 다 했다간 곧바로 정체가 탄로 나고 말걸? 네가 없었어도 적당히 시늉만 내고 말았을 거야."

"아, 그런가?"

거기까지는 생각을 해 보지 않았기에 나는 머쓱해져서 뒷머리를 긁었다. 트로웰은 피식 웃으며 말했다.

"너로 인해서 내가 불편한 건 전혀 없어. 아마 앞으로도 그런 일은 없을 거야. 설령 그렇다 해도 이곳의 일이 너보다 우선되지는 않아. 그러니까 나한테 미안해할 필요 없어."

"하지만……."

"정말이야. 오히려 네가 이대로 떠나는 게 더 많이 서운할 것 같은데?"

"……."

"네 기분은 알아, 엘. 이 여정이 네 입장에선 여러 가지로 번거로울 거라는 것도. 하지만 지금 네겐 많은 정보가 필요해. 게다가 첫 유희잖아. 계약자와 단둘이서만 생활하는 게 말처럼 쉬운 일은 아닐 거야. 그러니까 당분간만이라도 날 의지해 줬으면 좋겠어. 이런 말이 실례인 건 알지만, 너를 못 믿어서가 아니라 그냥 내가 그렇게 하고 싶어서 그래. 내가 도울 수 있는 부분은 돕고 싶어."

눈물이 날 만큼 다정한 말이었다. 나는 물끄러미 그를 바라보앉다. 그러자 시선을 느낀 트로웰이 다시 나와 눈을 맞췄다.

"왜?"

"매튜…… 왠지 형 같아."

나도 모르게 무심코 나온 말이었다. 그 순간 조금 크게 뜨인 황금색 눈동자가 옆으로 부드럽게 휘어졌다.

"그건 당연하지. 내가 너보다 한참 먼저 태어났는걸."

아무렇지 않게 답하는 말에 왠지 코끝이 조금 찡했다. 그가 단순한 의미로 긍정한 것이 아니라는 걸 알 수 있었기 때문이다.

세상에 단 네 명뿐인 정령왕, 나의 새 가족이 된 형제들. 수많은 사람들 사이에서 그와 나만이 가지고 있는 유대감을 다시 재확인한 기분이었다.

* * *

그날 저녁 불침번은 샴페인 용병단이 맡았다. 전원이 밤을 새울 필요는 없었으므로 휴센은 일찌감치 조를 만들어 각자 담당할 시간대를 정해 둔 상태였다. 나는 트로웰, 휴센과 더불어 가장 마지막 시간으로 배정되어 있었다.

"엘, 일어나. 우리 차례야."

"으음?"

가볍게 어깨를 흔드는 손길에 눈을 뜨자 가만히 응시하고 있는 트로웰의 모습이 보였다. 사방은 아직도 한밤중인 것처럼 어두컴

컴했다. 새벽녘의 공기를 흠뻑 머금은 풀 냄새, 그 사이에서 가는 풀벌레 소리가 찌르르 울렸다.

"아, 미안해, 매튜. 잠깐만 눈을 감는다는 것이 정말로 잠들어 버렸네."

"괜찮아. 휴센도 방금 일어났어. 모닥불 쪽으로 갈까?"

"응."

겨울을 얼마 남겨 두지 않은 날씨는 밤보다 새벽이 더욱 쌀쌀했다. 정령인 탓에 추위를 느끼진 않았지만, 괜한 의심을 받을 필요는 없었으므로 나는 모포를 어깨까지 걸친 채 미적미적 모닥불 옆으로 기어갔다. 꺼질 줄 모르는 장작이 이따금씩 작은 불똥을 튀며 타들어 가고 있었다.

그곳에서 나는 비교적 잠기운이 가신 얼굴의 휴센을 발견할 수 있었다. 근처에서 나뭇가지를 가져와 모닥불 안으로 던져 넣고 있던 그는 나와 트로웰이 다가가자 '여어.' 하고 짧게 웃어 보였다.

"피곤하지 않아? 아무래도 불침번은 견디기 힘들지?"

"괜찮아요. 휴센이야말로 힘들지 않아요?"

"나야 이런 생활이 숨 쉬는 것만큼이나 익숙한걸. 이젠 아무렇지 않아."

그가 용병이 된 것은 지금으로부터 약 십오 년 전이었다. 부모님이 모두 용병이셨기에 어릴 때부터 용병의 삶에 익숙했던 그는 제 집보다 오히려 용병 길드에서 노는 일이 더 많았다고 했다.

또래들과 어울리기보다는 용병들을 따라다니며 잡일을 자청했고, 사냥법과 싸우는 방법을 배우는 것을 더 즐겼다. 그런 그가 훗날 그의 부모님과 같은 길을 가게 될 거라는 건 이미 많은 사람들이 예감하고 있었던 일이었다. 그리고 그는 지금까지도 그 선택을 후회하지 않는다고 말했다.

"하지만 위험하잖아요? 특히 휴센은 금패를 가진 용병이니까 위험한 의뢰가 많이 들어올 텐데."

"그렇긴 하지. 하지만 난 내가 용병인 것에 자부심을 가지고 있어. 거칠고 싸움밖에 모르는 삶이라고 해도, 동료들과 어울리고 함께 여행을 다니는 지금의 생활이 좋아. 뭐, 그래서 정상적인 가정을 꾸리지 못하지만 말이야."

"헤에……."

그때 트로웰이 천천히 몸을 일으켰다. 의아해져서 바라보자 그가 빙긋 웃으며 말했다.

"잠시 이상이 없는지 근처를 돌아보고 올게."

"아, 그런 거라면 나도 같이……."

"아니, 나 혼자서도 충분해. 엘, 너는 여기서 휴센이랑 같이 있어."

트로웰은 어정쩡하게 일어난 나를 다시 자리에 앉히곤 느긋하게 걸어갔다. 나는 어둠이 그의 모습을 삼키는 것을 구경하다 문득 휴센에게 시선을 돌렸다. 그는 장작을 집어넣다 만 자세로 무언가를 뚫어지게 응시하고 있었다. 그 어느 때보다 부드러운 표정이었다.

나는 그의 시선이 향한 곳을 따라 고개를 돌렸다. 그곳엔 누워 있는 한 사람의 모습이 있었다. 모포를 얼굴까지 덮은 채 깊은 잠에 빠져 있는 쉐리였다.

'설마……'

황당한 기분에 나는 다시금 휴센을 바라보았다. 그는 쳐다보는 내 시선도 의식하지 못한 채 쉐리에게서 눈을 떼지 못하고 있었다. 그 모습만 보면 그가 평소에 쉐리를 냉정하게 대한다는 것을 믿을 수가 없을 정도였다. 나는 반사적으로 질문을 건넸다.

"혹시 쉐리의 마음을 받아 주지 않는 것도 그런 이유 때문이에요?"

"뭐, 뭐?"

휴센은 나쁜 짓이라도 하다 들킨 사람처럼 화들짝 놀라며 나를 바라보았다. 눈에 띄게 당황한 얼굴을 보니 순간 짓궂은 마음이 치밀어 올랐다. 하지만 나는 애써 눌러 참으며 최대한 덤덤하게 말을 이었다.

"용병 생활이 좋아서 정상적인 가정을 꾸리기 힘들다고 했잖아요. 혹시 쉐리의 마음을 받아 주지 않는 이유가 그 때문인 건가 싶어서요. 안정되고 평화로운 생활을 약속할 수 없으니까."

"따, 딱히 그런 이유는……"

"그럼 왜 거부하는 건데요? 쉐리는 귀엽고 예쁘잖아요. 뭐, 아무리 예뻐도 마음에 없으면 어쩔 수 없긴 하죠. 하지만 이대로는 쉐리가 너무 가여워요. 좋아하는 상대한테 자꾸 거절당하면 분명 상처가 클 거예요."

진지하게 건넨 말에 무언가를 느낀 건지 휴센은 잠시 고심하듯 미간을 찡그렸다. 잠든 쉐리의 얼굴을 보고 한숨을 내쉰 그는 자신의 머리카락을 거칠게 쓸어 올리며 고개를 푸욱 파묻었다.

"휴센?"

"아아, 미안하다. 그러니까 나는…… 뭐랄까. 그다지 쉐리가 싫다는 건 아니야. 충분히 매력적이고 사랑스러운 아이지. 아마 누구라도 돌아볼 수밖에 없을 정도로."

"그런데 왜?"

의문이 담긴 표정으로 바라보자 휴센의 얼굴이 더욱 복잡해졌다. 울고 싶은 건지 웃고 싶은 건지, 그것도 아니면 화를 내고 싶은 건지, 도무지 의도를 짐작하기 힘든 표정이었다. 그때 불쑥 그가 엉뚱한 말을 꺼냈다.

"쉐리를 용병으로 키운 건 나야."

"에?"

"고아원에서 도망쳐서 거리를 방황하고 다니던 작은 여자아이였지. 그 고아원 원장이 쉐리를 상인의 첩으로 팔려고 했던 것 같더라고. 알다시피 쉐리는 예쁘게 생겼잖아? 그래서 호시탐탐 노리는 작자들이 많았던 모양이야. 그래 봤자 아직 열 살도 안 된 어린아이를 첩으로 달라는 놈이나, 그걸 내주려던 놈이나 미친놈이긴 매한가지지만 말이야. 도저히 그냥 둘 수가 없어서 집으로 데리고 와 밥을 먹이고, 그때부터 한식구로서 보살폈어. 틈틈이 검술도 가르치고 용병으로서 필요한 여러 가지 요령도 알려 줬지. 소질이 뛰어난지 뭐든지 금방 배우더군. 그래서 나를 따라 용병이 되겠다고 했을 때도 말리지 않았어."

"저기, 지금 그게 무슨 상관······."

"알겠어? 나와 그 아이는 열한 살 차이야."

"······!"

그때서야 나는 휴센이 말하고자 하는 말의 의미를 깨달았다. 그가 고뇌하고 있는 진정한 이유에 대해서도. 나도 모르는 사이에 입이 멍하니 벌어진 게 느껴졌다. 그는 침울한 표정으로 한탄을 이었다.

"처음 만났을 때 쉐리는 겨우 아홉 살이었고, 나는 성인식까지 치른 스무 살이었어. 엘, 너라면 네가 키우다시피 한 여자아이가 사랑을 고백해 오면 어떻게 하겠어?"

"쿠, 쿨럭. 으음······ 확실히 당황스럽긴 하겠지만······."

"그렇지? 네가 생각해도 굉장히 당황스럽지?"

"그래도 너무 깊게 생각할 필요는 없지 않을까요? 사실 열한 살 차이가 많긴 해도 얼마든지 있을 수 있는 거잖아요. 그런 걸로 사랑을 가로막을 수는······."

하지만 나는 더 이상 말을 이을 수가 없었다. 그 순간 휴센의 두 눈이 시퍼렇게 빛났기 때문이다. 그는 무시무시할 정도의 기세로 내 어깨를 덥석 부여잡았다.

"휴, 휴센?"

"그래, 알지! 알고말고! 사랑하는 데 그깟 나이 차이가 무슨 상관이야? 제국 여인들의 결혼 적령기는 열다섯부터고, 쉐리는 충분히 매력적이고 아름다운 여자니까 혹한다 해도 어쩔 수 없는 일이지. 하지만 엘, 생각해 봐. 내가 정말 쉐리한테 마음이 있어서 그 아이와 결혼한다 했을 때 주변에서 뭐라고 생각할 것 같아? 아니, 주변까지도 필요 없어. 당장 이곳에 있는 헤롤이나 마이티 자식을 생각해 봐!"

"네에?"

당황한 표정으로 바라봤지만, 이미 제정신이 아닌 듯한 휴센의 눈에는 들어오지도 않는 것 같았다. 그는 평소의 차분한 이미지 따위는 완전히 날려 버린 채 풀린 눈동자로 실성한 듯 중얼거리고 있었다.

"뻔하지? 뻔할 뻔자지! 그 자식들이 가만히 있겠어? 미친 듯이 놀려 댈 거라고. 특히 마이티 자식은 공공연하게 쉐리에게 마음이 있다고 떠들고 다녔으니 날 죽일 듯이 노려보겠지! 헤롤이 할 말은 뻔해! 다 늙은 영감탱이가 회춘한다고 떠벌릴 거라고! 나, 나는!"

"휴, 휴센! 진정해요!"

"난 아동성애자가 아니야!"

"……."

어딘가에서 썰렁한 바람이 불었다.

결국 모든 원인은 그들이었던 모양이다. 헤롤과 마이티, 그 두 사람의 놀림을 감당할 수 없어서.

새삼 그동안 그가 단장으로서 동료들에게 얼마나 많은 심적 부담과 고통을 안고 살아왔는지 짐작할 수 있었다. 평소 어떤 언행에 시달려 왔는지도.

굳어 있는 내 모습에 정신을 차렸는지 휴센은 서둘러 표정을 수습했다.

"미안하다. 아무 상관 없는 널 붙들고 이런 말을 할 건 아닌데. 내가 잠깐 정신이 나간 모양이야. 그냥 해 본 말이니까 방금 들은 건 잊어 줘."

"그렇지만……."

"아니, 정말 괜찮아. 부탁인데 이 문제에 관해선 앞으로도 신경 쓰지 말아 줬으면 좋겠다. 이건 내가 스스로 해결해야 할 일인 것 같거든."

씁쓸하게 웃으며 말한 휴센은 다시 평소의 무뚝뚝한 모습으로 돌아왔다. 하지만 내 머릿속에서는 아직도 그가 마지막에 외쳤던 처절한 한마디가 메아리치고 있었다.

'난 아동성애자가 아니야, 라니…….'

그 어떤 말도 이보다 더 그의 심정을 절절히 표현할 순 없으리라.

가능하다면 그를 도울 수 있는 방법을 찾고 싶었다. 하지만 이건 정말 그의 말마따나 스스로 해결할 문제였다. 내가 할 수 있는 건 그가 주변 사람들의 놀림 따윈 아무렇지 않게 넘길 만큼 열렬한 사랑에 불타오르기를 바라는 것 정도일까. 물론 자존심 강해 보이는 휴센이 과연 타인의 시선에 꿋꿋해질 수 있을지는 의문일 수밖에 없었다.

그나마 쉐리를 여자로 보고 있다는 걸 알게 된 게 유일한 수확이었다. 아마 이 사실을 알게 되면 쉐리는 하늘을 날아오를 것처럼 기뻐할 것이다. 물론 내가 알려 줄 수는 없는 일이니 당분간은 아무것도 변하는 게 없겠지만 말이다.

정말이지, 이 말도 많고 탈도 많은 커플이 어찌 될지 궁금해지는 순간이었다.

3.

날이 밝자 행렬은 서서히 아침 식사 준비를 시작했다. 이른 시각부터 시작했지만 인원이 워낙 많다 보니 준비하는 과정만 해도 상당한 시간이 걸렸다. 그러나 배급된 식사를 본 용병들은 모두 하나같이 불만을 드러냈다.

"쳇, 또 이거야?"

"이거야 원, 간에 기별도 안 가는 걸로 배를 채우자니 죽을 맛이군."

"이놈의 의뢰가 얼른 끝나든지 해야지. 보수는 좋지만 식사가 이렇게 형편없어서야."

"아아, 뜨끈한 고깃국이 그립다. 단팥이 잔뜩 들어간 흰 빵에 노릇노릇 구워진 거위 요리를 뜯고 싶어."

피닉스 상단을 이끄는 상단주는 유렌이란 이름을 지닌 중년의 남성으로, 심성이 나쁜 사람은 아니었지만 경비를 아끼기 위해 간간이 치사한 수법을 쓰는 편이었다. 코앞에 마을을 번듯이 남겨 두고 굳이 길에서 노숙을 한다거나, 며칠에 한 번은 건어물과 육포 따위로 끼니를 지급하는 것이 바로 그 예였다. 그렇다 보니 용병들 사이에서는 늘 크고 작은 잡음이 끊이질 않았는데, 그럼에도 딱히 개선되지 않는 걸 보아 상단주는 그런 문제를 전혀 모르고 있거나 알아도 무시하는 듯했다.

반면 식사 시간이 되면 나는 적당한 틈을 타 자리를 떠나 있다 돌아오곤 했다. 딱히 필요하지도 않은데 굳이 거친 음식을 억지로 먹고 싶진 않았기 때문이다. 트로웰도 종종 사라지는 걸 보면 나와 같은 생각인 게 분명했다.

사람들이 무리를 지어 식사를 하는 틈을 타 나는 홀로 한적한 곳을 서성거렸다. 그때 주변에 세워져 있던 마차들 중에서 한 남자가 내리는 것이 보였다. 깔끔한 옷차림을 보아하니 아마 상단 일행 중의 한 명인 듯했다. 잠시간 굳은 얼굴로 주위를 살피던 그는 내가 서 있는 것을 발견하고 다가왔다.

"저기, 실례합니다만 혹시 유렌 님을 보지 못하셨습니까?"
"네? 유렌 님이요? 아, 상단주님을 말씀하시는 건가요?"

내 질문에 남자는 불안한 표정으로 고개를 끄덕였다.

"잠시 소피를 보러 가신다고 나가시더니 지금까지 소식이 없으십니다. 아무래도 걱정이 되어서 찾아보는 중입니다."

"저런, 언제 나가셨는데요?"

"그게…… 아마 한 반 각 정도……."

반 각이라면 삼십 분쯤인가. 화장실을 다녀오기엔 충분하다 못해 넘치는 시간이다. 아직 돌아오지 않는 것이 염려가 될 만도 했다.

'설마 몬스터를 만난 건 아니겠지?'

이 근방은 전부 수풀과 나무들로 우거진 숲이었다. 이 세계에서 숲은 그다지 안전한 장소가 아니다. 어디서 튀어나올지 모를 사나운 짐승들도 그렇지만 자칫 방향을 잘못 들었다간 몬스터의 군락에 이를 수 있었다.

"잠깐만 여기서 기다려 주실래요? 제가 한번 찾아볼게요."

"혼자서 괜찮으시겠습니까?"

"그럼요. 어차피 그리 멀리 나가시진 않았을 거예요. 제가 찾아서 모시고 올게요."

나는 따라나서려는 남자를 만류하고 서둘러 몸을 돌렸다. 무엇에 근거한 생각인지는 모르겠지만 왠지 혼자서도 무난히 그를 찾아낼 수 있을 거란 확신이 들었다. 최근 들어 점점 똑똑해져 가는 중이니, 아마 이번에도 어떻게든 되지 않을까 하는 대책 없는 믿음도 있었다.

그리고 막연하기만 했던 내 예상은 숲으로 들어선 순간 현실이 되었다. 주변을 좀 더 자세히 살펴야겠다고 생각하자 눈앞에 낯선 풍경들이 펼쳐지기 시작한 것이다.

울창하게 뻗은 나무들과 듬성듬성 드리운 바위들, 그 사이에 자리 잡은 비탈길. 이곳과는 조금 떨어진 곳에 위치한 것이 분명한 장소들이 빠르게 머릿속을 스쳐 지나갔다.

"……헉, 이거 뭐야?"

생경한 경험에 나는 걷는 것도 잊고 멈춰 섰다. 마치 타인의 시선을 통해 주위를 둘러보는 기분이었다. 멋대로 쏟아지는 장면들이 정신없이 시야를 어지럽혔다. 그것이 이끄는 방향은 한 장소를 가리키고 있었다.

나는 시선들의 정체를 알지도 못한 채 홀린 듯이 길을 따라 걸었다. 그렇게 얼마나 그렇게 이동했을까. 수풀 사이에서 날카로운 비명 소리가 들려왔다.

"으아악! 사람 살려! 누가, 누가 좀 도와주시오!"

'……찾았다!'

설마 정말로 찾게 될 줄이야. 빠르게 수풀을 헤치고 다가가자 수 마리의 고블린들이 보였다. 나는 그 사이에서 떨고 있는 중년 남자의 모습을 발견하고 한숨을 내쉬었다. 넘어지고 굴렀는지 엉망이 된 몰골이었지만 상단주 유렌의 모습이 틀림없었다.

다행히 그는 지저분하기만 할 뿐 크게 다친 곳은 없어 보였다. 물론 그렇다 해서 안심할 수 있는 상황은 아니었다. 당장에라도 고블린들이 공격할 태세였으니까.

"키킥! 키이익!"

"케엑!"

"히이익!"

상단주는 몹시 겁먹은 얼굴로 자신이 할 수 있는 만큼 뒷걸음질하려고 했다. 그러나 등 뒤에 있는 나무에 가로막혀 더 이상 물러나지도, 도망치지도 못하는 상태였다.

나는 급히 한 손을 들어 물을 모았다. 이것을 날카로운 창처럼 만들어 던질 생각이었다. 하지만 막상 공격을 하자니 망설이는 기분도 들었다. 단순히 비를 내리거나 파도를 일으키는 정도는 해 봤지만 무언가를 향해 공격을 시도해 본 건(이프리트와 다툴 때를 제외하고) 이번이 처음이다. 내가 잘할 수 있을지 걱정도 됐지만 한편으론 이사나가 염려스러웠다.

아무리 정령왕이라 해도 정령계를 떠나 인간의 형상을 투영하고 있을 땐 능력에 제한을 받는다. 이 모습일 때 자유자재로 다룰 수 있는 건 내 본연의 치유술과 자연적인 부분들뿐, 비자연적인 행위(예를 들면 지금처럼 물로 공격한다든가)엔 일부라도 계약자의 마나가 소모될 수밖에 없었다.

물론 보통의 평범한 정령왕의 소환자라면 그것이 특별히 문제가 정도로 무리가 되는 수준은 아니다. 그들은 일반인들과 비교할 수 없을 만큼 풍성한 마나를 지니고 있는 자들이니까. 하지만 이사나의 경우엔 보유한 마나의 한계량이 워낙 적은 편이라 분명히 어떤 식으로든 영향을 받을 게 뻔했다.

하지만 고민은 그리 오래 이어지지 않았다. 그 순간 크게 입을 벌린 고블린 하나가 상단주를 향해 달려들었기 때문이다.

"키에엑!"

"으아악!"

'이런……!'

조금만 늦어도 위험할 일촉즉발의 순간이었다. 나는 곧장 물을 변환하여 고블린들에게 내던졌다.

쏴아아! 촤아악!

콰지직!

물의 창이 보인 효과는 내가 생각한 것 이상이었다. 물줄기가 강하게 내리꽂히자 그 자리에 있던 고블린들이 한순간에 갈가리 찢겨 나간 것이다.

탁한 비명과 함께 물풍선처럼 터진 살점들 사이에서 진녹색의 채액이 마구 쏟아져 내렸다. 갈리다 만 뼈들과 시커먼 살덩이들이 젖은 바닥을 흉하게 뒤덮는 것이 보였다. 솔직히 말해 두 눈 멀쩡히 뜨고 바라볼 만한 광경은 아니었다.

'우욱! 괜히 봤다…….'

내가 일으킨 일이긴 하지만 그 결과를 확인하는 건 생각보다 더 참담했다. 나는 절로 튀어나오는 욕설을 꾹 삼키며 상단주 앞으로 걸어갔다. 그는 시체의 널린 파편들 사이에서 넋을 잃은 얼굴로 주저앉아 있었다. 충격이 컸는지 부릅뜬 눈동자 색이 매우 혼탁했다.

"유렌 님, 이런 곳에 계셨네요. 괜찮으세요?"

"아, 아? 이, 이게 대체? 방금 무슨 일이 일어난 겁니까? 호, 혹시…… 당신이 한 겁니까?"

"예? 뭘요?"

"바, 방금 보지 못한 겁니까? 거대한 물의 폭풍이 일어나 몬스터들을 순식간에!"

"글쎄요. 무슨 말씀을 하시는 건지 잘 모르겠네요. 저는 그저 근처를 지나다 비명 소리를 듣고 달려온 것뿐이거든요. 혹시 꿈을 꾸신 건 아닌가요?"

모르겠다는 듯이 담담히 대답하자 상단주는 혼란스러운 표정을 지었다. 자신조차도 목격한 일을 믿지 못하는 것 같았다.

"아닙니다. 꿈이 아니었어요. 분명히 푸른 물줄기가……."

"하지만 주변에 물이 흘렀던 흔적은 없는걸요. 보세요, 흙이 말라 있잖아요?"

내 말대로 주위 어느 곳에도 젖은 땅은 없었다. 물론 내가 미리 습기를 전부 거둬들였기 때문이다. 하지만 그것을 알 리가 없는 상단주는 당황한 표정을 지으며 마른 흙을 더듬거렸다.

"이럴 수가! 이게 어떻게 된……?"

"저기, 괜찮으신가요? 아무래도 잠시 환각을 보신 것 같은데요."

"환각…… 그게 전부 환각이었다고……."

"무슨 일인지는 모르겠지만 이만 돌아가시는 게 좋겠어요. 일어나실 수 있으시겠어요? 제가 부축해 드릴게요."

"아아, 그럽시다. 내가 너무 피곤했던 모양이군요. 어서 돌아가서 쉬어야겠습니다."

상단주는 황망한 얼굴로 비틀거리며 일어섰다. 바닥엔 여전히 몬스터들의 살점이 널려 있었지만 그런 사실을 제대로 인지하지도 못하는 것 같았다. 짐작컨대 몬스터에게 포위당했던 순간조차 꿈이라고 여기고 있는 것이 분명했다.

'으음, 속이려니 좀 미안하긴 하지만 어쩔 수 없지. 정체를 들킬 수는 없으니까.'

나는 휘청거리는 상단주를 부축하며 무사히 숲을 빠져나왔다. 행렬의 근처에 이르자 상단 측 사람들이 달려 나오는 것이 보였다. 처음 내게 상단주의 부재를 알렸던 남자와, 하얀 의복을 입은 또 다른 남자였다.

"유렌 님!"

"아니, 이게 어떻게 된 일입니까?"

당황한 두 사람을 향해 나는 간단히 거짓으로 상황을 꾸며 설명했다. 피로가 누적되어 환각을 보았고, 그 때문에 넘어져 다친 것 같다고 말이다. 다행히 그들은 내 말에 순순히 납득하는 듯이 보였다. 그중 하얀 의복을 입은 남자가 상단주의 상태를 꼼꼼히 살피며 말했다.

"일단 유렌 님을 마차로 모시고 가지요. 제가 치료해 보겠습니다."

"오오, 그래 주시겠습니까? 감사합니다, 사제님."

'사제님?'

그제야 나는 하얀 의복을 입은 남자의 정체를 알 수 있었다. 아무래도 그가 행렬과 함께한다는 신관이었던 모양이다. 멀찍이서 돌아다니는 모습을 본 적은 몇 번 있지만 주로 거하는 위치가 달랐던지라 얼굴까지 익힐 기회는 없었다.

가까이서 본 신관은 선량한 인상을 지니고 있었다. 어깨까지 기른 검은 머리카락을 정갈히 늘어트린 채, 단정하게 드리운 얼굴이 생각보다 앳됐다. 준수한 눈썹 아래 하늘을 옮겨 담은 듯이 새파란 눈동자가 인상적이었다. 그리고 왠지는 모르겠지만 어딘지 모르게 그리운 체향이 풍겼다. 그 때문인지 나는 멀어지는 뒷모습에서 시선을 뗄 수가 없었다.

"엘."

"아, 매튜."

때마침 들려온 목소리에 나는 퍼뜩 고개를 들었다. 멀찍이서 트로웰이 다가오고 있었다. 그는 힐끔 앞쪽을 보더니 그것만으로 대강의 상황을 파악한 듯 얼굴을 찌푸렸다.

"혼자서 다녀온 거야? 나를 부르지 그랬어."

"아하하, 왠지 그냥 혼자서도 할 수 있을 것 같았거든. 아! 그러고 보니 매튜, 나 조금 전에 되게 신기한 경험을 했어."

"신기한 경험?"

"주변을 자세히 살펴보려고 했거든. 그랬더니 갑자기 눈앞에 근처의 광경들이 훤히 펼쳐지는 거 있지? 마치 다른 사람의 시선에 침범하기라도 한 것처럼……!"

흥분해서 떠드는 나와는 달리 듣고 있는 트로웰의 표정은 차분했다. 그는 빙긋 웃으며 간단하게 내가 겪은 현상을 축약했다.

"물의 기억을 읽은 거구나."

"응? 그게 뭔데?"

어리둥절해하는 내게 트로웰은 가볍게 웃으며 설명을 이었다.

"사방에 존재하는 모든 물의 기억. 간단히 말해서 하급 정령들의 눈을 빌리는 거야. 그들의 시야를 통해 세상을 보는 거지. 정령들은 왕에게서 파생한 몸의 일부와 같으니까. 그들의 생각과 시선을 네가 공유하는 게 가능하거든."

"헤에, 그럼 마음만 먹으면 세상 어느 지역이든 한자리에서 다 둘러볼 수 있다는 거네?"

"정령이 존재하는 곳이라면 대부분 가능하지. 특별한 문제가 있지 않는 이상. 단지 범위가 너무 넓으면 시간이 좀 걸리긴 할 거야."

"그렇구나."

"그보다 알려 주지 않아도 스스로 물의 기억을 읽게 되다니 대단한데? 정령의 육체에 거의 적응했다는 증거야. 이제 걱정할 일이 없겠어."

트로웰의 칭찬에 나는 쑥스럽게 웃었다. 이미 나 스스로도 성장한 것을 느끼고 있었지만 막상 그의 입을 통해 확인을 받으니 와 닿는 기분이 전혀 달랐다. 마치 응원을 받은 느낌이랄까.

지금까지 정령왕이란 자리가 그저 막연하기만 했다면 지금부터는 내 한몫을 당당히 해내 갈 수 있을 것이란 자신감마저 차올랐다. 이런 걸 보면 나도 참 단순한 성격인 게 분명했다.

4.

안 좋은 예감은 어김없이 맞아떨어졌다. 트로웰과 함께 일행에게 돌아간 나를 맞이한 건 혼비백산한 표정의 이릴이었다. 그녀는 나를 보자마자 붙잡고 다급하게 소리쳤다.

"엘! 대체 어디 갔었던 거야? 얼마나 찾았다고!"

"아, 이 근처에 잠시…… 무슨 일이에요, 이릴?"

"네 동생이 쓰러졌어!"

"……!"

역시 내가 마나를 쓴 게 문제였나?

조금 전까지 충만했던 기분이 한순간에 식었다. 나는 이릴을 따라 급히 달려갔다. 아직도 식사 중인 사람들 사이를 가르고 머물고 있던 장소에 이르자 헤롤을 비롯한 낯익은 사람들이 근심에 찬 얼굴로 서 있는 것이 보였다. 그리고 난 그들 사이에서 후드를 움켜쥐고 웅크려 있는 이사나를 발견할 수 있었다.

"라이!"

"엘, 어서 와라."

나를 본 휴센이 겨우 숨을 돌렸다는 듯이 안도의 표정을 지었다. 내가 다가서자 그가 난처한 표정으로 설명했다.

"라이가 갑자기 몸이 안 좋아진 모양이야. 자세히 살펴보려고 해도 건드리지를 못하게 해서 난감해하던 중이었다."

"죄송해요. 제가 살펴볼게요."

나는 허둥지둥 대답하며 곧장 이사나 옆으로 다가가 바짝 붙었다. 웅크린 몸에서 끊어질 듯 미약한 숨이 오가는 것이 느껴졌다.

"라이, 나야. 엘이야. 괜찮아?"

"엘……."

다행히 이사나의 의식은 온전한 상태인 것 같았다. 희미하게 대답한 입술이 겨우 안심한 듯 긴 숨을 몰아쉬었다. 바짝 눌린 후드 사이로 살짝 드러난 두 뺨이 몹시 창백했다.

그의 상태는 이미 짐작했던 그대로 급격한 마나 소모로 인한 탈진이었다. 가늘게 떨리고 있는 몸에서 생기가 거의 느껴지지 않았다. 나는 입술을 꾹 악물었다.

"미안해, 라이. 내가 너무 부주의해서 이런……."

내 말에 이사나는 천천히 고개를 저었다. 아마도 그 역시 자신의 상태가 무엇에 기인한 것인지 알고 있을 것이다. 정령 수련을 거치는 내내 지독한 탈진을 경험해 봤으니 모를 리가 없었다. 그런데도 괜찮다고 말하는 모습을 보니 더 큰 죄책감이 밀려들었다.

　나는 울고 싶은 기분을 눌러 참으며 차가워진 이사나의 손을 꼭 붙잡았다. 식은땀이 흐르는 얼굴을 보니 마음이 점점 더 급해졌다. 신의 인장을 받기 전까진 치료술을 쓰지 말라는 충고가 생각났지만 이대로 그를 내버려 둘 수는 없었다.

　"조금만 기다려. 내가 지금 바로……."
　"실례합니다. 이곳에 위급 환자가 있다고 들었는데요."

　그때 등 뒤에서 뜻밖의 목소리가 들려왔다. 고개를 돌리니 하얀 의복을 입은 남자의 모습이 보였다. 조금 전에 보았던 바로 그 신관이었다. 그리고 그의 옆에는 뜻밖의 사람이 함께 서 있었다. 바로 트로웰이었다.

　'트로웰…….'

　그는 나와 시선이 마주치자 빙긋 웃으며 어깨를 으쓱해 보였다. 아마도 그가 신관을 데리고 온 모양이었다.

　내가 고맙고 민망한 기분에 머뭇거리는 동안 신관은 사람들의 안내를 받아 이사나를 살폈다. 진료라고는 해도 후드를 벗지 않으려는 그의 의사를 존중하여 간단히 손목의 맥을 짚어 보는 수준이었다.

　"심한 체력 소모로 인한 탈진 상태로 보이는군요. 이동하면서 피로가 쌓인 것이 문제가 된 게 아닐까 싶습니다. 외상에 비해선 효과가 높진 않지만 성력을 받으면 조금 나아질 겁니다."

　"치료해 주시는 겁니까?"

"당연합니다. 그러기 위해서 온걸요."

진단을 마친 신관은 곧 이사나의 몸에 손을 대었다. 그러자 그의 손바닥에서 새하얀 빛이 터져 나오더니 이사나의 몸을 은은하게 감싸기 시작했다. 언뜻 보기엔 내가 치료술을 쓰는 방식과 비슷해 보이기도 했다. 물론 자세히 보면 확연히 달랐지만 일반인의 시선에선 잘 구분하기 어려울 것 같았다.

"다 됐습니다."

잠시 후 그가 손을 걷어 내자 빛은 순식간에 사그라졌다. 나는 조심스럽게 이사나의 몸을 점검해 보았다. 조금 전까지만 해도 미약하던 생기가 많이 되살아나 있었다. 안정을 되찾아서일까. 이사나는 이미 깊은 잠에 빠진 상태였다.

그의 모습이 호전된 것을 알아챈 건 비단 나만이 아니었다. 지켜보던 샴페인 용병단을 비롯하여, 근처에 있던 다른 용병들 또한 하나같이 치료 장면을 목격했다. 그들은 모두 감탄한 얼굴로 신관을 바라보았다.

"정말 감사합니다, 신관님. 바쁘실 텐데 이런 일에까지 직접 나서 주시다니……."

휴센의 인사에 신관은 부드럽게 웃으며 고개를 저었다.

"아닙니다, 미약한 힘이나마 제가 도움이 되었다면 기쁩니다. 여러분도 혹시 불편한 곳이 있으시면 바로 말씀해 주십시오. 아무리 작은 상처라도 괜찮습니다."

"헛, 그럼 이런 것도 될까요? 얼마 전에 전투를 하다 살짝 긁

했는데……."

"물론입니다. 봐 드리겠습니다."

"헛! 그렇다면 저도!"

"앗! 나도, 나도!"

사람들은 순식간에 신관 앞에 몰려들었다. 깊게 파인 부상부터 시작해서 벌레에 물린 사소한 상처까지, 증상도 가지각색이었다.

그 사이 나는 이사나를 편안한 장소로 데려가 눕혔다. 이왕 잠든 김에 출발 시간이 되기 전까지 조금이라도 더 푹 재워 둘 생각이었다.

그러나 예정했던 시각이 되어도 행렬은 움직일 기미를 보이지 않았다. 예의 그 일로 인해 상단주의 정신적 피로가 매우 극심한 것이 원인이었다. 덕분에 여유 시간이 늘어나자 눈치만 살피던 용병들마저 신관에게 다가왔고, 그 앞은 조금 전과는 비교할 수도 없이 인산인해를 이루기 시작했다.

"굉장해요! 그렇게 지독하던 두통이 씻은 듯이 사라졌습니다!"

"잘되었군요. 앞으로도 신의 평안이 함께하시길."

"감사합니다, 신관님! 정말 감사합니다!"

끊임없이 이어지는 줄이 귀찮을 만도 하련만, 천성이 온화한 사람인 건지 신관은 싫은 내색 하나 없이 정성껏 용병들을 치료했다. 나는 계속 눈으로 그의 모습을 쫓았다. 분명 낯선 얼굴임에도 여전히 친근한 느낌이 들었기 때문이다. 그래서인지 나도 모르게 자꾸 그를 살피게 되는 걸 막을 수가 없었다.

그때 트로웰이 내 옆으로 다가오며 물었다.

"저 사람이 신경 쓰여?"

"어? 아, 아니, 그런 건 아니고…… 그냥 좀 낯익은 기분이 들어서."

"엘뤼엔의 사제야."

"응?"

당황해서 눈을 깜빡이자 트로웰이 피식 웃으며 턱짓으로 신관을 가리켰다.

"저 신관 말이야. 엘뤼엔의 사제라고. 소매에 가려져서 다른 사람들은 눈치채지 못한 모양이지만, 팔목에 엘뤼엔의 문장이 찍혀 있어."

"헉! 저, 정말?"

나는 황급히 신관의 팔을 바라보았다. 과연 손목 부근에 탈색한 듯 유난히 하얀 흔적이 새겨져 있는 것이 보였다. 평행을 이룬 천칭을 휘감은 새하얀 뱀의 형상. 일전 엘뤼엔의 신전에서 보았던 것과 똑같은 문양이었다.

"정말이네. 엘뤼엔의 문장이야. 굉장하다, 말로만 듣던 엘뤼엔의 사제가 이렇게 가까이에 있었다니."

그제야 나는 신관에게서 풍기는 기운이 엘뤼엔과 몹시 닮았다는 걸 깨달았다. 그에게서 느껴지는 친숙한 느낌도 바로 그 때문이었다. 인상이나 분위기가 전혀 다른 탓에 미처 연관성을 찾지 못했던 것이다.

"저 문양의 의미가 뭔지 알아, 엘?"

"의미?"

"저울이 어느 한 쪽으로도 기울지 않은 건 판결의 공정함을, 그리고 뱀이 축을 감싸고 있는 것은 그 결과가 어찌 되든 신벌을 피할 수 없음을 경고해. 형벌의 신인 엘뤼엔에게 딱 어울리는 문장이지?"

"아하하, 저, 정말 그렇네."

어울리다 뿐인가. 누가 형벌의 신 아니랄까 봐 문양의 의미조차 삭막하다. 그런데도 저절로 수긍하게 되는 것이 어떤 의미에선 무서울 정도였다.

"아무튼 문장의 위치를 봐선 그저 평범한 하급 신관은 아니야. 아마 꽤 고위급이겠지."

"위치라니? 그것도 의미가 있는 거야?"

"맞아. 신관의 등급은 신성력에 따라 결정되는데, 그걸 알아볼 수 있는 방법이 문장이 새겨지는 위치거든. 신성력이 높을수록 신에게 인정을 받았다는 뜻이고, 문장이 눈에 띄기 쉬운 부위에 나타나. 팔목 정도면 상당한 신성력을 지니고 있을 거야."

"헤에······."

나는 다시 한 번 신관의 모습을 살펴보았다. 그 순간 내 시선을 느꼈는지 그가 의아한 표정으로 돌아보았다.

'윽, 눈이 마주쳤다. 어떡하지?'

나는 당혹감을 감추지 못하며 어설프게 시선을 돌렸다. 그러나 다음 순간 더 당황스러운 일이 벌어졌다. 당연히 무시할 거라 생각했던 신관이 사람들에게 양해를 구하고 내게 다가온 것이다. 그는 부드럽게 웃으며 말을 걸어왔다.

"실례합니다. 조금 전에 상단주님을 무사히 모시고 와 주신 분이지요? 인사가 늦었습니다. 전 형벌의 신을 섬기는 사제 카이테인이라 합니다."

"앗, 아, 네! 아, 안녕하세요. 저는 엘…… 이라고 합니다."

"반갑습니다, 엘. 그런데 아까부터 저를 계속 보시는 것 같더군요. 혹시 제게 뭔가 하실 말씀이 있으십니까?"

"예? 아, 그, 그게 아니라……."

대비하지 못한 상황은 언제나 당혹스럽기 마련이다. 더구나 일방적으로 이쪽이 찔리는 경우라면 말이다. 나는 뭐라고 말할지 망설이다 곧 어색하게 대꾸했다.

"죄송해요. 엘뤼엔의 사제를 직접 본 건 처음이라 신기한 기분에 그만……."

"아뇨, 사과를 하실 일은 아닙니다. 그런데 드문 일이군요. 그분의 이름이 엘뤼엔이라는 건 어떻게 아셨습니까?"

"네?"

"아아, 저도 신기해서 여쭌 겁니다. 대게는 형벌의 신이라고 말씀드려도 그 존재조차 모르는 경우가 다반사라서요. 특히 이곳 스왈트 제국은 타 종교를 포용하면서도 마신을 최고신으로 믿는 풍습이 있어 다른 신의 이름은 거의 언급도 하지 않는 분위기인지라……."

"아, 그, 그렇죠. 아하하……."

여기서 내가 엘뤼엔의 (양)아들이오, 라고 대답했다간 신성모독죄로 잡혀가겠지?

예로부터 사람들 사이에서 가장 논쟁을 피해야 할 주제가 종교와 정치라고 들었다. 카이테인은 비교적 온순해 보이지만, 아무리 선한 사람이라도 자신이 믿는 종교가 관계된 문제엔 어떤 식으로 변모할지 누구도 모르는 일이었다.

나는 이 상황을 모면할 방법을 찾기 위해 머리를 심각하게 굴렸다. 정령왕으로서 새로 인지하기 시작한 지식들이 이번에도 도움이 되기를 바라는 마음뿐이었다. 그러나 지식과 재치는 다른 차원의 문제인지 도통 적당한 대답이 떠오르지가 않았다. 그런 나를 구원해준 건 옆에서 가만히 구경하고 있던 트로웰이었다.

"실은 엘은 엘뤼엔 신과 매우 인연이 깊습니다. 과거에 그를 통해서 마음의 위안과 평안을 얻었거든요."

그 순간 나는 무심코 터져 나오려는 안도의 한숨을 겨우 삼켰다. 새삼 느끼는 바지만 트로웰이야말로 내 마음의 안식처인 게 분명했다. 이런 정황을 알 리가 없는 카이테인은 그가 한 말에 곧장 반응을 보였다.

"아, 그러셨군요. 이런 곳에서 엘뤼엔 님의 은혜를 아는 분을 뵙게 되다니 매우 기쁩니다. 실례가 되지 않는다면 나중에 개인적인 자리를 마련해서 더 자세한 대화를 나누고 싶군요."

"엘도 그러길 바랄 겁니다. 아마 나누실 대화가 많으실 것 같군요. 엘 역시 사제가 되기 위해 수련하는 중이거든요. 이번에 클모어에 가면 엘뤼엔의 음성을 듣기 위해 신전을 방문할 예정입니다."

그 말에 카이테인의 눈이 동그랗게 떠졌다. 그는 당황한 얼굴로 나를 바라보며 물었다.

"사제가 되시려 하십니까?"

"예, 그, 그런데요."

"실례지만 나이가 어찌 되시는지……."

"열일곱 살입니다."

카이테인은 나를 위에서부터 아래까지 천천히 살피기 시작했다. 심각하게 바라보던 눈빛에 잠시간 경탄의 빛이 서리는 것이 보였다.

"상당히 정직한 수련을 거치신 것 같군요. 청결하고 정순한 기운이 느껴집니다. 이 정도로 정갈한 기운은 사제들 중에서도 흔치 않은 것인데, 정말 마음이 순수하신 분이로군요."

"가, 감사합니다."

"하지만 괜찮을지는 저도 잘 모르겠습니다. 신의 부름을 받는 시기는 보통 열 살 이하일 때가 대부분이라서 말입니다. 그에 비하면 비교적 나이가 많은 것이 걸리는군요."

"헉! 열 살 이하요? 그럼 그 이후로는 못 받는 건가요?"

"극히 드뭅니다. 아무래도 때가 덜 탄, 영혼이 순결한 상태일수록 신에게 더 가까이 다가갈 수 있으니까요. 제가 이 문장을 받은 때의 나이도 두 살이었습니다."

그러면서 그가 덧붙인 말에 의하면, 고위 사제일수록 매우 어린 시기에 신의 문장을 받게 된다고 했다. 어떤 이는 태어나면서부터 문장을 지니고 있다는 말에 나는 순수하게 감탄할 수밖에 없었다.

"태어나면서부터 사제라니. 그런 사람들은 따로 수련을 거칠 필요도 없겠네요."

"아뇨, 방식이 달라질 뿐 수련하는 것은 마찬가지입니다. 문장을 받는 시기가 늦어질수록 마음을 정결히 하고 신의 인정을 받기 위한 노력을, 문장을 일찍 받은 사람은 신의 진정한 뜻을 이해하고 그 힘을 다스리기 위한 수련을 하지요. 후자의 경우 대부분 어려서부터 신전 내에서 생활하다가 적절한 때가 되면 치료 순례를 떠납니다. 저 역시 열다섯에 시작하여 이제 순례를 행한 지 사년이 되어 가는 중입니다."

"헤에, 그럼 카이테인 씨는……."

"그냥 카이라고 불러 주십시오. 그쪽이 더 편합니다."

"아, 네. 그럼 카이 씨는 지금 열아홉 살이라는 거군요. 지금도 순례 중이신 거구요."

카이테인은 차분히 고개를 끄덕였다.

순례 중인 사제들은 대부분 화전민이나 관리의 보호를 받지 못하는 빈민촌, 윤락가 등을 대상으로 봉사 활동을 한다고 했다.

그런 그가 이번 상단 일행에 합류하게 된 것은 클모어에 있는 엘뤼엔의 신전에 가기 위해서였다. 순례 중에는 정기적으로 신전으로 돌아가 교단에 보고할 의무가 있는데, 마침 그 시기가 되었다는 것이다.

"마침 운이 좋았습니다. 이 길목은 워낙 힘해서 혼자 갈 생각을 하니 자신이 없었거든요. 상단주님의 배려로 신세를 지는 대신 다친 분들을 보살펴 드리기로 했습니다."

"그러시군요. 매일 그렇게 치료를 하시려면 굉장히 힘드시겠어요."

"그만큼 보람되는 일입니다. 오히려 제 입장에서는 환자가 많을수록 좋습니다. 그래야 순례를 도는 의미가 있으니까요. 엘뤼엔께서 주신 힘이니 그분을 위해 쓰는 것이 저의 사명이기도 합니다."

카이테인은 뼛속까지 신관다운 대답을 했다. 그리고 그 말을 증명하듯 그는 곧 자리를 떠나 자신을 기다리고 있는 환자들에게로 다시 돌아갔다.

나는 이미 지겹게 지켜본 그의 진료 모습을 새삼스럽게 바라봤다. 그는 아무리 작은 상처라도 쉽게 넘기는 법이 없었다. 호소하는 증상에는 전부 관심을 기울였고, 치료를 마친 후에는 짧게라도 반드시 신에게 감사 기도를 드렸다. 어떻게 보면 경건하기까지 한 모습이었다.

저런 사람이야말로 진정한 신관이 아닐까? 그것을 보니 단순히 유희를 편하게 하기 위해 신의 문장을 받으려고 한 내가 부끄럽게 느껴졌다. 더불어 지금까지 내가 아무렇지 않게 대했던 누군가가, 또 다른 누군가에게는 경외와 섬김의 대상이 될 수 있다는 사실에 미묘한 감정이 들었다.

　마치 엘뤼엔을 빼앗긴 것 같은 기분이랄까. 물론 어처구니없는 생각이긴 했다. 처음부터 그는 그저 호의를 베푼 것일 뿐, 그것을 내가 독식할 자격 같은 건 없었으니까.

　더구나 이미 그의 곁에는 자녀 같은 소중한 천사들이 함께하고 있지 않던가. 양아들이라곤 해도 어차피 그의 입장에선 별로 특별한 의미는 아닐 터였다. 그렇게 생각하자 갑자기 기분이 우울해지는 것 같았다.

1.

 다음 날도 그다음 날도 전투는 끊임없이 이어졌다. 이러다 몬스터란 몬스터 종류는 전부 씨가 마르는 게 아닐까 걱정이 될 정도로, 행렬이 지나는 길에는 마치 훈장처럼 몬스터 떼의 시체가 수북이 쌓였다. 물론 그만큼 우리 쪽에서도 꾸준히 부상자가 늘어나는 중이었다. 그렇게 되자 가장 바빠진 사람은 신관인 카이테인이었다.

 나중에 안 사실이지만 신성력을 쓰는 일엔 많은 체력이 소모됐다. 더불어 소모된 성력을 다시 채우기 위해선 그만큼 기도하는 시간이 필요했다. 그렇기에 카이테인은 아무리 위급한 환자라도 단번에 완치시키는 대신, 매일 조금씩 신성력을 사용하여 호전을 돕는 방법을 사용하고 있었다.

관심이 가는 곳에 시선이 간다고, 그가 엘퀴엔의 사제라는 걸 알고 나니 그전에는 있어도 의식하지 못했던 그의 모습이 종종 눈에 띄었다. 우연히 볼 때마다 그는 항상 분주한 모습이었다. 최근엔 잠까지 줄여 가며 부상자를 돌보는 일에 매진하는 것 같았다.

"안녕하세요."

"엘, 당신이 여긴 무슨 일로…… 혹시 어디 다치신 곳이라도 있으십니까?"

"아뇨, 그냥 많이 바쁘신 것 같아서요. 혹시 제가 뭔가 도와 드릴 건 없을까요? 시키는 일은 전부 할 수 있는데."

"감사한 제안입니다만 옷이 더러워질 겁니다. 게다가 생각보다 심하게 다친 사람도 많아서 보시기에 끔찍할 수도 있습니다만."

"괜찮아요. 몬스터들의 시체를 하도 많이 봤더니 이제 어지간한 상처는 아무렇지 않은걸요. 부상자가 이렇게 많은데 카이 씨 혼자 다 감당하시긴 힘들잖아요. 제가 뭐부터 도와 드리면 될까요?"

그 말에 카이테인은 어쩔 수 없다는 듯이 웃었다. 그의 입장에선 한 손이라도 더 필요한 상황일 테니 굳이 거절할 이유가 없을 터였다.

그 뒤 본격적으로 치료를 도우면서 나는 부쩍 그와 많은 대화를 나눌 수 있었다. 오랫동안 다양한 지역을 돌아본 만큼 카이테인은 지식이 매우 풍성한 사람이었다. 그는 내가 알지 못하는 여러 이야기들을 들려주었다. 주로 신관들의 삶과 그들이 지닌 성력에 관한 내용들이었다.

"아, 그렇군요. 마(魔)속성의 사제들에겐 치유 능력이 없다는 거죠?"

"예, 신의 속성이 크게 천과 마로 나뉜다는 건 알고 계실 겁니다. 이 중 천의 속성을 가진 신들이 인간의 행복과 같은 밝은 부분을 관장한다면, 대체적으로 마속성의 신들은 인간의 삶 중에서 어두운 부분을 관장합니다. 그렇기에 그들의 힘은 사람을 보호하기보다 파괴하고 공격하는 쪽에 더욱 치중되어 있죠. 적에겐 고통과 저주를, 전사들에겐 투지를 불러일으킵니다. 그래서 마속성의 신관들은 대게 암흑 사제라고도 불립니다."

더불어 이들 중에서도 가장 강한 성력을 지닌 자들은 바로 마신의 사제들이었다. 그들의 성기사는 참여한 전투에서 단 한 번도 패한 적이 없으며, 오직 성력의 힘만으로 적들을 죽음으로 이끄는 것으로 유명하다는 것이다. 오래전 작은 왕국에 불과했던 스왈트가 지금의 제국으로 부상하게 된 것도 그들의 힘이 원동력이 되었기 때문이었다.

때문에 스왈트 제국의 백성들은 거의 맹목적이다시피 마신의 사제들을 신뢰했다. 그런 어처구니없는 신탁에 아무렇지 않게 휩쓸린 것도, 이미 신에게 귀의했으면서도 대공이 정치에 관여하고 섭정을 할 수 있던 것도 전부 그러한 이유에서였다.

'가능하다면 그놈의 마신이란 존재를 만나 보고 싶은데 말이지.'

만나서, 작금의 사태에 대한 그의 생각을 들어 보고 싶다. 물론 현실은 가까운 엘뤼엔조차 맘대로 만날 수 없는 상황이긴 하지만 말이다. 나는 속으로 한숨을 삼키며 상념을 털어 냈다.

"그런데 엘뤼엔도 마속성의 신 아닌가요?"

"맞습니다. 저희 사제들은 조금 특별한 사례죠. 마속성이면서도 치유의 성력을 지니고 있으니까요. 단죄를 뜻하는 형벌의 사제들이 치유력을 지니고 있다는 것에 의문을 표하는 분들도 많기는 합니다만……."

"뭐, 육체의 고통만이 전부가 아니라는 거겠죠."

"그게 무슨 뜻인지?"

대수롭지 않게 대답한 말에 카이테인은 유난히 관심을 보였다. 나는 어깨를 으쓱하며 말했다.

"단죄 방식이 전부 똑같지는 않잖아요. 때론 살아 있는 것 자체가 형벌이 되는 경우도 있죠. 본인에게는 물론, 다른 누군가에게도요."

"살아 있음으로 형벌이 된다……."

"네. 더구나 단죄는 오직 신만이 할 수 있는 일인 것 같거든요. 아무리 선량하다 해도 도덕적으로 완벽한 사람은 세상에 있을 수 없으니까요. 그러니까 단죄는 신에게 맡기되, 사제들은 오히려 죄인을 위해 기도하고 관용을 베푸는 것이 맞지 않을까요? 엘뤼엔의 문장을 봐도 저울은 양쪽 다 똑같이 평행을 이루고 있잖아요. 전 그런 의미가 아닐까 싶어요."

"……과연. 멋진 대답이군요."

"그, 그런가요?"

뜻밖의 칭찬에 나는 당황했다. 사실 큰 고민 없이 그저 생각나는 대로 대답한 말이었기 때문이다. 내심 건방지게 여기는 건 아닐까 싶었는데, 그런 예상을 깨고 카이테인은 오히려 한층 더 부드러워진 시선으로 나를 보고 있었다. 그것도 모자라 그는 더 엄청난 말까지 건넸다.

"엘, 당신이라면 신의 음성을 들으실지도 모르겠습니다."

"네? 저, 정말요?"

"물론입니다. 왠지 좋은 예감이 드는군요. 신전에 도착하시면 원하시는 바를 꼭 이루게 되실 겁니다."

"아하하…… 그럼 저야 영광이죠."

……하지만 과연 엘뤼엔이 만나 줄지 모르겠는걸요. 아니, 만난다 하더라도 그가 순순히 협조해 줄 거란 보장도 없어요.

목구멍까지 차오른 뒷말을 삼키며 나는 어설프게 웃었다. 그러자 카이테인은 불안해할 것 없다며 차분히 나를 위안했다. 복잡한 심경에 굳어진 얼굴을 긴장한 탓으로 오해한 듯했다.

그 덕분에 나는 오히려 더 양심의 가책을 느꼈다. 아마 그는 상상조차 하지 못할 것이다. 내가 실은 정령왕이며, 단지 유희를 편하게 하기 위해 신을 이용할 생각이나 하는 괘씸한 녀석일 뿐이라는 것을 말이다.

무엇 하나 제대로, 스스로 해내지 못하는 정령왕이라니, 생각해 보니 이 무슨 처량한 신세인가 싶다.

유희라는 것, 정말 쉬운 일이 아니었다.

* * *

부상자들을 돌보고 난 것은 해가 거의 다 저물어 갈 무렵이었다. 이미 야영을 시작한 용병들은 각자 침낭을 꺼내 들고 취침에 들어갈 준비를 했다. 앓는 소리로 가득하던 공간도 어느새 고요한 숨소리로 채워져 있었다. 카이테인은 마지막으로 환자들의 상태를 점검한 다음 내게 고마움을 표했다.

"덕분에 일이 한결 수월했습니다. 고마웠습니다, 엘."

"뭘요. 앞으로도 필요하시면 언제든지 불러 주세요."

"그래도 괜찮겠습니까?"

"그럼요. 이런 식으로라도 도움이 될 수 있어서 기쁜걸요."

사실 조금 더 솔직한 기분을 말하자면 더 이상 죄책감에 시달리고 싶지 않다는 생각이 컸다. 마음 놓고 치료술을 쓸 수 없다면 하다못해 치료 행위에 일조라도 하고 싶었다. 그렇게 해야 신의 문장을 받으러 갈 때 마음이 편할 것 같았다.

결국 모든 것이 나를 위한 위선인 것이다. 그런 주제에 아무렇지 않게 너스레를 떠는 나 자신이 창피해 죽을 것 같았다.

그 뒤 나는 카이테인과 일별하고 일행들에게로 돌아갔다. 그런 나를 가장 먼저 맞이한 건 트로웰이었다. 그런데 그의 분위기가 조금 이상했다. 살짝 얼굴을 찌푸리고 있는 것이, 묘하게 기분이 상한 것 같은 표정이었다.

"왜 그래, 매튜?"
"지금까지 부상자들을 치료해 주고 있었던 거야?"
"응. 아, 하지만 치료술은 안 썼어. 걱정 안 해도 돼."
"그게 아냐."
"응?"
"신관 옆에서 내내 잔일을 도왔잖아. 난 엘이 인간의 심부름 따위를 하는 거 마음에 안 들어."

그는 꼭 토라진 것처럼 입술을 삐죽였다. 잔뜩 부푼 두 볼에 퉁명스러움이 가득했다.

트로웰이 이런 표정도 지을 줄 알았나? 항상 어른스러운 모습밖에 보지 못했기에 나는 매우 당황했다. 하지만 그러면서도 웃음이 나오는 걸 막을 수가 없었다.

"푸흡, 지금 뭐 하는 거야, 매튜. 겨우 잔심부름한 걸 가지고."
"겨우라니. 엘, 너는 네 자신의 가치를 너무 모르고 있어. 그런 조잡한 일에까지 일부러 나서지 않아도 돼."
"내가 좋아서 한 거야. 마냥 누리는 생활만 할 생각이라면 애초에 유희를 할 필요가 없잖아. 그러는 매튜도 일행들과 함께 텐트를 치거나 무기를 정비하는 일을 돕기도 하면서."

"그건…….."

"나도 별로 다르지 않아. 그냥 도울 수 있는 일을 돕는 것뿐이야. 내가 세상 물정을 모르는 건 사실이지만, 매튜는 너무 날 과보호하는 것 같아."

못마땅한 기색을 감추지 못하는 트로웰에게 나는 조심스럽게 말했다. 그러자 그는 무언가 생각에 잠긴 듯 잠시 미간을 좁히더니, 곧 어쩔 수 없다는 듯 다시 평소와 같은 미소를 지어 보였다.

"네 말이 맞아, 엘. 내가 너무 예민하게 굴었던 것 같다. 미안해."

"아, 아냐. 나야말로 마음 써 준 건데 그런 식으로 말해서 미안해."

"아니, 내가 지나쳤어. 나도 모르게 무심코 너를 내 보호 대상으로 대했어. 네 입장을 너무 배려하지 못한 행동이었던 것 같아."

"아니라니까. 그건 전부 나를 위해서 그런 거잖아. 난 전혀 아무렇지도 않아. 매튜는 아무 잘못 없어. 진짜야."

"하지만…….."

"정말이래도? 또 미안하다고 하면 나도 계속 사과할 거야. 누가 더 미안한가, 가를 수 있을 때까지 계속."

"그래그래. 알았어. 내가 졌어."

트로웰은 피식 웃으며 두 손을 살짝 들어 올렸다.

하지만 확실히 그가 내게 유난히 관대한 편인 것만은 사실이었다. 아무리 어리바리하다 해도 보통 정령왕이 다른 정령왕의 유희를 옆에서 돕는 건 흔치 않은 일이었으니까. 내가 특이해서 그렇지, 만약 보통의 정령왕이었다면 오히려 자존심이 상해 역정이 났을 것이다. 물론 그랬다면 그 역시 처음부터 이런 배려를 할 리가 없었을 테지만 말이다. 그 점이 고마우면서도 또 한없이 미안했다.

"참, 혹시 몰라서 미리 말해 두는 건데 말이야, 엘."

"응?"

불쑥 진지하게 말하는 트로웰의 모습에 나 또한 덩달아 긴장해서 눈을 깜빡였다. 그는 힐끗 주위를 살피고는 곧 다시 나를 바라보았다. 동시에 굳게 다물어진 입에서 그의 음성이 들려왔다.

『갑자기 일행들과 떨어지게 되면 당황하지 말고 바로 정령계로 돌아가.』

마치 머릿속에서 직접 울리는 듯한 목소리. 정령의 대화법이었다. 나는 반사적으로 튀어나오려는 말을 삼킨 채 차분히 그와 같은 방식으로 질문했다.

『그게 무슨 소리야?』

『딱히 큰 효과는 없겠지만 그래도 모르는 것보다는 나을 테니까. 아무튼 잊지 마. 혼자가 되면 바로 정령계로 돌아가는 거야. 알겠지? 그 뒤에 할 일은 아마 너 스스로 알게 될 거야.』

『설마, 그건 예언이야?』

당황해서 되묻는 말에 트로웰은 굳어진 얼굴로 살짝 고개를 끄덕였다. 그러면서 말하길, 가까운 미래에 내게 인연의 별이 깃들었다는 것이다.

『인연의 별?』

『위험할 정도로 선명한 기운이야. 그것이 엘, 너를 향해 지나칠 정도로 관심을 보이기 시작했어. 그것의 정체는 조만간 알아낼 수 있을 테지만…… 현재까진 적의인지 호의인지조차 명확하지 않아. 다만 그것이 네게 미칠 영향이 굉장히 클 거라는 것만은 확실해.』

그렇게 말한 뒤 트로웰은 담담히 나를 직시했다. 투명하게 발하는 그의 황금빛 눈동자가 이 순간 처음으로 두렵게 느껴졌다. 마치 살아 있지 않은, 무기질을 바라보는 기분이었다.

혜안을 열었을 때의 트로웰의 눈빛은 이렇구나. 이전에도 그가 예언을 한 적은 몇 번 있었지만 자세히 얼굴을 본 것은 이번이 처음이다. 나는 속으로 마른침을 삼키며 조심스럽게 물었다.

『그걸 피할 방법은 없는 거야?』

『으음, 그럴 수 있다면 좋겠지만, 이렇게 강한 인연의 별은 떨쳐내는 것도 쉽지 않아. 좋은 쪽이든 나쁜 쪽이든, 너는 그것으로 인해 여러 가지 일들에 휘말리게 될 거고, 반드시 한 번은 많은 사람들과 이별을 겪을 거야.』

『이, 이별?』

『미안, 엘. 내가 알아낼 수 있는 건 이 정도가 전부야.』

그는 난처한 표정을 지으며 사과했다. 유리알 같던 눈동자도 어느새 원래의 상태로 돌아온 뒤였다. 아쉬움에 앞서 안도감이 밀려오는, 복잡 미묘한 기분이 나를 사로잡았다.

그때 문득 언젠가 그에게서 들었던 말이 떠올랐다. 이사나와 관계가 있다는 '불온한 움직임'에 대해서. 많은 사람이 고통을 받고, 나는 그것을 가까이에서 지켜보게 된다고 했던가.

'……설마 이번 예언이 그것과 연관이 있는 건 아니겠지?'

설명의 분위기는 전혀 달랐지만, 아무래도 두 번 다 상대의 정체가 모호하다 보니 연관성을 찾게 되는 건 어쩔 수 없었다. 그런 내 염려를 읽은 듯 트로웰이 내 어깨를 가볍게 두드렸다.

"너무 걱정하지 마. 인연이 반드시 나쁜 쪽으로 이뤄진다는 법은 없으니까. 오히려 좋은 쪽으로 적용이 되면 네게 가장 큰 힘을 주는 존재가 될 거야. 이렇게 강한 인연의 별은 연인들 중에서도 찾기 쉽지 않거든."

"그렇구나."

문제는 굉장한 악연일 가능성이 더 커 보인다는 거겠지만. 괜히 긁어 부스럼을 만들 필요는 없었으므로 나는 그저 어설프게 웃었다.

진심으로 앞날이 걱정되는 순간이었다.

2.

그날 밤 나는 이상하리만치 불안한 기분에 휩싸여 쉽사리 잠에 들지 못했다. 어차피 수면이 필요한 몸은 아니지만 늘 버릇처럼 이어 오던 일과를 하지 못하게 되니 생각보다 스트레스가 컸다. 그보다 정령왕에게도 불면증이 있다는 걸 알게 되니 당황스럽다고 해야 할까.

누운 상태에서 눈만 뜬 채 멀거니 하늘을 바라보기를 잠시간, 나는 눈동자를 굴려 주위를 둘러보았다. 멀찍이 있는 모닥불 앞엔 오늘 불침번을 맡은 용병들 몇몇이 앉아 있었고, 그 주위로 곤히 누워 있는 낯익은 모습들이 보였다. 잠들어 있는 얼굴들은 하나같이 지친 기색이 역력했다. 요 며칠 계속된 전투로 몸이 남아나질 않았을 테니 당연하다면 당연한 일이었다.

내게 신의 문장이 있다면 이럴 때 체력이라도 회복시켜 줄 수 있었을 텐데. 정체를 숨긴 정령왕, 그것도 유희를 시작한 지 얼마 되지 않는 생초보 정령왕은 아무짝에도 쓸모가 없는 것 같다. 확실히 누가 보기에도 나는 짐덩어리였다.

'더구나 순탄치 않은 미래까지 기다리고 있단 말이지.'

어쩐지 이쪽에서 태어난 후로는 지나치게 운이 좋다 했다. 그동안 참고 있던 악운들이 기회를 틈타 한꺼번에 밀려드는 듯 착각마저 일었다.

잠 못 이루는 새벽엔 상념이 자리 잡기 마련. 생각이 깊어질수록 잠은 더 오지 않았다. 결국 나는 더 이상 버티지 못하고 자리에서 몸을 일으켰다. 억지로 누워 있으니 차라리 일어나는 편이 정신 건강에 더 좋을 것 같아서였다. 그러자 기척을 느꼈는지 바로 옆에서 잠들어 있던 이사나가 가늘게 눈을 떴다.
 "우움…… 엘?"
 "아아, 잠깐 산책 다녀올게. 난 신경 쓰지 말고 계속 자."
 조용히 다독이자 이사나는 멍한 얼굴로 고개를 끄덕이고는 다시 눈을 감았다. 깊은 잠에 빠져든 듯 곧 살짝 벌어진 입에서 곤한 숨소리가 들려오기 시작했다. 그 모습을 보니 노숙을 막 시작했을 때의 생각이 났다.
 처음에 이사나는 맨바닥에서 제대로 잠을 자지 못했다. 평생 고운 옷감과 푹신한 침대에 길들여져 온 사람인 만큼 아무래도 적응 과정이 쉬울 리 없었다. 기사들과 함께 있을 땐 적어도 그들이 짚으로 된 간이침대를 만들기라도 했었다. 그러나 나와 동행하고 나서부턴 짚은커녕 얇은 담요조차 제대로 깔지 못하고 잘 때가 많았다.
 겨울로 접어든 계절, 바닥은 기온을 잘 느끼지 않는 나조차 감지할 수 있을 만큼 얼음장 같았다. 불편하다는 내색을 대놓고 하지는 않았지만 매일 밤, 한참을 끙끙거리다 겨우 잠드는 것을 알고 있었다. 하지만 이젠 어디를 가서든 아무렇지 않게 눕고 숙면을 취한다. 그런 점이 대견한 반면 한편으로는 마음이 쓰였다.
 나는 그의 몸에 모포를 단단히 덮어 준 다음, 자리에서 일어나 모닥불 쪽을 향해 걸어갔다. 오늘 불침번을 서는 건 칵테일 용병단이었다. 마침 당번이었는지 대여섯으로 이루어진 인원 속에 낯익은 얼굴도 발견할 수 있었다. 단장인 빌트와 코웰이었다. 그들 역시 다가오는 나를 알아보고 반겼다.

"여어, 후드 형제 중 한 명."

'후드 형제?'

가장 먼저 말을 걸어온 건 뻐딱한 자세로 앉아 있던 코웰이었다. 그가 내뱉은 이상한 호칭에 머뭇거리는 내게 빌트가 싱긋 웃으며 말을 건넸다.

"샴페인 용병단에서 심부름꾼으로 있는 아이구나. 잠이 안 오는 거냐?"

"네. 수고가 많으시네요. 저도 옆에 앉아도 될까요?"

"물론이지. 편한 곳에 앉아."

선뜻 나온 허가의 말에 나는 감사 인사를 한 뒤 적당히 빈자리에 끼어들었다. 그사이 빌트는 모닥불에 장작을 더 집어넣었다. 타닥타닥, 마른 잔가지가 순식간에 붉은 불씨를 뿜으며 타들어가기 시작했다. 그때 다시금 코웰이 나를 향해 물었다.

"형이냐, 동생이냐?"

"네?"

"너희 형제 중에서 어느 쪽이냐고. 둘 다 그 거추장스러운 천조각을 푹 눌러쓰고 다니니 누가 누군지 알아볼 수가 있어야지."

"아, 죄송해요. 형 쪽이에요. 엘이라고 합니다."

"흐응— 누군지 알겠다. 그 매튜라는 녀석과 친한 게 너였던가?"

대수롭지 않게 물어보는 말에 나는 무심코 고개를 끄덕이려고 했다. 그러나 내가 대답을 하는 것보다 다른 용병들이 반응을 보인 것이 더 빨랐다.

"야, 인마, 코웰! 매튜 님이라고 불러!"

"감히 누구 이름을 함부로 부르는 거야?"

전혀 예상치 못한 부분에서 험악한 구박들이 그를 향해 퍼부어졌다. 그러자 코웰이 얼굴을 와락 찌푸렸다.

"꺼져. 누가 그런 꼬맹이한테."

"이 자식이? 너 지금 말 다 했냐?"

"매튜 님이 비록 너보다 나이는 어리셔도 너 따위와는 비교할 수도 없을 만큼 강한 분이거든?"

'아니, 사실은 나이도 더 많은데.'

나는 차마 밝힐 수 없는 사실을 속으로 삼키며 슬그머니 눈치를 살폈다. 그보다 이 지나치게 과잉된 반응은 뭐라고 설명을 해야 할지. 다른 용병들과는 평소 교류가 많지 않았던 탓에 좀처럼 돌아가는 분위기를 읽기가 힘들었다. 그것을 눈치챘는지 빌트가 미안한 표정을 지으며 말했다.

"이 녀석들은 신경 쓰지 마라. 실은 이번 의뢰 기간 동안 이놈들이 전부 샴페인 용병단의 열렬한 추종자가 됐거든. 정작 본인들에겐 무서워서 말도 못 거는 주제에 말이야."

"그, 그렇군요."

"뭐, 그 심정은 이해해. 전투 때 그들의 움직임을 보면 감히 빠져들지 않을 수가 없지. 하나의 예술 작품에 가깝다고 할까. 사람들이 그들을 용병의 귀감으로 삼는 것도 당연해. 실은 나도 용병이 되려고 마음먹은 계기가 휴센 씨 때문이었지."

"헤에, 빌트 단장님이요?"

"그래, 그땐 휴센 씨가 샴페인 용병단을 창설하기도 전이었어. 나보다 어린 사람이 고고하게 혼자서 의뢰를 완수하는 모습이 얼마나 멋지게 보이던지. 완전히 반해서는 그 자리에서 잘나가던 사냥꾼 일을 때려치우고 이 바닥에 들어왔다는 거 아니냐. 하하, 이거 참 쑥스럽군."

빌트는 어색하게 웃으며 뒷머리를 긁적였다. 다 큰 어른이 수줍은 소년처럼 얼굴을 붉히는 모습을 보니 왠지 가슴이 따뜻해지는 것 같았다.

"아무튼 그래서 그동안 너희 형제에 대해서도 굉장히 궁금했어."

"에? 저희요?"

"몰랐어? 너희 여기서 꽤 주목받고 있는데."

"네? 왜, 왜요?"

뜻밖의 말에 나는 고개를 기울였다. 샴페인 용병단이야 워낙 활약이 큰 사람들이니 당연하지만, 나와 이사나의 경우엔 딱히 관심을 살 만한 부분이 없었기 때문이다. 그리고 그 의문은 곧 이어진 빌트의 대답을 통해 간단히 해결됐다.

"왜긴, 샴페인 용병단은 심부름꾼을 쓰지 않기로 유명하거든. 그런데 이번 의뢰에 너희들을 데리고 왔으니 당연히 놀랄 수밖에."

"아……."

그러고 보니 처음 합류 때 그 비스무리한 말을 듣긴 했던 것 같다. 그 당시엔 반 강제로 끌고 가는 휴센의 행동에 당황해서 별로 큰 의미를 두지 않았는데(오히려 귀찮았는데), 그게 정말로 단순한 사건은 아니긴 했던 모양이다.

"갑자기 심부름꾼이라고 들어왔질 않나. 더구나 둘 다 후드를 푹 눌러쓰고 다니면서 사람들이랑 교류도 잘 안 하잖아. 그래서 처음에 너희들 수상하게 여기는 사람들이 얼마나 많았다고. 샴페인 용병단원들이 무서워서 접근하는 놈들은 없었지만 말이야."

"그, 그랬군요."

"그걸 몰랐다니, 너도 참 어지간히 둔하구나. 덕분에 너희들 여기서 불리는 별명도 있어. 일명 후드 형제라고."

"……쿨럭!"

아까 전에 코웰이 말했던 그게 별명이었구나.

설마 내가 알지 못하는 곳에서 그런 사정이 있었을 줄이야. 워낙 이동하는 무리가 많고, 단끼리의 교류가 잦지 않은 탓에 우리가 눈에 띌 거란 생각은 해 본 적이 없었다. 그게 얼마나 안이한 판단이었는지 자각하니 얼굴이 뜨거워지는 것 같았다.

"그런 김에 단도직입적으로 묻자. 너희도 샴페인 용병단의 정식 소속인 거냐?"

"아, 아뇨. 클모어까지 가는 길에만 한시적인 동행이에요. 길이 워낙 위험해서 잠시 신세를 지고 있어요."

"뭐야, 역시 그렇군. 어쩐지 이상하다 했어. 보통, 심부름꾼들은 용병 지망생인 경우가 대부분인데 너흰 도무지 그렇겐 안 보였거든. 노숙에도 익숙지 않은 것 같았고, 행동 하나하나가 딱 곱게 자란 샌님들 티가 나더라고."

"아하하, 그, 그런가요."

"아, 나쁜 뜻으로 한 말은 아니야. 대체로 용병들은 험하게 구르다 온 녀석들이 많은데, 그런 느낌을 받지 못했다는 것뿐이니까. 아무튼 한시적 동행이라도 샴페인 용병단과 함께하다니, 너희들 꽤 운이 좋네. 그 사람들이랑 같이 다니면 적어도 목숨 잃을 걱정은 없지. 그래도 맞추기 까다로운 사람들일 텐데, 같이 지내기 힘들진 않아?"

"아니에요. 다들 친절하셔서 수월하게 지내고 있어요."

그 순간 내가 내뱉은 한마디가 차분하던 그들 사이에 파문을 일으켰다. 그들은 저마다 당황한 표정으로 술렁거리기 시작했다.

"헤에, 친절하다고? 상상이 잘 안 가는군. 싸울 때만 보면 완전 괴물들이던데 말이지."

"맞아요, 단장. 특히 이릴 누님이 채찍을 휘두르는 모습은 타의 추종을 불허하죠. 그 얇은 가죽으로 몬스터들을 가볍게 채 써는 거 보셨어요? 정말 소름이 끼칠 정도라니까요."

"헤롤 형님의 도술은 어떻고? 난 그렇게 무거운 도끼를 한 손으로 휘두르는 사람은 처음 봤어."

"마이티 형님의 암기 다루는 솜씨야말로 귀신같지. 몬스터가 갑자기 쓰러져서 가 보면 언제 박혔는지도 모르게 표창이 날아와 있더라고. 장담하건대 어지간한 암살자들도 마이티 형님처럼 날쌔진 못할 거다."

"휴센 님은 마스터 기사와 싸워서 이긴 적도 있잖아. 그분에게 직접 사사한 쉐리 양도 어지간한 기사들은 다 발라 버릴 실력이라던데."

누가 팬클럽 아니랄까 봐, 한마디씩 이어지는 말들이 전부 절절한 찬사뿐이다. 낯간지러웠지만 다른 사람들의 입을 통해 듣는 그들의 평가도 신선해서 나는 잠자코 대화를 경청했다. 한참동안 이어진 찬양 속엔 트로웰에 대한 화제도 빠지지 않았다.

"그렇지만 역시 가장 눈에 띄는 건 매튜 님이지. 그 가느다란 체구로 거대한 몬스터를 한 방에 날려 버리다니. 볼 때마다 항상 감탄하게 된다니까."

"아무렴. 심지어 외모마저 범상치 않으시지. 사내라는 걸 알면서도 가슴이 다 설렐 정도이니 말이야. 듣자 하니 귀족 영애들한테서 연서가 끊이질 않는다던데."

"당연하지. 귀족들 중에서도 그렇게 아름답게 생긴 사람은 흔치 않을걸? 더구나 아직 나이도 어리시니 발전 가능성도 무궁무진하고 말이야."

"흠, 그러고 보니 매튜 님이 내년에 금패를 받는다는 소문이 있던데."

"뭐? 그게 정말이냐?"

누군가의 중얼거림에 용병들은 모두 경악했다. 심지어 내내 시큰둥한 표정을 짓고 있던 코웰조차 두 눈을 부릅뜬 것이 보였다.

"그 꼬마가 그렇게 엄청나다고?"

"야, 인마, 매튜 님이라고 부르라고 했지?"

"그건 됐고. 아무튼 진짜 금패를 받는 거래? 그냥 추측으로 떠도는 말이 아니고?"

"흐흐, 날 뭐로 보는 거냐? 아마 거의 확실할 거다. 다른 곳도 아니고 길드 본부에서 도는 소문이니까 말이지. 이미 마지막 심사 과정만 남았고, 거의 확정 단계라고 하더라고."

"허어, 그게 사실이라면 정말 굉장하군. 매튜 님은 아직 십 대 중반이잖아. 이전에도 십 대에 금패를 받은 용병이 있었나?"

"아니, 없지. 휴센 님이 스물다섯에 받은 게 최연소라고 들었어."

"히야— 그럼 이번에 매튜 님이 받으시면 역대 최연소 금패 용병을 갱신하는 건가?"

"결심했다. 난 평생 그분을 따를란다. 아무도 날 말리지 마."

"미친놈. 그분이 받아 주시기나 한대?"

그들은 한껏 달아오른 얼굴로 서로 야유를 퍼부었다. 그렇지 않아도 후끈하던 공기가 트로웰의 금패 이야기로 더 뜨거워진 것 같았다.

'그게 정말 대단한 거였구나.'

샴페인 용병단에게 들었을 때는 그저 대견하다는 느낌이 더 강했기 때문에 이렇게 파급력이 큰 일이라고는 미처 생각을 못 했다. 새삼 이렇게 보니 그들의 경지가 일반인보다 높다는 사실을 실감할 수밖에 없었다. 물론 트로웰의 입장에선 그다지 큰 차이가 없을 것 같긴 하지만 말이다. 지금도 그가 힘을 억제하고 있는 거라는 걸 알게 되면 다들 무슨 표정을 지을까? 사람들의 경악하는 모습을 상상하는 것만으로도 괜히 웃음이 나왔다. 그때 돌연 누군가 내게 질문을 건네 왔다.

"그런데 꼬마, 아니, 엘이라고 했던가? 넌 매튜 님과 어떻게 아는 사이냐? 보아하니 오래전부터 알고 지낸 사이 같던데."

"네? 어떻게 아셨어요?"

"그야 매튜 님이 너한테만 유독 표정이 부드러우시니까 그렇지. 심지어 동료들에게조차 그렇게 웃어 주는 걸 본 적이 없는데 말야."

그러자 기다렸다는 듯 다른 사람들도 한마디씩 그의 말을 거들기 시작했다.

"맞아, 나도 처음엔 내 눈을 의심했어. 웃을 줄도 아는 분이라는 걸 그때서야 알았다니까."

"나도 마찬가지야. 사실 이번 의뢰 전에도 용병 길드에서 그분의 모습을 몇 번 본 적이 있거든. 그때마다 타인에게 지독하게 무관심하다는 느낌이었어. 도저히 훔쳐볼 엄두도 안 나더라고."

"자, 그러니까 순순히 불어라, 꼬마! 대체 매튜 님과 어떤 사이기에 그분의 미소를 받는 영광스러운 자리에 있는 거냐?"

쏟아지는 눈길들은 하나같이 매우 집요했다. 바로 대답하지 않으면 산 채로 모닥불에 굽기라도 할 기세였다. 나는 등골이 서늘해지는 걸 느끼며 어색하게 대답했다.

"아하하, 그냥 고향 친구예요. 실은 이번 행렬에 들어온 것도 매튜가 도와준 덕분이었어요."

"뭐? 그렇담 죽마고우란 말이냐?!"

"음, 아무래도 그렇겠죠……?"

소심한 대답에 이어진 반응은 격렬했다. 그들은 두 팔로 머리를 감싸며 탄식을 내뱉기 시작했다.

"으아, 진짜 부럽다! 그 매튜 님과 고향 동기라니!"

"넌 세상에서 가장 엄청난 행운아구나!"

"치사해! 나도 매튜 님과 고향 동기이고 싶어!"

"젠장, 창피하니까 다들 그만 좀 해."

그때 더 이상 들어줄 수 없다는 듯 코웰이 붉어진 얼굴로 쏘아붙였다. 물론 그런다고 해서 정신없는 분위기가 쉽게 가라앉을 리 없었다. 오히려 그들은(단장 빌트를 포함하여) 뭐가 문제냐는 듯이 눈을 부라렸다. 어떤 면에서는 상당히 담합이 잘되는 사람들이었다. 코웰은 질렸다는 듯이 혀를 차곤 나를 향해 말했다.

"저 멍청이들은 무시해 버려. 죄다 나이를 헛먹은 사람들이니까."

"아하하……."

"그런데 너희 형제는 왜 항상 후드를 쓰고 다니는 거냐? 무슨 이유라도 있는 거야?"

"네? 아, 아뇨. 그냥요."

"그냥 후드를 쓰고 다닌다고? 불편하지 않아?"

"적응돼서 딱히 잘 모르겠어요. 게다가 일행들도 쓰는 편이 좋겠다고 하고요."

"일행이라면 샴페인 용병단원들 말이지? 그 사람들이 왜 그런 말을 하는데?"

"으음, 제 외모가 정신 건강에 별로 좋지 않다는 것 같더라고요."

나는 당시의 일을 생각하며 떨떠름하게 대답했다. 그런데 그것이 오히려 상대의 호기심을 자극한 모양이다. 코웰은 물론, 칵테일 용병단원들이 모두 휘둥그레진 눈으로 나를 바라보았다.

"정신 건강에 나쁘다고? 대체 어떻게 생겼기에 그런 말을 다 들어? 후드 좀 벗어 봐. 얼굴 한번 보자."

"네? 아, 그치만……."

"괜찮아. 절대 놀리지 않을게."

"그래, 우리 사람 외모 갖고 뭐라 하는 나쁜 사람들 아니다."

단장 빌트가 엄숙한 표정으로 그의 말을 거들었다. 물론 그 말이 진심이 아니라는 것쯤은 나도 알았다. 사람들의 반짝거리는 눈동자에서 장난기가 번뜩이고 있었기 때문이다.

나는 잠시 머뭇거리다가 곧 한숨을 내쉬고 고개를 끄덕였다.

어차피 이사나의 편의를 위해 같이 쓰고 다니던 것뿐, 내 경우에는 굳이 얼굴을 숨길 필요는 없었으니까. 괜히 감추려고 하다가 이사나한테까지 불똥이 튀면 곤란하다. 샴페인 용병단원들 때처럼 이번에도 어느 정도 호기심만 충족시켜 주면 될 터였다.

'게다가 설마 또 여자로 오해받지는 않을 테고 말이지.'

후드를 벗자 한층 트인 시야가 나를 반겼다. 그래 봤자 어둠으로 뒤덮인 주변은 여전히 캄캄하긴 마찬가지였지만 왠지 기분만은 상쾌해지는 것 같았다. 나는 후드 안에서 흘러나오는 머리카락을 정리하다 말고 고개를 들었다. 이상하리만치 주변이 고요해진 것 같았기 때문이다.

실제로 조금 전까지 두런거리던 수다 소리가 전혀 들리지 않았다. 당황해서 돌아보니 칵테일 용병단원들이 모두 무섭게 굳어진 얼굴로 나를 빤히 바라보고 있었다.

"왜…… 그러세요?"

의아해져서 마주 보자 코웰이 찌푸린 얼굴로 옅게 신음을 내뱉었다. 힐끔힐끔 응시하는 눈빛에 서린 것은 명백한 낭패감이었다. 왠지 불길한 기분이 드는데 내 착각만은 아니겠지?

"너…… 여자애였냐?"

'젠장, 또 이거냐!'

오해를 하지 않기는 개뿔! 나는 참담하게 일그러지려는 얼굴을 간신히 참았다. 억지로 웃으려니 입가에 경련이 일 것 같았다.

"아닌데요."

"말도 안 돼. 남자 주제에 그렇게 생겼다고? 거짓말이지?"

"……남자 주제에 이렇게 생겨서 죄송하네요."

"허어, 진짜 남자라고? 너 지금 장난이 너무 심하다고 생각하지 않냐?"

"장난이 아니라……."

"야, 코웰. 그만해. 곤란해하잖아."

그때 빌트가 그의 어깨를 붙잡으며 만류했다. 그러나 고마운 기분은 아주 잠시에 지나지 않았다.

"이 눈치 없는 놈아, 딱 봐도 여자애인 거 안 보여? 보아하니 사정이 있어서 피치 못하게 숨기고 있는 모양인데, 그렇게 꼬치꼬치 캐물으면 어떡하냐?"

"……."

제기랄! 난 정말 이 얼굴이 싫어!

대체 날 이렇게 만든 신은 신계의 어느 구석에 박혀 있단 말인가. 만나기만 하면 멱살을 붙잡고 짤짤 흔들어 주고 싶었다.

'이봐, 신님! 내가 많은 걸 바랐어? 난 그저 강지훈이었던 시절보단 조금, 아주 조―금 잘생겨지고 싶었을 뿐이라고! 아, 그래. 솔직히 말할게. 실은 무지무지 잘생겨져서 여자들의 시선을 한 몸에 받고 싶었어. 하지만 이건 해도 해도 너무하잖아? 보는 사람마다 여자로 오해하게 만들면 어쩌자는 거야! 앙? 내 얼굴 다시 내놔! 돌려내란 말이다!'

정말 이렇게 소리쳐 주지 못하는 것이 천추의 한이다.

강지훈일 시절에는 그렇게나 부러워하던 곱상한 얼굴을 싫어하게 되는 날이 올 줄이야. 정말이지 세상은 오래 살고 볼 일이다.

그 뒤 내가 남자라는 사실을 성토하기까지 나는 꽤 오랜 인내의 과정을 밟아야 했다. 몇 번이나 되풀어 강조하자 그들은 긴가민가해하면서도 결국 내 말을 믿었다. 물론 그렇다 해서 완전히 의심의 눈길이 사그라진 건 아니었다.

"샴페인 용병단원들이 괜히 후드를 쓰라고 한 게 아니었군."

"그러게 말이야. 계집애보다 더 계집애 같은 얼굴을 가진 사내녀석이라니. 장담하는데 넌 여장만 하면 당장 귀족가의 첩으로 들어가서 평생 호의호식할 수 있을 거다. 아니, 여장을 안 해도 가능할 것 같은데?"

"그만 좀 놀리세요."

"아냐, 진짜야. 넌 정말 남자로 태어난 게 이상해. 뭔가 심각한 문제가 있는 거 아니냐?"

"……사실은 저도 슬슬 의심이 들기 시작했어요."

"뭐?"

"아니, 아무것도 아니에요."

내 정체를 알지도 못하는 사람들에게 어떻게 내가 여성체일지도 모른다고 말할 수 있겠는가. 게다가 이 사람들이라면 사실은 여자라고 밝혀도 전혀 의심 없이 믿어 줄 것만 같아 더 무섭다. 비참한 심정으로 한숨을 내쉬는데 문득 생각났다는 듯 누군가 말했다.

"아, 그러고 보니 클모어에 도착하면 샴페인 용병단과 헤어지는 거지? 거기에선 더 각별히 조심하는 게 좋겠다. 꼭 후드를 쓰고 다니도록 해."

"네? 왜요?"

"왜긴. 대공의 기사들이 지천에 깔려 있다잖아. 내가 어디서 주워들은 말인데 말이야, 요즘 대공이 아이들을 모으고 있다고 하더라고."

"……아이?"

"그래, 아직 성인식을 치르지 않은 나이라면 누구든. 외형만 괜찮으면 성별에 상관없이 마구잡이로 잡아가는 모양이야. 그러니까 괜히 눈에 띄었다간 너도 바로 잡혀갈지도 몰라. 물론 단지 소문일 뿐이지만 말이야."

"잡아가서 뭘 하는데요?"

"그거야 뻔하지, 뭐. 아직 성혼도 하지 않았겠다, 밤 시중을 들게 하는 거 아니겠어?"

"쿨럭!"

맙소사. 형의 죽음에 일조하고 친조카를 쫓아내는 걸로도 모자라 이젠 그런 변태 짓까지 한다고? 뭐, 그런 쓰레기 같은 놈이 다 있어? 하지만 이야기는 거기에서 끝난 것이 아니었다. 소문의 일부랍시고 가르쳐 주는 말을 들을 때마다 나는 경악을 금할 수가 없었다.

"이미 상당수의 소녀들이 대공에게 바쳐졌다지?"

"어디 소녀들뿐이야? 사내 중에서도 예쁘장한 것들은 진즉에 바쳐졌다고. 오히려 남색을 더 밝힌다는 말도 있던데."

"우웩, 소름 돋아. 대공 정도의 신분이면 주변에 널리고 널린 게 여자들일 텐데 굳이 그러고 싶나?"

"높으신 분의 생각을 우리가 어떻게 알겠냐. 사실 대공이 어린 아이를 좋아하는 건 예전부터 꽤 유명했잖아."

"맞아, 주기적으로 노예시장에 들러 소년 소녀들을 사 갔다고 들었어. 신관이라고 해도 어차피 마신교는 금욕을 강요하지 않으니 아주 대놓고 즐긴 것 같던데."

"오죽하면 황제가 도망친 이유가 대공이 추근거려서라는 말이 다 있겠어?"

"푸핫, 그게 정말이야? 진짜 웃기다!"

"……."

그들로서는 시간 때우기용의 심심풀이 대화에 불과하겠지만 듣고 있는 나는 결코 따라 웃을 수가 없었다. 남들에겐 사소한 이야깃거리일지라도 나와 이사나에겐 당장 코앞에 닥친 현실이었으니까. 우리가 앞으로 대적해야 할 상대가 그런 초특급 변태였다니. 그야말로 눈앞이 아득한 심정이었다.

3.

밤이 깊어짐에 따라 들떠 있던 공기도 차츰 진정되었다. 그즈음 나는 용병들을 일별하고 자리를 떠났다. 더 복잡해진 머릿속을 정리할 겸, 가볍게 주변을 돌아볼 생각이었다.

"너무 멀리가지는 마라. 혹시 무슨 일 생기면 바로 비명 지르고."

"네, 근처만 돌아보는 것뿐인걸요. 걱정하지 마세요."

나는 당부를 건네는 사람들을 안심시키며 천천히 걸음을 옮겼다. 숲 쪽으로 다가서자 가을 특유의 진한 흙냄새가 코끝으로 밀려들었다. 넘실거리는 바람 위에선 잠을 잊은 실프들이 신 나게 발을 구르는 중이었다.

계절의 전환을 증명하듯, 얼마 전과는 다르게 그들의 투명한 몸 위엔 작은 서리들이 맺혀 있었다. 반짝이는 눈의 결정이 그들의 머리카락은 물론 눈썹 한 올 한 올을 전부 새하얗게 뒤덮었다. 그 모습이 마치 바람이 아닌 얼음의 요정인 것 같은 착각마저 불러일으켰다.

그러나 가장 확연히 달라진 변화는 바로 진, 바람의 상급 정령의 숫자였다. 이전까지만 해도 간간이 한두 명 정도에 불과하던 그들의 숫자가 최근 들어서는 어디를 가도 보일 정도로 눈에 띄게 불어 있었다. 그때마다 피부에 와 닿는 공기 역시 한층 낮은 온도를 띠었다.

'슬슬 겨울옷을 장만해야겠는걸.'

나는 상관없지만 이사나에겐 두터운 솜옷이 필요할 것이다. 지금 입고 있는 옷은 도망칠 때 급하게 마련한 거라 재질도 별로 좋지 않았고, 무엇보다 겨울을 나기엔 너무 낡고 얇았다. 마을에 닿는 대로 서둘러 옷 가게부터 들러야 할 것 같았다.

그때였다.

『……스.』

"응?"

방금 무슨 소리가 들렸나?

왠지 기묘한 기분에 나는 주위를 돌아보았다. 그러나 이미 일행들이 있는 곳과는 상당히 거리가 벌어진 참이라 근처에 누군가 있을 리 없었다. 굳이 있다면 자연체의 정령들이겠지만, 그들 역시 내게선 한참 멀리 떨어져 있는 상태였다.

'잘못 들은 건가.'

나는 어깨를 한번 으쓱하곤 다시 고개를 바로 했다. 그 순간 다시금 귓가를 스치는 소리가 있었다.

『엘퀴네스.』

"……!"

이번엔 착각이 아니었다. 분명히 나를 부르는 목소리였다.

나는 절로 굳는 얼굴을 느끼며 빠르게 주위를 둘러보았다. 애칭도 아니고 '엘퀴네스'라니. 이곳에서 내 정체를 아는 사람은 트로웰과 이사나뿐이다. 그들 외에 나를 그 이름으로 부를 사람은 없었다. 하지만 들려온 음색은 그들 중 누구의 것도 아니었다. 내가 알지 못하는 전혀 낯선 이의 것이 분명했다.

"뭐야…… 누구야?"

『엘퀴네스.』

음성은 조금 전보다 더 선명해졌다. 소름 끼치도록 낮은, 그럼에도 가슴이 두근거릴 만큼 묘하게 달콤한 미성이었다.

『내게 대답해라, 엘퀴네스.』

재차 반복된 음성이 이번엔 좀 더 분명한 형태로, 그리고 몹시 오만한 태도를 띠고 내게 명령을 내렸다. 듣기 좋은 목소리임은 분명했지만, 그다지 호감이 가는 느낌은 아니었다. 이해할 수 없는 현상에 나는 얼굴을 찌푸릴 수밖에 없었다.

대체 어디서 누가 나를 부르고 있는 거지? 목소리는 확실히 들리는데 상대의 정체를 알 수가 없으니 답답할 노릇이었다. 이건 마치 이사나가 나를 소환했을 때 같은…….

'잠깐! 소환이라고?'

퍼뜩 미치는 생각에 나는 얼굴을 굳혔다. 그러자 기다렸다는 듯이 내 발밑으로 금빛의 물결이 일어나기 시작했다. 둥근 원형의 테두리와 복잡한 문자의 향연, 그 안을 가득 채운 수많은 기호와 도형들. 이전에도 한 번 본 적이 있던 소환의 마법진이었다.

"말도 안 돼……."

나는 절로 튀어나온 탄식을 억지로 눌러 삼켰다. 떠오른 지식에 의하면 정령왕의 계약은 한 시대에 단 한 사람에게만 가능하다. 이미 이사나가 나와 계약한 이상, 물의 정령왕을 부를 수 있는 사람은 없었다. 그러나 지금 발밑에 일렁거리고 있는 금빛의 무늬는 분명 누군가 나를 소환한 증거였다.

『부름에 답해, 엘퀴네스.』

망설임을 읽은 것일까. 한층 더 낮아진 목소리가 다시 반복해서 나를 불렀다.

『나는 자격을 갖췄어. 넌 나를 무시할 수 없어.』

으르렁거리듯이 사나운 음성이었다. 아무래도 내가 계속 소환에 응하지 않자 단단히 화가 난 것 같았다. 나는 살짝 한숨을 내쉬었다.

"으음, 일단은 가 봐야겠지? 일이 어떻게 된 건지도 알아봐야 하고……."

설마 트로웰이 말했던 예언이 바로 이것이었을까? 이사나가 아닌 또 다른 인물에 의한 소환? 과연 그렇다면 일행들과 떨어지게 되는 게 당연했다. 누가 부르는 건지는 몰라도 일단 이 근처에 있는 사람이 소환하는 건 아닐 테니 말이다. 혹시 나에게 보이는 누군가의 지나칠 정도의 관심이라는 것도 이 소환진 밖의 상대와 관계가 있는 걸까?

복잡한 기분으로 마법진을 바라보고 있자, 재촉하듯 목소리가 다시 울려 퍼지기 시작했다. 나한테만 들려서 다행이지, 아니었으면 보초를 서던 용병들이 전부 달려오고도 남을 만큼 큰 소리였다.

『엘퀴네스! 날 거부하지 마!』

"……젠장, 누군지 몰라도 쓰는 어휘 표현하고는. 간다, 가! 간다고!"

똑같은 소환인데 어째 이사나와는 이렇게 다른 건지. 그 녀석은 애절한 목소리로 도움을 요청하듯이 불렀는데 말이다.

하지만 내게 있어선 차라리 이런 편이 더 나을지도 몰랐다. 어차피 난 이사나 외에 다른 존재와 계약할 생각은 없었으니까. 착한 사람이었다면 거절하는 것도 난처했을 텐데 왠지 이 사람만은 당당하게 거부하고 돌아올 수 있을 것 같았다.

결심을 굳힌 나는 천천히 마법진 위에 발을 내디뎠다. 그러자 이전에 겪은 것과 똑같이 우악스러운 힘이 나를 끌어당기기 시작했다. 속수무책으로 빨려 들어가는 느낌을 받으며 나는 비명을 지르지 않기 위해 입술을 악물었다.

제기랄, 이 끔찍한 느낌을 또 받게 하다니! 누군지 만나기만 해 봐! 가자마자 한 대 때려 줄 테다!

4.

눈을 뜨자마자 보이는 건 거대한 호수와 그 주변을 자욱하게 둘러싼 나무숲이었다. 짙은 어둠이 깔린 한밤, 달빛에 반사되는 호수의 표면은 마치 얼음처럼 고운 은백색을 띠었다. 그리고 나는 그 호수의 한가운데에 떠 있었다. 갑자기 달라진 공간의 변화는 여전히 낯설었지만 이미 겪었던 일이라 처음처럼 크게 당황하진 않았다.

　소환진을 통과한 탓일까. 나를 감싸고 있던 마나가 달라져 있었다. 아마도 지금 나를 소환한 상대의 것일 터였다. 나는 천천히 주위를 둘러보았다. 그러나 어디를 보아도 나를 부른 소환자의 모습은 찾을 수가 없었다.

　"이쪽이다."

　그 순간 들려온 음성에 나는 흠칫 놀라 시선을 내렸다. 그러자 어둑한 나무 아래 길게 늘어져 있는 그림자가 보였다. 누군가 팔짱을 낀 채 나무에 기대어 서 있었다.

　나는 천천히 허공에서 내려와 물 위에 착지했다. 이번 소환은 이사나 때와는 많은 것이 달랐다. 부르는 말투도 그렇지만 의식을 잃지도, 힘들어하는 기색도 없어 보였다. 그사이 상대 역시 천천히 내 앞으로 걸어 나왔다. 얼굴을 뒤덮고 있던 그늘이 걷히며, 새하얀 달빛 아래 섬세한 이목구비가 하나둘씩 드러나기 시작했다.

　점차 선명해지는 상대의 모습에 나는 무심코 숨을 멈췄다. 그는 어림잡아 이십 대 초반은 되어 보이는 것 같은 청년이었다. 어깨 아래 흐트러진 머리카락은 짙은 붉은색, 조각처럼 새하얀 얼굴 사이에 자리 잡은 눈동자 또한 그와 같았다. 키는 훤칠하게 컸고, 오랫동안 운동을 했는지 근육이 보기 좋게 잡힌 날씬한 체구를 지니고 있었다. 아주 조금 과하게 말하면 엘뤼엔보다 더 잘생긴 것 같았다.

'……이렇게 생긴 사람이 또 있었다니.'

외모에 압도된다는 게 이런 느낌일까. 덕분에 만나자마자 때려줘야겠다는 생각이 쑥 들어갔다.

붉은 눈동자가 나를 직시하는 것을 느낀 순간, 나는 바짝 긴장해서 그를 마주 바라보았다. 그러자 약간 미간을 좁힌 그가 무언가 이상하다는 듯이 중얼거렸다.

"뭐야, 넌?"

"……네?"

"너 누구냐고. 난 분명히 엘퀴네스를 불렀는데."

"저 엘퀴네스 맞는데요."

뭐야, 자기가 불렀으면서 알아보지도 못하는 건가? 불쾌한 태도였지만 초면이었으므로 나는 일단 얌전하게 대답했다. 그러자 그는 점점 더 마음에 안 든다는 듯 조각 같던 얼굴을 한껏 찌푸렸다.

"웬 존댓말? 정말 뭔가 이상한데? 기운은 확실히 엘퀴네스가 맞는데 말이야. 하지만 외모가…… 설마 정령이 폴리모프할 수 있을 리는 없고……."

"죄송하지만 무슨 말인지 잘 모르겠네요. 절 어디서 보신 적이 있나요?"

"하아? 본 적이 있냐고? 이번 것까지 합치면 벌써 250번째의 소환이다. 날 기억하지 못한다고 말할 참이야?"

"그게 무슨……."

"아아, 됐어. 그보다 대체 무슨 변덕이야? 갑자기 물을 걷어 버리기에 드디어 아크아돈을 멸망시키려나 보다 했더니, 요 몇 달 사이에 또 갑자기 회복시키질 않나. 게다가 외형은 대체 어떻게 바꾼 거야?"

"저기, 잠깐만 기다려요."

한꺼번에 쏟아지는 말들에 나는 서둘러 손을 들어 그를 제지시켰다. 상황 판단이 빠른 편은 아니지만 왠지 그의 정체를 알 것 같았다.

"설마, 당신…… 드래곤?"

그러자 그는 무슨 당연한 소리를 하냐는 듯이 얼굴을 더욱 찌푸렸다. 그제야 나는 그의 전신에 흐르는 강력한 마나를 알아볼 수 있었다. 몸 안에 존재하는 두 개의 심장, 그로부터 시작되는 순수한 마력 덩어리. 그건 결코 인간이라면 가질 수 없는 힘이었다. 더불어 그 안에 잠식된 본질은 몹시 뜨겁고 날카로웠다. 거대한 분화구 속, 타오르는 화염의 열기를 떠오르게 하는 기운이었다.

……그래, 마치 이프리트처럼.

그 순간 한동안 기억 속에 묻어 뒀던 한 존재가 떠올랐다. 전대의 엘퀴네스에게 유달리 집착했다는 특이한 성격의 레드 드래곤. 덕분에 내 유희를 시작부터 좌절로 이끌었던 바로 그 라피스라즐리라는 녀석 말이다.

"이건 노파심에 묻는 건데요. 혹시 그쪽 이름이 라피스라즐리라든가, 그런 건 아니죠?"

"······너야말로 무슨 농담을 하고 있는 거지?"

"하하! 그렇죠? 그럴 리가······."

"흥, 날 모른 척하고 싶은 모양인데 그래 봤자 소용없어. 이번엔 절대 그냥 물러나지 않을 테니까."

"······."

젠장, 역시 맞았잖아.

나는 절로 일그러지려는 얼굴을 가까스로 수습했다. 설마 이렇게 갑자기 라피스라즐리를 만나게 될 줄이야. 게다가 눈치를 보아하니 그는 아직도 정령왕의 세대교체를 모르고 있는 것 같았다. 엘뤼엔과는 완전히 다른 생김새의 나를 보고도 별다른 의심 없이 넘어가는 것만 봐도 그랬다.

'대체 지금까지 어디서 뭘 하고 살았기에.'

그러고 보니 250번이나 소환을 했다고 했던가? 언젠가 만나게 되면 복수해 줄 생각이었지만 어쩐지 이렇게 되고 보니 불쌍하다는 생각도 들었다. 그의 입장에선 평생 보답받지 못한 짝사랑을 한 셈이었으니까. 물론 남자라는 점은 상당히 예상 밖이었지만 말이다.

"죄송한데, 상대를 착각하신 것 같네요."

나는 나름의 친절을 베풀 겸 최대한 조심스럽게 말했다. 그러자 그는 전혀 이해하지 못한 표정을 지으며 얼굴을 찌푸렸다.

"아까부터 계속 무슨 엉뚱한 소리를 하는 거야? 아무튼 너, 외모가 너무 많이 변했잖아. 내 기억이 잘못된 게 아니라면 엘퀴네스는 분명 남성체였는데, 어째서 지난 몇십 년 사이에 여성체가 된 거지? 뭐, 딱히 어느 쪽이든 상관은 없지만."

"저 여성체 아니거든요? 아니, 이게 아니라…… 으음, 그러니까 다시 말씀드릴게요. 지금 그쪽이 상대를 착각하고 있다는 말이거든요."

"뭐?"

그제야 뭔가 이상하다는 것을 깨달았는지, 그나마 부드러웠던 붉은 눈동자가 싸늘하게 가라앉았다. 그 모습에 저절로 긴장이 되면서도 나는 침착하게 다음 말을 이었다.

"처음 뵙겠습니다. 저는 이번에 새로 탄생한 엘퀴네스예요. 최근에 물의 정령왕의 세대교체가 있었거든요. 그러니까…… 그쪽이 알고 있는 존재는 이미 소멸한 전대의 엘퀴네스라는 거죠."

"……지금 뭐라고 했지?"

스산한 목소리에 어깨가 움찔 떨렸다.

눈빛만으로 사람을 죽인다고 하던가. 타오를 듯 강렬하게 발하는 붉은 눈동자에서 그대로 핏물이 뚝뚝 떨어져 내릴 것 같았다. 그러자 내가 당황한 것을 느꼈는지 라피스라즐리의 눈빛이 더욱 위험하게 번뜩거렸다.

"웃기지 마. 누가 그런 유치한 방법에 속을 줄 알고? 이런 식으로 거부해도 소용이 없다고 이미 말했던 것 같은데? 아직도 시간이 더 필요해? 좋아, 그렇다면 또다시 소환해 주지. 내 심장의 마나가 바닥이 날 때까지, 몇 번이든!"

"하아, 믿기 힘들어도 할 수는 없는데요, 그렇게 고집을 피우시면······."

"너야말로 고집 피우지 마!"

아무래도 그는 내가 어떤 말을 하더라도 순순히 인정해 줄 생각이 없는 듯했다. 하긴 자기가 좋아하는 사람이 죽었다는데 어느 누가 정신이 멀쩡할 수 있을까. 이런 반응은 오히려 당연한 걸지도 모른다. 하지만 그렇다고 해서 나 역시 이 지루한 싸움을 계속 이어 가고픈 마음은 없었다. 나는 다시금 단호하게 말했다.

"정말이에요. 이번 재앙이 일어난 것은 명계의 착오로 제가 늦게 태어났기 때문이거든요. 못 믿겠으면 다른 드래곤들에게 물어보세요. 아마 전대의 엘퀴네스와 계약했던 드래곤들이 있겠죠? 그들의 계약은 이미 다 해지되었을 거예요."

"······."

"그래도 거짓말 같으면 다른 정령왕들이라도 불러올까요? 그러면 믿으시겠어요?"

조금은 현실을 인지한 것일까. 그제야 그는 무언가에 크게 얻어맞은 듯 멍한 표정을 지었다. 느릿하게 깜빡이는 눈꺼풀 사이에서 당혹감을 담은 눈동자가 흔들리고 있었다. 그는 머리를 짚으며 낮게 신음을 흘렸다.

"······그러니까, 뭐야. 정말······ 엘퀴네스가 소멸했다고?"

"그렇다고 몇 번이나 말씀드렸잖아요."

"그래서 네가 이번에 새로 태어난 물의 정령왕이다?"

"네, 맞아요."

그는 한동안 아무 말이 없었다. 굳어진 얼굴에 담긴 생각을 도통 짐작할 수 없었지만 내 마음은 한결 가벼웠다. 이제 오해도 풀렸겠다, 더 이상 상대할 필요는 없겠지.

"그럼 전 이만 돌아갈게요. 실은 이미 계약자가 있는 상태인데 소환이 된 거라 당황했거든요. 드래곤은 인간과 규칙이 다르다는 것을 잊고 있었네요. 이만 안녕히 계세요."

간단한 인사를 마지막으로 나는 발밑에 자리한 소환진을 걸어 내려 했다. 그런데 그 순간 라피스라즐리가 사나운 표정으로 고개를 치켜들었다.

"……어디를 간다는 거지?"

"예? 그거야 당연히 일행들에게……."

그러나 나는 대답을 끝까지 잇지 못했다. 그가 듣기 싫다는 듯 중간에서 말을 가로챘기 때문이다.

"아니, 넌 못 가."

"네?"

"아직 상황 파악이 잘 안 되는가 본데, 엘퀴네스는 내가 태어나 생전 처음으로 원한 존재였어. 무슨 짓을 해도 손에 들어오지 않아 계속 날 안달하게 만들더니 이제 와서 소멸되었다고? 그래서? 그게 뭐가 어쨌는데?"

"어쨌다니……."

"바로 조금 전에 네가 네 입으로 말했잖아. 네가 엘퀴네스라고. 전대가 소멸했다면 이번 대의 엘퀴네스와 계약하면 되는 거 아냐? 난 널 소환했어. 계약을 요구할 자격이 충분히 있을 텐데?"

그거야 그랬다. 상대가 누가 되었든, 일단 정령을 소환한 존재에겐 그와 계약할 자격이 주어졌다. 엘뤼엔의 경우가 워낙 특이했던 거지 본래는 소환되면 대부분 계약을 거절하는 일이 없었다. 나만 해도 이사나가 누군지 알아보지도 않고 덥석 계약부터 저질렀으니까.

너무도 당연한 요구에 나는 할 말을 잃고 그를 바라보았다. 당연한 건 당연한 거지만, 내가 생각했던 것과는 전혀 다른 방향이라 머릿속이 온통 혼란스러웠다.

"저기, 잠깐만요. 당신은 전대의 엘퀴네스를 사랑해서 집착한 거 아니었어요? 그런데 왜 나와 계약을?"

"푸핫, 사랑? 내가 그 녀석을? 너 상당히 재밌는 소리를 하네."

"네?"

"나는 그저 물의 정령왕이 지닌 특유의 기운이 마음에 들었을 뿐이야. 그래서 내 것으로 소유하려는 거고. 너희들은 그런 것도 사랑이라고 여기나 보지? 잔말 말고 계약을 이행해."

뻔뻔하다 못해 오만 정이 다 떨어지는 말투였다. 단지 마음에 들어 소유하려는 것뿐이라니, 뭐 이런 놈이 다 있어? 게다가 최대한 예의를 갖추려는 내게 처음부터 끝까지 무례한 태도로 일관하는 것도 마음에 들지 않았다. 이런 녀석을 한순간이나마 동정하려고 했다니 아무래도 내가 정신이 나갔던 모양이다. 나는 울컥 화가 나 그를 노려보았다.

"정령왕이 무슨 물건인 줄 알아요? 소유는 뭘 소유해! 게다가 전 이미 계약자가 있다고 했잖아요."

"별로 상관없어."

"저는 상관있거든요? 지금 계약자 외에 다른 계약자를 만들 생각은 없어요. 특히 그쪽 같은 사람이라면 더더욱."

"너 역시 예전 엘퀴네스만큼이나 말을 잘 안 듣는군. 경고하는데 날 화나게 만들지 마. 참고 견뎌 주는 것도 지금뿐이니까."

너라면 그런 말 듣고도 계약해 주고 싶겠냐!

나는 목구멍까지 치밀어 오르는 말을 삼키며 입술을 악물었다. 이제야 엘뤼엔이 그와의 계약을 거부한 이유를 알 것 같았다. 저렇게 싸가지 없는 놈이니까 당연히 안 하지. 엘뤼엔 성격에 지금까지 살려 둔 것이 이상할 지경이었다. 물론 나 역시 순순히 그의 요구에 응할 생각은 없었다.

"그래도 싫다면요?"

"그러지 않는 게 좋을걸? 앞으로도 평온한 생활을 유지하고 싶다면 말이야. 난 널 어떤 식으로든 방해할 생각이거든."

"바, 방해를 해요?"

"그래, 방해. 예를 들면…… 지금 너와 계약했다는 그 인간 녀석을 죽이는 방법도 있지. 그럼 아무런 문제가 없잖아?"

"……진짜 재수 없는 성격이네. 드래곤들은 원래 다 너 같아?"

이젠 존댓말이고 뭐고 다 필요 없다. 짜증이 나서 쏘아붙이자 그는 피식 코웃음을 쳤다. 내가 어떤 식으로 도발하든 전혀 신경 쓰지 않는 것 같았다.

"지상 최고의 종족인데 이 정도는 당연하지."

"하…… 지상 최고의 종족? 드래곤이? 자화자찬도 수준급이시네. 그럼, 그렇게 대단하신 드래곤 님이 왜 저같이 한낱 미천한 정령왕 따위한테 이런 지대한 관심을 보이시는지?"

"말했잖아. 엘퀴네스 특유의 기운이 마음에 들었다고."

비꼬는 말에도 전혀 반응이 없다. 정말 만만치 않은 놈이었다. 나는 속으로 이를 갈며 또박또박 대답했다.

"난 네가 마음에 들지 않아. 얼마나 대단한 드래곤인지는 모르겠는데, 너처럼 남의 목숨과 인생을 가볍게 아는 녀석이랑은 절대로 계약할 생각 없어. 내 계약자를 건드리기만 해 봐. 나도 절대 가만히 있지 않을 테니까."

"꽤나 말이 안 통하는 녀석이군."

"이하동문이야."

끝까지 지지 않고 맞받아쳐 주자, 그는 재미있다는 듯이 그림 같은 미소를 띠웠다. 그것을 보자 나는 상황도 잊은 채 잠시간 멍해졌다.

이 세계에 온 이후부터 지나치게 눈을 호강시킨다고 생각했는데, 이 라피스라즐리라는 드래곤은 그동안 보아 온 존재들과 차원이 달랐다. 너무 아름답게 생겨서 더러운 성격 정도는 아무런 흠이 되지 않을 정도라고 할까. 그러니 저렇게 제멋대로에 자신만만한 성격으로 자란 거겠지만 말이다.

'아차, 이게 아니지. 난 왜 이런 상황에서 적의 얼굴 따위를 품평하고 있는 거야? 이게 다 한국의 쓸데없는 외모지상주의 때문이야!'

더 이상 이런 곳에서 시간을 허비할 생각은 없었다. 나는 슬쩍 발밑의 소환진을 바라보았다. 이것만 없애면 원래의 장소로 돌아가는 건 간단하다. 후환이 걱정되긴 했지만, 일단은 이 자리에서 도망칠 생각이었다.

그런데 바로 그때였다.

"내가 어째서 한동안 엘퀴네스를 소환하지 않았는지 알려 줄까?"

"⋯⋯뭐?"

"반복되는 소환에도 전혀 요지부동이던 그 오만한 물의 정령왕을 나는 힘으로라도 가지고 싶었지. 타협이 안 되면 강제가 될 수밖에 없지 않겠어? 그래서 미친 듯이 마법 연구에 몰두했어. 엘퀴네스란 이름의 아름다운 새를 철장 안에 가두는 방법을 말이야."

"무⋯⋯ 슨?"

"이를 테면 이런 거야."

그는 여유롭게 웃으며 한 손을 들어 올렸다. 바로 펼쳐 든 손바닥 위에서 강력한 마나의 흐름이 느껴졌다.

"그대는 내가 원하는 구역 안에서, 철장을 벗어나지 못하는 새가 되리라. 포박!"

"뭐? 자, 잠깐!"

불길한 기분을 느꼈을 때는 이미 늦었다. 그 순간 터져 나오는 눈부신 빛에 나는 무심코 눈을 질끈 감았다. 그리고 잠시 후 다시 떴을 땐 황당한 광경이 눈앞에 펼쳐져 있었다. 불과 1미터도 채 되지 않는 반경으로, 내 주위에 투명한 빛의 장막이 둘러져 있었던 것이다.

"뭐야, 이건……."

무심코 손을 내밀어 보자 딱딱한 감촉이 느껴졌다. 그 부분만이 아니라 사방이 전부 그랬다. 공기의 흐름이 전혀 느껴지지 않는 걸 보면 위아래도 막혀 있는 것이 분명했다. 마치 유리컵 안에 갇힌 기분이었다. 그리고 그 너머 아래 소환진이 그대로 자리하고 있었다.

주위를 감싼 이상한 막 때문일까. 없애려는 의지에도 불구하고 소환진은 아무런 변동이 없었다. 문제는 소환진이 사라지지 않는 한 라피스라즐리의 마나가 계속 나를 이 장소에 잡아 두고 있을 거란 점이다. 이대로는 육체를 지닌 채 다시 돌아가는 것은 거의 불가능했다. 당황한 내게 라피스라즐리가 느긋하게 말했다.

"내가 널 위해 만든 새장이지. 감상이 어때?"

"지금 이게 뭐하는 거야? 당장 이거 치워!"

"불가능한 요구를 하네. 그래 봬도 마법 틀을 설계하는 데만

15년이 넘게 걸린 거야. 그렇게 간단히 풀어 줄 것 같아? 계약을 하겠다고 말하면 치워 주지."

"너 사이코지! 계약 안 한다고! 안 한다는데 왜 이렇게 귀찮게 구는 거야?"

"무슨 말을 해도 상관없어. 계약하기 전까진 절대 풀어 줄 생각이 없으니까 말이야."

아아, 이럴 줄 알았으면 처음에 엘뤼엔이 이 녀석을 없애 준다고 했을 때 말리지 말고 그냥 가만히 있을걸. 마른하늘에 날벼락도 유분수지, 아닌 밤중에 이게 대체 무슨 일이람?

이상한 놈에게 걸려도 단단히 잘못 걸린 것 같다. 때늦은 후회로 탄식했지만 그런다고 상황이 달라지는 건 없었다. 속이 부글거리는 나와는 다르게 라피스라즐리는 몹시 즐거운 표정이었다. 하지만 이젠 아무리 화사하게 웃어도 그 모습에 넋이 나가진 않았다. 보기 좋은 떡도 맛이 없으면 아무 소용 없는 법. 지금의 내 눈엔 녀석은 그저 한 마리의 재수 없는 도마뱀일 뿐이었다. 나는 그를 노려보며 이를 갈았다.

"너, 이런 짓을 하고도 무사할 것 같아?"

"흐음, 이번 엘퀴네스는 여성체라 그런가…… 성격이 꽤나 순한 편이군. 화내는 얼굴도 제법 귀여워."

"누, 누가 여성체라는 거야!"

"뭐? 아아, 그러고 보니 아까 전에도 그렇게 말했었지. 이상한 녀석이네. 너 설마 그 얼굴로 남성체라고 주장하는 거냐?"

미운 놈은 무슨 짓을 해도 밉다더니, 이 자식은 어째 하는 짓마다 나를 열 받게 하는 말만 골라서 하는 거지? 나는 대답 대신 그를 향해 가운뎃손가락을 들어 보였다. 내 딴에는 정말 심각한 욕이랍시고 해 준 거였는데, 그것을 보고서도 의아한 표정만 짓는 것이…… 제길! 여기선 아직 이 욕이 발명(?)되지 않은 거냐아!

"그건 그렇다는 뜻? 아니면 아니라는 뜻?"

"젠장! 닥치고 꺼지라는 뜻이다, 멍청아!"

"흐음, 내 생각이 맞나 보네. 정령이 이렇게까지 남성체로서 인식이 확고할 수도 있나? 어차피 무성이면서 뭐가 그렇게 기분이 나쁜 거지?"

"그래! 나 무성이다! 무성이면 내가 남자라고 말도 못 해? 그런 말도 하면 안 되냐고!"

"그렇게 말하진 않았어. 어째 너는 내가 말하는 건 전부 못마땅한 모양이군."

알았으면 말시키지 마!

나는 눈으로 그렇게 쏘아붙이곤 기운을 끌어 올려 주변을 가로막고 있는 빛의 막을 강하게 타격했다. 혹시나 강한 충격을 받으면 깨지지 않을까 하는 기대에서였다.

어차피 지금 나를 감싸고 있는 것도 이사나의 마나가 아니다. 이렇게 된 이상 마구잡이로 힘을 쓸 생각이었다. 하지만 그런 생각을 비웃기라도 하듯 아무리 내리쳐도 빛의 막은 조금도 꿈쩍하지 않았다. 대신 들려오는 건 예의 재수 없는 녀석의 웃음소리뿐이었다.

"그러게 소용없다니까."

"……대체 뭘 어떻게 한 거야?"

"말했잖아. 마법의 틀을 설계하는 데만 15년이 넘게 걸렸다고. 그게 무슨 의미인지 잘 모르는 것 같은데, 드래곤 일족 중에서도 마법 분야에선 나를 따라올 자가 없어. 그런 내가 그렇게 오랜 시간이 지나서야 겨우 완성했단 말이지. 아무리 정령왕이라도 그렇게 쉽게 깨부술 순 없을걸? 심지어 넌 이곳에선 본신의 힘을 다 끌어내지도 못하잖아."

"……"

사실이었기 때문에 나는 아무런 반박을 하지 못했다. 중간계에서 내가 쓸 수 있는 힘은 그다지 많지 않다. 하물며 지금처럼 어설프게 소환된 상태라면 더더욱.

별수 없이 나는 한숨을 내쉬었다. 썩 내키진 않지만 지금으로선 자연체로 돌아가 트로웰을 찾아가는 것 외에는 방법이 없을 것 같았다. 그라면 이 괘씸한 드래곤을 물리칠 방안을 마련해 줄 수 있을 것이다. 그런데 그렇게 생각한 순간, 문득 기묘한 위화감이 느껴졌다.

'……내가 이곳에 온 지 얼마나 된 거지?'

정확히 얼마인지는 모르겠지만 이미 적지 않은 시간이 흘렀다는 것만은 알았다. 다른 사람들은 몰라도 트로웰은 내게 일어난 변고를 충분히 눈치채고도 남을 시간이었다. 그러면 지금쯤 모든 땅의 정령들을 동원하여 날 찾고 있을 것이 분명했다. 그런데 지금까지 아무런 소식이 없다고?

나는 황급히 주변을 돌아보았다. 달빛만이 고요히 스며드는 숲, 사람의 흔적이 전혀 느껴지지 않는 수림은 그 끝을 짐작하기 힘들 정도로 넓게 펼쳐져 있었다. 바람 한 점 일지 않는 공간은 숨소리마저 선명히 들려올 만큼 고요했다. 이 거대한 숲 안에 존재하는 것은 단 두 사람, 나와 라피스라즐리밖에 없었다. 오직 단 두 사람만 말이다. 그제야 나는 나를 감싸고 있는 위화감의 정체를 알 수 있었다.

'하급 정령이 없어.'

정령으로 태어난 이후로 내 일상은 많은 것들이 달라졌다. 그 중에서 가장 큰 변화를 꼽자면 한적한 장소를 찾기가 힘들어 졌다는 것이었다. 이 세상에선 어느 곳을 가도 크고 작은 정령들의 모습이 쉽게 눈에 띄었다. 그들은 세상을 이루는 모든 것들의 기초였으며, 배경이나 다름이 없었다.

그런데 이곳에선 그 어디를 보아도 자연체의 정령들이 보이지 않았다. 심지어 물의 정령조차 말이다.

대체 왜 지금까지 깨닫지 못했을까? 이렇게 거대한 호수에 나이아스가 단 하나도 없다니. 이건 결코 자연적으로는 일어날 수 있는 현상이 아니었다. 나를 직접적으로 구속하고 있는 빛의 막 외에도, 무언가 알지 못하는 힘이 주변을 장악하고 있는 것이 분명했다.

설마 싶은 기분에 나는 급히 손을 투영하고 있는 마나를 일부 거둬 냈다. 그러자 생기 있는 피부가 사라지고, 자연체 특유의 투명한 손이 모습을 드러냈다.

정령의 본육신은 거의 영체에 가깝다. 보통 이런 상태일 땐 무엇이든 그대로 통과해야 했다. 그러나 살짝 내밀어 본 손은 여전히 단단한 벽에 가로막혔다. 나는 황망한 심정으로 헛숨을 삼켰다.

'……뭐야, 이거 설마 정령의 본신에도 통하는 거야?'

그런 내 생각이 얼굴에 드러난 모양이다. 라피스라즐리가 상쾌하게 웃으며 말했다.

"그렇게 놀랄 거 없어. 당연한 일이니까. 내 용언은 완벽하거든."

"말도 안 돼……."

"아니. 확실히 까다로운 작업이지만, 나 정도로 뛰어난 두뇌와 재능이 받쳐 준다면 아주 불가능한 것도 아니지. 애초에 보이지 않는 정령을 가두는 것도 아니고, 난 지금 네 위치를 정확히 알고 있잖아. 더구나 내가 선택한 장소, 내가 만든 소환진에 의해 마나가 묶여 있지. 이 정도면 충분한 설명이 된 것 같은데?"

그제야 나는 녀석의 술수를 깨달았다. 처음부터 이렇게 할 생각으로 작정하고 준비를 해 뒀던 것이다. 미리 함정을 파 두고, 나를 그 자리에 불러냈다. 주위에 정령이 전혀 없는 것도 같은 맥락에 의한 것이 분명했다.

지금까지 행방이 묘연했던 이유가 숨어서 이런 걸 만들고 있었기 때문인 걸까? 막막한 기분에 나는 입술을 악물었다. 그러자 녀석은 위로하듯 한층 부드러워진 목소리로 말했다.
"나와 계약만 하면 간단히 해결되는 문제야."
"누구 맘대로. 이렇게 되면 오기로라도 할 생각이 없거든?"
"정말 고집이 세군. 뭐, 상관없어. 시간은 얼마든지 있으니까. 알다시피 우리 종족의 수명은 길거든."
"……진심이야?"
"물론 진심이지. 아아, 너무 그렇게 인상을 찌푸리진 마. 그래도 정령계는 오갈 수 있을 테니까."
"정령계?"
"그래. 아무리 나라도 그것까진 막을 방법이 없더군. 물론 지상으로 내려오면 무조건 이 장소에 갇히겠지만 말이야."

알겠지, 엘? 갑자기 일행들과 떨어지게 되면 당황하지 말고 바로 정령계로 돌아가.

그 순간 불현듯 트로웰이 내게 했던 말이 떠올랐다. 분명 제대로 인지했으면서도 너무 경황이 없어 지금까지 미처 생각하지 못하고 있던 말이었다.

그 뒤에 할 일은 아마 너 스스로 알게 될 거야.

캄캄하던 암흑 속에 한 줄기 섬광이 비치는 기분이었다. 나는 주먹을 불끈 쥐고 라피스라즐리를 바라보았다.

"정령계로 갈 거야."

"마음대로. 하지만 이 소환진은 계속 유지될 거다. 그리고 넌 다시 이 장소로 끌려오게 되겠지. 그 점은 각오하고 가도록 해."

빙글빙글 웃고 있는 얼굴이 정말 얄미웠다. 나는 말없이 녀석을 쏘아본 다음 그 즉시 정령계로 향하는 공간의 문을 열었다. 이렇게 된 이상 할 수 없었다. 누가 이기나 해보는 수밖에!

정령계로 귀환하자 물의 영역 특유의 잔잔하고 포근한 느낌이 나를 맞이했다. 그러나 돌아온 순간부터 나는 이를 갈 수밖에 없었다. 기다렸다는 듯 득달같이 달려드는 소환진 때문이었다. 무시하려 했지만 작정을 한 것인지 쉴 새 없이 불러 대는 목소리 때문에 그마저도 쉽지 않았다.

『돌아와, 엘퀴네스.』

『내 말 들리는 거 다 알아.』

『그만 포기하고 오지그래?』

"젠장, 누가 보면 여기 온 지 몇 년은 지난 줄 알겠다. 나 지금 방금 돌아왔거든?"

『별다른 소득이 없다는 걸 알면서 굳이 이런 방법을 택하는 이유가 궁금하네. 설마 괴롭힘당하는 걸 즐기는 성격이야?』

"내가 미쳤냐!"

『반응을 하지 않겠다, 이건가? 좋아, 얼마나 버틸 수 있는지 해보지.』

"이 지독한 자식!"

대체 이 대륙의 신들은 뭘 하고 있는 거야! 저런 미친 드래곤은 정신 병원 같은 곳에라도 집어넣어야 할 것 아냐!

이후에도 라피스라즐리는 끊임없이 중얼거렸다. 그대로 놔두면 아예 노래라도 부를 기세였다. 나는 몸서리치며 곧장 에바스에덴을 향해 뛰어 들어갔다. 보석으로 된 꽃밭, 지천의 화려한 풍경들이 나를 맞이했지만 지금은 그 어느 것도 눈에 들어오지 않았다. 이미 트로웰이 말했던 것처럼, 나는 내가 무엇을 해야 할지 분명히 알고 있었다. 지금 여기서 내가 해야 할 일은 단 한 가지밖에 없었다.

"놈! 놈 어딨어! 클레이! 멀든! 아무나 좋으니까 나와 봐!"

비명 같은 외침에 곧 땅속에서 불쑥 무언가가 얼굴을 내밀었다. 오밀조밀하게 생긴 작은 난쟁이의 얼굴. 땅의 하급 정령인 놈이었다. 놈은 하급 정령들 중에서도 가장 겁이 많은 정령이다. 그래서 그런지 나를 똑바로 보지도 못하고 몸을 덜덜 떨고 있었다.

─부, 부르셨사옵니까. 고귀하신 물의 정령왕이시여.

"그래, 잘 왔어. 갑자기 불러내서 미안하다. 너 혹시 내 말을 트로웰에게 전해 줄 수 있어?"

─무, 물론입니다. 하명하시옵소서.

"하아, 잘됐다. 그럼 지금 당장 가서 도움 좀 청해 줄래?"

―예? 도, 도움이라 하시옴은?

"실은 내가 골치 아픈 일에 휘말려서 아무래도 혼자서는 못 빠져나올 것 같거든. 정확한 지점은 잘 모르겠는데, 꽤 깊은 숲 속이고 그 안에 굉장히 큰 호수가 있어. 아마 기억을 되짚으면 그런 장소들 중에서 얼마 전까지만 해도 정령들이 살고 있었는데, 이젠 다가가지 못하게 된 곳이 있을 거야. 트로웰에게 그쪽으로 와 달라고 해 줘."

―예. 아, 알겠습니다. 그대로 전하겠사옵니다.

"그래, 정말 고마워. 잘 부탁할게."

긍정적인 대답에 나는 깊이 안도했다. 빈약한 정보이긴 했지만 트로웰이라면 아마도 금방 날 찾아내 줄 것이다. 하지만 막상 그가 찾아올 거라고 생각하니 다른 걱정이 앞서기도 했다.

드래곤에게 붙잡힌 정령왕이라니. 그가 유리컵에 갇혀 있는 날 보면 얼마나 황당해할까? 심지어 사전에 위험한 일이 있을 거라 친히 경고까지 해 줬는데 말이다.

어차피 맞아야 할 매라면 일찍 맞는 게 나았지만, 앞으로 닥칠 일들을 생각하니 한숨이 절로 나왔다. 나는 서둘러 변명을 덧붙였다.

"……난 최선을 다했다는 말도 꼭 같이 전해 줘."

5.

 차오른 달빛이 사라지고 동이 트기 시작했다. 한층 밝아진 하늘은 자욱하게 깔린 구름에 맞물려 어슴푸레한 색을 띠고 있었다. 이제 슬슬 사람들이 잠에서 깨어나 행렬을 정비할 시각이다.
 하지만 그때까지도 트로웰에게선 아무런 소식이 없었다. 놈에게 직접 맡긴 일이니 연락이 닿기는 했을 것이다. 단지 장소를 찾는 데 애를 먹고 있는 건지, 아니면 다른 문제가 생긴 건지 확인할 방법이 없어 답답했다.
 나는 한숨을 푹 쉬고 앞을 바라보았다. 그곳엔 느긋하게 걸터앉은 붉은 머리의 남자가 두 팔을 깍지 낀 채 여유롭게 웃고 있었다. 그는 시종일관 미소 지은 얼굴로 내게서 시선을 떼지 않았다. 하긴, 보란 듯이 정령계로 도망간 녀석이 다시 제 발로 돌아와 이러고 있으니 재밌기야 할 것이다.
 지금 내 심정을 말하자면, 마치 탈옥한 죄수가 마땅히 갈 곳이 없어 스스로 자수한 기분이었다. 한마디로 몹시 기분이 더러웠다.
 하지만 정령계에서 내내 소음에 시달리느니 차라리 이편이 더 나았다. 꼴 보기 싫은 얼굴이야 보지 않으면 그만이고, 트로웰이 올 때까지 시간을 때운다고 생각하면 되니까. 다행히 그렇게 수다스러웠던 녀석도 내가 다시 돌아오고 나서부턴 그저 조용히 지켜보기만 할 뿐이었다. 나 역시 말을 건넬 생각은 없었기 때문에 주위는 매우 깊은 적막에 휩싸여 있었다.

그런데 막상 이런 상태가 길어지고 나니 먼저 지치게 되는 건 나였다. 차라리 서로 관심을 두지 않는 상황이라면 몰라도, 뚫어질 듯 응시하는 시선이 빤히 느껴지는데 아무런 말이 없으니 오히려 점점 더 부담스러웠다. 이것도 날 괴롭히는 방법 중 하나라면 매우 성공했다고 말해 주고 싶다. 결국 나는 더 이상 견디지 못하고 입을 열었다.

"……대체 언제까지 이러고 있을 생각이야."

"네가 계약을 한다고 할 때까지. 이미 그렇게 말했던 것 같은데?"

그는 여전히 밉살맞은 어투로, 노래하듯이 대답했다. 나는 얼굴을 찌푸리고 바닥을 노려보았다. 일렁거리는 호수의 표면, 금빛으로 반짝이는 마법진이 보였다. 아름다운 문양이었지만 내겐 그저 이곳에 날 가둬 두는 족쇄에 불과할 뿐이다. 하지만 지금은 그런 것보다 다른 부분이 더 신경 쓰였다. 그건 바로…….

"이 소환진, 네 힘으로 유지되고 있는 거 아냐? 이렇게 계속 마나를 퍼붓고 있어도 돼? 그러다 죽을지도 몰라."

당연한 말이지만 정령왕의 소환에는 무지막지한 마나가 소비된다. 앞서 날 소환한 이사나의 경우만 보더라도, 소환진을 형성하는 단계에서 탈진해 의식을 잃을 정도였으니까. 게다가 이 소환진을 유지하기 위해선 계속 같은 양의 마나를 꾸준히 공급해야 한다. 즉, 다시 말해 지금 이 순간에도 라피스라즐리는 엄청난 마나를 쓰고 있다는 소리였다. 그러나 녀석은 그저 가볍게 코웃음칠 뿐이었다.

"성룡인 드래곤의 마나를 우습게 보는군. 내게 이 정도는 별거 아니야. 오히려 사정이 급한 건 너겠지. 기다리고 있는 사람이 있을 테니까."

"윽……."

"시간이 흐를수록 점점 초조해지지? 돌아가지 못해서 괴로울 거야. 보아하니 꽤 재밌는 유희를 시작한 것 같던데."

"그걸 네가 어떻게 알아?"

나는 당황하며 물었다. 정령왕의 세대교체 사실조차 모르고 있던 녀석이 설마 이번 나의 여행에 대해서 알고 있을 줄은 몰랐으니까. 그는 어깨를 으쓱하며 대답했다.

"어떻게라니. 그렇게 눈에 띄는 일을 벌여 놓고 모르길 바라는 게 오히려 우스운 거 아닌가?"

"무슨……."

"삼 일의 기적."

"……!"

"내가 알기로 이 땅에서 그런 일이 가능한 존재는 단 하나뿐이거든."

의미심장하게 웃는 얼굴에 나는 입을 꾹 다물었다. 소문의 주체가 나라는 걸 알았다면, 내 계약자가 누군지 알아맞히는 건 더 간단한 문제다. 그게 뭐 어때서? 라고 생각하고 싶지만 이미 녀석에게 들은 말이 있는 만큼 마음이 불안해지는 건 어쩔 수 없었다.

나는 한층 목소리를 낮추고 물었다.

"……설마, 정말 내 계약자를 죽이려는 건 아니지?"

"글쎄, 어떻게 할까."

"그러기만 해 봐. 진짜 용서 안 할 거야."

"그렇게 말해 봤자, 지금 네 모습으로는 전혀 위협이 안 되는데? 그냥 새장 속에 갇힌 카나리아가 노래를 부르고 있는 것 같거든. 아니지, 머리카락이 푸른색이니까 파랑새이려나?"

"뭐, 뭐야? 너 지금 말 다 했어?"

"분하면 그 안에서 나와 봐. 네 힘으로 직접. 만약 그럴 수 있다면 네 계약자는 건드리지 않는다고 약속하지. 덧붙여 더 이상 계약해 달라는 요구도 하지 않겠어."

하지만 말과는 다르게 그의 표정엔 노골적인 비웃음이 서려 있었다. 바보가 아니고서야 애초에 불가능을 전제로 제시하고 있다는 걸 모를 리가 없었다.

"좋아, 그렇게 나오신다 이거지."

나는 이를 갈며 벌떡 몸을 일으켰다. 순수한 물리력만으로 안 된다면 다른 방법이 아주 없는 것도 아니다. 무엇보다 정령왕에게는 신에 가까운 힘, 바로 언령이 존재하고 있으니까.

물론 그 언령도 중간계에선 위력이 상당히 감소된다. 솔직히 자신은 없지만 그래도 시도를 하지 않는 것보단 나을 것이다. 그렇게 해서 저 밉살맞은 얼굴을 조금이라도 찌푸리게 할 수 있다면 말이다.

나는 심호흡을 한 다음 의식을 집중시켰다. 언령은 의지를 통한 발현, 마음속 염원이 강할수록 발현했을 때의 효과도 그만큼 컸다. 그 상태에서 나는 주변을 감싸고 있는 빛의 막을 똑바로 바라보았다.

"사라져."

이미 한 번 해 봤던 일이기 때문에 언령을 쓰는 것 자체는 어렵지 않았다. 그러나 역시 중간계이기 때문일까. 장막은 무슨 일이 있었냐는 듯 꿈쩍도 하지 않았다. 그러자 조금 긴장한 얼굴로 나를 주시하고 있던 라피스라즐리가 피식 웃는 것이 느껴졌다. 얼굴이 화끈거렸지만 나는 굴하지 않고 다시 한 번 시도했다.

"부서져라."

이번에도 장막은 변화가 없는 듯 보였다. 그러나 이번에는 조금 달랐다. 언령이 떨어진 순간 빛무리가 미세하게 흔들린 것이다. 그건 틀림없이 내 힘에 영향을 받는다는 증거였다.

"부서지고 깨어져!"

세 번째 언령이 떨어졌을 때, 그것은 좀 더 분명한 형태로 나타났다. 이젠 누가 봐도 알 수 있을 만큼 확연한 떨림이 보인 것이다. 내내 느긋하던 드래곤의 얼굴에도 처음으로 동요의 빛이 떠올랐다. 나는 그의 얼굴이 일그러지는 것을 의식하며 재차 언령을 사용했다.

"조각조각 깨어져 완전히 흩어져라!"

"제길! 포박의 힘은 더 견고해진다. 사로잡은 먹이를 절대

놓치지 않는다!"

그 순간 나직한 욕설과 함께 어디선가 강한 마나의 파동이 일어났다. 처음 나를 사로잡았을 때 사용했던 힘, 바로 그 마력이 발현된 것 같았다. 그러자 크게 흔들리던 빛의 막이 빠르게 정돈되더니, 순식간에 다시 본래의 상태로 돌아갔다. 아니, 오히려 전보다 더 단단해진 것 같았다.

"지, 지금 뭘 한 거야?"

당황해서 바라보자 이 모든 일의 주범인 것이 분명한 남자가 의기양양하게 답했다.

"보다시피 용언을 강화시켰지. 설마 내가 얌전히 두고 볼 줄 알았어?"

"이……! 치사하게!"

"뭔가 착각하는 모양인데, 난 방어하지 않겠다는 말은 안 했어."

가증스러운 대꾸에 나는 말없이 그를 노려보았다. 언령을 사용하는 건 나로서도 부담이 큰 일이다. 그렇지 않아도 힘들어 죽겠는데 모든 시도가 한순간에 무용지물이 되고 나니 울고 싶어졌다.

그나마 위안이 되는 건 라피스라즐리의 상태도 그다지 썩 좋아 보이진 않는다는 것이다. 그의 얼굴엔 이미 웃음기가 완전히 사라져 있었다.

"과연 정령왕이군. 설마 이만한 용언을 퍼붓고도 완전히 제압

되지 않을 줄은 몰랐어. 이거 꽤나 사나운 맹수를 길들이는 기분인걸."

"이게 누구 맘대로 동물 취급이야? 에잇! 사라져, 사라지라고!"

나는 다시금 재차 언령을 사용했다. 하지만 굳건히 자리 잡은 장막은 아무런 변화를 보이지 않았다. 라피스라즐리는 여유로운 표정으로 말했다.

"유감이지만, 이번엔 그렇게 쉽게 안 될걸."

"시끄러! 안 되면 될 때까지 할 거야!"

"끝까지 이 무모한 도전을 계속하시겠다?"

"당연하지! 내가 이렇게 가만히 당하고만 있을 줄 알아? 전부 흔적도 없이 사라져 버렷!"

쩌저적!

그 순간 놀라운 일이 벌어졌다. 빛의 장막에 갑자기 큰 진동이 일어나더니, 아래서부터 위까지 긴 균열이 일어나기 시작한 것이다.

"큭! 잠깐……."

그와 동시에 라피스라즐리가 창백해진 얼굴로 바닥에 주저앉았다. 그의 모습에서 이렇게 큰 변화가 보인 것은 이번이 처음이었다. 나는 본능적으로 이것이 절호의 기회라는 것을 직감했다. 아마도 지금 놓치면 두 번 다시는 찾아오지 않을 반격의 기회였다.

'바로 지금!'

나는 서둘러 손을 들어 물을 끌어 올렸다. 그리고 그렇게 모아진 힘으로 균열이 일어난 부분을 강하게 내리쳤다.

촤아아아! 콰직―!

쨍그랑!

마치 유리창이 깨지듯, 맑은 파열음이 울려 퍼졌다. 그와 동시에 나를 가두고 있던 장막이 산산조각이 나 흩어지기 시작했다. 지금까지 그렇게 굳건히 버티고 있던 것이 믿을 수 없을 정도로 순식간에 벌어진 일이었다.

나는 눈앞에서 흩뿌려지는 빛의 파편들을 멍하니 바라보았다. 그 파편은 내 주위만이 아니라 하늘에서도 내려오고 있었다.

고개를 들자, 허공을 가득 채우고 있던 무언가가 점점이 흩어지고 있는 것이 보였다. 그 사이에서 파생된 파편들이 마치 빛의 비처럼 숲 전체에 쏟아져 내리고 있었다. 이런 상황도 잠시간 잊을 만큼 아름다운 광경이었다. 아마도 지금까지 이 공간을 무(無)정령화로 만들었던 기묘한 힘의 장악이 풀린 듯했다.

"쿨럭! 쿨럭!"

그때 가까운 곳에서 거친 기침 소리가 울렸다. 소리가 들려오는 곳을 돌아보니 라피스라즐리가 바닥에 엎드려 있는 것이 보였다. 한 손으로 틀어막고 있는 그의 입에선 붉은 피가 뚝뚝 흘러내리고 있었다. 강제로 유지하고 있던 결계가 깨지면서 역으로 그가 타격을 입은 것이 분명했다.

하지만 나 역시 상태가 엉망인 건 마찬가지였다. 손발이 후들

후들 떨리는 것은 물론이고, 주체하기 힘들 만큼 시야가 빙글빙글 돌았다. 서 있는 것조차 힘겨울 만큼 온몸이 바짝 말라 타들어 가는 것 같았다.

'주, 죽을 것 같아.'

결국 나는 비틀거리며 바닥(이라고는 해도 물 위였지만)에 주저앉았다. 머릿속에선 당장 여기서 벗어나야 한다고 경고하고 있었으나, 지금은 손가락 하나 까닥할 기운도 없었다.

놀라운 일은 바로 그다음에 벌어졌다. 갑자기 물에서 작은 거품이 일어나더니, 그 속에서 나이아스들이 하나둘씩 얼굴을 내밀기 시작한 것이다.

"너희들……."

두둥실 허공에 떠오른 그들의 품에는 하나같이 동그란 물방울들이 안겨 있었다. 그들은 그것을 가지고 날아와 허둥지둥 내 몸 위에 떨어뜨리기 시작했다. 그러자 그렇게 지독하던 갈증이 점차 사그라지는 것이 느껴졌다.

자신들의 힘을 나눠 주고 있는 건가? 예상치 못한 일에 나는 눈을 크게 떴다. 완전하게는 아니었지만 운신할 수 있을 만큼은 기력이 돌아오고 있었다.

"아…… 고마워, 얘들아."

내 인사에 안절부절못하던 나이아스들이 방긋 웃었다. 하지만 나는 그들에게 마주 웃어 줄 겨를도 가질 수 없었다. 그사이 상태가 호전된 건지, 라피스라즐리가 몸을 일으키고 있었기 때문이었다. 담담한 표정이었지만 안색만큼은 무척이나 창백했다.

시선이 마주쳤다고 느낀 순간, 나는 바짝 긴장하며 몸을 굳혔다. 또 어떤 일을 벌일지 모르는 녀석인 만큼 절대로 방심할 수 없었다. 그러나 시간이 지나도 우려했던 일은 아무것도 일어나지 않았다. 오히려 나를 감싸고 있던 이질적인 마나가 사라지고, 그 자리에 본래의 기운이 차오르는 것이 느껴졌다. 직전까지 나를 붙들고 있던 황금색의 마법진도 어느새 사라져 있었다. 그가 소환진을 완전히 거둔 것이다. 당황해서 바라보자 라피스라즐리가 낮은 목소리로 말했다.

"내가 졌어. 돌아가."

"……헤에, 의외네. 또 가둘 줄 알았는데."

"드래곤은 한번 입 밖으로 내뱉은 약속은 어기지 않아. 네 힘으로 봉인을 부쉈으니 내가 한 약속을 지키는 것뿐이야."

그는 거추장스럽다는 듯이 손을 내저으며 몸을 돌렸다. 그렇게 끈질기게 굴 때는 언제고, 막상 놓아주는 얼굴에선 일말의 아쉬움도 보이지 않았다. 지금까지 치열하게 싸웠던 것이 전부 거짓말이었던 것 같았다.

"엘!"

그때, 숲 저편에서 익숙한 목소리가 들려왔다. 고개를 들자 거의 날다시피 달려오고 있는 낯익은 소년의 모습이 보였다. 바로 트로웰이었다.

"트로웰……!"

그를 보자 긴장이 단번에 풀리는 것 같았다. 나는 후들거리는 다리로 일어나 내내 벗어나지 못했던 호수 위에서 겨우 내려섰다. 성큼 다가온 트로웰이 비틀거리는 나를 급히 부축했다. 그의 얼굴은 평소와는 다르게 딱딱하게 굳어져 있었다.

"괜찮아?"

"으응, 난 멀쩡해."

"거짓말. 이렇게 지쳐 있으면서. 대체 힘을 얼마나 쓴 거야? 역소환이 되지 않은 게 다행이다. 늦어서 정말 미안해. 이 부근이라는 것까진 알아냈는데 결계가 계속 방해를 해서 정확한 위치를 찾을 수가 없었어."

"아, 아냐. 오히려 사과는 내가 해야지. 이런 일에 휘말리는 바람에 여기까지 와 달라고 해서 미안."

"그런 말 하지 마. 네 잘못이 아니잖아."

그는 가볍게 혀를 차고는 내 손을 붙잡았다. 그러자 나른하던 몸에 갑자기 상쾌한 기운이 감돌기 시작했다. 나이아스들이 전해 주던 것과는 비교도 할 수 없을 정도로 강한 힘이었다.

"좀 어때?"

"괴, 굉장해. 완전히 나은 것 같아."

"다행이다. 그럼 잠시만 여기서 기다려 줄래?"

"응?"

의미를 알 수 없는 말에 어리둥절해하는 내게 그는 생긋 미소 지어 보였다. 그러곤 몸을 돌려 성큼성큼 어디론가 걸어가기 시작했다.

그가 향한 곳은 라피스라즐리의 앞이었다. 똑바로 마주 선 두 사람 사이에서 잠시간 기묘한 공기가 흘렀다.

"……."

"……."

잘못을 알기 때문일까. 라피스라즐리는 이상하리만치 트로웰과 눈을 마주치지 못했다. 반대로 그를 똑바로 응시하는 트로웰의 얼굴은 무슨 생각을 하는지 짐작할 수 없을 정도로 무표정했다. 그런데 그 순간, 느닷없이 둔탁한 타격음이 울려 퍼졌다. 트로웰이 주먹으로 그의 얼굴을 날려 버린 것이다.

퍼억!

"트, 트로웰!"

당황해서 소리쳤을 땐 이미 라피스라즐리는 맥없이 쓰러져 있는 상태였다. 몬스터도 한 방에 날려 버리는 힘이다. 그것에 정통으로 맞았으니 온전할 리가 없었다.

나는 황급히 라피스라즐리를 살펴보았다. 다행히 정신을 잃지는 않았지만 입술이 완전히 터져 피범벅이 되어 있었다. 그는 곧 몸을 일으킨 다음 찌푸린 얼굴로 흐르는 피를 닦아 냈다. 꽤 아픈지 건드리는 손길이 조심스러웠다.

설마 이러다 일이 더 커지는 건 아니겠지? 잠깐 겪어 본 것에 불과하지만 타고난 천성이 더러운 녀석이었다. 자신을 때린 사람을 가만히 놔둘 리가 없었다.

그러나 예상과는 다르게 그는 그저 묵묵히 맞은 부위를 쓰다듬기만 할 뿐, 별다른 반응을 보이지 않았다. 그 모습을 트로웰이 냉담한 얼굴로 내려다보았다.

"네가 무슨 짓을 했는지는 알고 있겠지, 레드 일족의 라피스라즐리. 이 정도에서 끝내는 걸 다행으로 알아. 엘이 먼저 결계를 부수지 않았다면 넌 내 손으로 죽였어."

서늘하게 말하는 그는 완전히 다른 존재인 것 같았다. 나는 새삼 트로웰이 정령왕이라는 사실을 인지했다. 겉모습만 소년에 불과할 뿐, 실제로는 눈앞의 드래곤보다 연장자라는 것도 말이다.

"한동안 잠잠하다 했더니 결국 이런 식으로 대형 사고를 터뜨려? 대체 언제부터 왕과의 계약이 이렇게 우스운 방식이 됐지? 넌 엘만이 아니라 우리 4대 정령 전체의 자긍심을 짓밟았어. 로드에게 말해 엄중한 훈계 조치를 받게 하겠다."

"……."

"대답은?"

가라앉은 눈빛이 몹시 찼다. 이렇게 화난 모습의 트로웰을 보는 것은 처음이라 나는 조마조마해질 수밖에 없었다. 곧 라피스라즐리가 완전히 자리를 털고 일어났다. 그는 씁쓸한 얼굴로 고개를 끄덕였다.

"내가 심했단 거 인정해. 어떤 처벌이든 감수하지. 앞으론 절대 이런 일 없을 거다."

"그건 약속이겠지?"

"물론이야."

그가 순순히 잘못을 시인하자 트로웰도 한층 기분이 풀린 듯했다. 그는 조금은 누그러진 목소리로 말했다.

"대체 왜 이런 일을 벌인 거야. 너답지 않게."

"……나답지 않다니. 날 이렇게까지 몰아붙인 건 다 너희의 그 잘나신 엘퀴네스잖아. 아니, 이젠 전대의 엘퀴네스라고 불러야 하는 건가? 대체 그 녀석은 언제 소멸한 거야?"

투덜거리는 말에 트로웰은 살짝 한숨을 내쉬었다. 안타까우면서도 동시에 한심해하는 표정이었다.

"벌써 이십 년도 더 됐어. 예상은 했지만 정말 전혀 몰랐던 모양이네."

"알아주길 바라면 은퇴식이라도 해. 말도 하지 않고 떠나는데 그런 걸 어떻게 알아? 쳇. 사실 이번 결계도 다 그 녀석한테 쓰려고 만든 거라고. 그동안 당해 준 게 얼만데 한 번 정도는 골탕 먹여도 되는 거 아냐? 그런데 설마 이렇게 갑자기 소멸하다니. 정말 끝까지 재수 없는 놈이야."

"그건 예측하지 못한 쪽이 바보지. 네가 처음 그를 소환했을 때, 이미 그의 나이는 만 칠천 세를 넘어 있었어. 일반적으론 소멸할 시기가 훨씬 지난 상태였다고."

"그러니까 더 짜증 난다는 거야. 이왕 지난 김에 좀 더 있다가 소멸해도 되는 거잖아. 게다가 그것만으로도 충분히 열 받는데 이번 엘퀴네스까지 계약할 생각이 없다질 않나! 내가 화가 안 나게 생겼어?"

"그래서 스스로 이미지를 쇄신할 기회마저 버린 거야? 정말 어리석네. 연장자로서 말하는데, 넌 일단 그 발끈하는 성격을 고칠 필요가 있어."

"시끄러! 겨우 나보다 이천 살가량 더 먹은 것 가지고 이래라저래라 하지 마, 트로웰."

이제 보니 두 사람은 오래전부터 알고 지내 온 사이인 모양이다. 그것도 그저 단순히 아는 것만이 아니라 꽤 친밀한 관계인 것 같았다. 대화가 이어질수록 점차 편안해지는 분위기가 그것을 반증했다.

"저어, 트로웰······?"

마치 홀로 동떨어진 기분에 나는 민망해져서 그를 불렀다. 그러자 트로웰이 당황하며 나를 돌아보았다.

"아아, 미안해, 엘. 사실은 이 녀석, 내 계약자의 아들이야."

"에? 아들?"

"전에 말했던 블랙 드래곤 말이야. 그리고 좀 더 관계를 덧붙이자면 나의 대자(代子)이기도 해. 부친의 부탁으로 대부가 되어 주기로 했거든."

"헤에, 정말?"

트로웰이 저 레드 드래곤의 대부였다고? 뜻밖의 관계에 놀라서 바라보자 라피스라즐리는 벌레를 잔뜩 씹은 듯이 얼굴을 찌푸렸다. 하지만 그 표정은 그리 오래가지 않았다. 트로웰이 그의 무릎

제2화 131

을 걷어찼기 때문이었다.

"큽! 뭐 하는 거야!"

"그에게 무례한 표정 짓지 마."

"뭐?"

"못 알아들었으면 다시 말해 줄까?"

"……젠장, 대체 무슨 생각이야? 언제부터 그렇게 같은 정령왕을 챙기셨다고."

투덜거리는 그를 향해 트로웰은 말없이 날카로운 시선을 보냈다. 그리고 그가 입을 다물자 난처한 표정을 지으며 나를 바라보았다.

"보다시피 이런 녀석이라 정말 미안해. 사실 이번 일은 대부로서 그를 잘 가르치지 못한 내 잘못이기도 해. 그래서 너한테 어떻게 사과를 해야 할지 모르겠어. 다시는 이런 일이 없도록 내가 단단히 감시할게."

"아, 아냐. 벌써 다 잊었는걸. 뭐, 보아하니 그저 내가 운이 나빴던 것 같은데, 너무 신경 쓰지 않아도 돼. 자랑은 아니지만 이런 일은 예전부터 익숙하거든. 아하하……."

"……넌 성격이 너무 좋아서 문제야."

어색한 대답에 트로웰은 짧게 한숨을 내쉬었다. 그런 우리 둘의 모습이 불쾌했던 걸까? 더 이상 못 봐 주겠다는 듯 라피스라즐리가 투덜거리며 말했다.

"쳇, 시시한 대화나 할 거면 그만 가 버려. 괜히 남 염장이나 지르지 말고."

"라피, 넌 이제부터 어떻게 할 생각이야?"

"어떻게 하긴. 네가 로드한테 이번 일 다 꼰지른다며. 그 불같은 성격에 날 가만히 두겠어? 한동안 레어에 돌아가서 잠이나 잘 거야. 불러도 나올 생각 없으니까 그 영감한텐 찾을 생각 하지 말라고 해."

"후환이 두렵긴 한 모양이네. 하긴 그럴 만도 하지. 그들은 네가 평범하게 유희를 나간 줄로만 알고 있더군. 덕분에 나까지 깜빡 속았어."

"완전히 속인 건 아냐. 틈틈이 유희를 하긴 했다고. 최근까지도 수도에 있다가 온 참이고. ……말해 두지만 진짜 사실대로 말한 거니까 진위 파악하겠다고 내 속마음 읽지 마. 화낼 거다."

"안 읽어. 나도 지금은 유희 중이거든."

빙긋 웃으며 답하는 트로웰을 라피스라즐리는 찜찜한 시선으로 바라보았다. 단순히 그의 말을 못 미더워한다기보다는 다른 부분에 문제를 느끼는 것 같았다.

"그렇게 방긋방긋 웃지 좀 마. 하나도 안 어울려."

"서운한 소리를 하네. 그래도 난 나름 오랜만에 만난 대자가 반가워서 그러는 건데."

"하, 반가운 녀석이 만나자마자 주먹질을 하냐? 나였으니까 이 정도 터지는 선에서 끝난 거지, 다른 놈이었으면 그 한 방에 두개골이 함몰됐을걸? 아까 네 손으로 죽였을 거라고 한 것도 진심이었지?"

"당연하지. 그건 네가 잘못한 거잖아."

"그러니까 네가 이중인격이란 소리를 듣는 거야."

트로웰이 이중인격이라고? 물론 생각지 못하게 과격한 모습이 있긴 했지만 선뜻 동의하긴 힘든 말이었다. 원래 얌전한 사람이 화가 나면 무섭다고 하지 않은가. 겨우 그 정도 화를 냈다고 해서 그런 말까지 들어야 할 이유는 없었다. 그러나 정작 트로웰은 별로 신경 쓰지 않는 듯 어깨를 으쓱일 뿐이었다. 도발해도 넘어오지 않는 것에 흥미를 잃었는지 라피스라즐리 역시 이내 대화를 중단했다.

"아무튼 난 갈 거야. 그리고…… 초면에 실례가 많았다, 엘퀴네스."

"아, 으응."

뜻밖의 사과에 나는 얼떨떨해하며 고개를 끄덕였다. 그는 피식 웃고는 몸을 돌려 천천히 걸어가기 시작했다. 당당하다 못해 뻔뻔하던 처음의 모습은 전부 어디로 사라진 건지, 처연할 정도로 어깨를 늘어트린 채였다.

그런데 보통 이럴 땐 공간 이동을 사용해서 사라지는 게 정상 아닌가? 왜 직접 걸어가는 거지?

나는 조금씩 멀어져 가는 모습을 보며 멍하니 생각했다. 그리고 그런 의문을 느낀 것은 트로웰도 마찬가지인 듯했다. 그가 걸어가는 뒷모습을 향해 소리쳤다.

"라피! 네 레어는 이곳에서 한참 떨어져 있잖아! 설마 걸어서 갈 생각이야?"

"그럴 건데?"

라피스라즐리는 걸음을 멈추고 귀찮은 듯이 대꾸했다. 트로웰이 황당해하며 바라보자 그는 바로 불퉁한 표정을 지었다.

"나라고 정령왕을 가두는 결계를 만드는 게 쉬웠는지 알아? 게다가 그게 강제로 깨지는 바람에 지금 속이 말이 아니라고. 솔직히 걷는 것도 힘들어."

"뭐야, 드래곤 하트라도 망가진 거야?"

"그랬으면 벌써 죽었지. 어쨌든 이 상태로는 마법이고 뭐고 아무것도 못 해."

"자업자득이네."

"시끄러."

으음, 그러고 보니 결계가 깨졌을 때 피를 토했던가? 아무래도 그때 입은 내상이 꽤 심각했던 모양이다. 확실히 자업자득이긴 했지만 그래도 나로 인해 벌어진 일인 만큼 일말의 책임감이 느껴졌다. 할 수 없이 나는 라피스라즐리에게 다가가 그의 팔을 붙잡았다. 그러자 그가 눈을 살짝 크게 뜨고 바라보았다.

"……뭐야?"

어리둥절해하긴 해도 그다지 불쾌해하는 기색은 아니었다. 나는 별다른 설명 없이 그의 몸에 기운을 밀어 넣었다. 곧 붙잡은 부분부터 하얀 물안개가 피어오르며, 점차 그의 몸을 감싸기 시작했다. 치유 능력이 발동한 것이다.

라피스라즐리는 조금 당황한 얼굴로 나를 바라보았다. 그 역시 지금 일어나는 현상이 무엇을 의미하는지 알고 있는 것 같았다. 이윽고 물안개가 사라지자 나는 그에게서 손을 떼고 물었다.

"어때? 이젠 괜찮아졌어?"

"……아, 정말 굉장한데. 그렇게 심하게 뒤틀리던 기류가 완전히 정상으로 돌아왔어. 엘퀴네스의 치유 능력에 대해선 들었지만 이 정도일 줄은……."

라피스라즐리는 신기한 표정으로 자신의 흉부를 더듬었다. 꼼꼼히 몸을 살피는 시선마다 기탄없이 감탄한 기색이 드러나고 있었다. 얄미운 녀석이었지만 그런 모습을 보니 내심 마음이 뿌듯했다.

다음 순간 그는 내게 의아한 눈길을 보냈다. 내가 자신을 도와준 것이 이해가 되지 않는 것 같았다. 괜히 쑥스러운 기분에 나는 서둘러 변명했다.

"그, 그냥 선심 쓴 거야. 그렇게 하염없이 걸어가다 중간에 쓰러져 버리기라도 하면 곤란하니까."

"그게 왜? 네 입장에선 그게 더 통쾌한 거 아닌가?"

"뭐어? 나 참, 사람을 대체 뭐로 보는 거야? 그렇게까지 심보가 못되진 않았거든?"

"……그러게. 너 꽤 착한 녀석이구나."

"……."

아무렇지 않게 이어진 응수에 나는 조금 머쓱해졌다. 딱히 대가를 바란 것도 아닌데 뜻밖의 칭찬을 들으니 마치 처음부터 이런 상황을 노린 사람이 된 것 같아서 내심 민망했다. 그래도 기분이 썩 나쁘진 않은 걸 보면 내가 정말 단순한 성격이긴 한 모양이다.

라피스라즐리는 나를 빤히 응시했다. 지나치게 부담스러운 시선에 귓불까지 열이 오르는 것 같았다. 내가 우물쭈물하고 있자 그는 재미있다는 듯이 말했다.

"흠. 이봐, 트로웰. 갓 태어난 정령은 원래 전부 이래? 아까부터 느꼈는데 반응들이 꽤 신선하단 말이지."

"그건 그냥 그의 성향이야. 더 이상 그를 놀리지 마. 엘은 네가 함부로 대해도 되는 대상이 아니야."

"놀리기는 누가. 그냥 신기한 것뿐이야. 아무리 후임이라지만 전대와 성격이 너무 다르잖아. 그 재수 없던 녀석과 같은 엘퀴네스라는 게 도무지 믿어지지 않는걸."

……아니, 근데 이 녀석은 왜 아까부터 엘뤼엔을 욕하는 거야? 왠지 욱하는 기분에 나는 그를 노려봤다. 마음 같아선 정정당당히 따지고 싶지만 네가 그와 무슨 상관이냐는 말을 들을 것 같아서 차마 입이 떨어지지 않았다. 설령 사실을 밝힌다 해도 어차피 이 녀석에겐 비웃음이나 살 게 틀림없었다.

"왜 그렇게 봐?"

"……별로, 아무것도 아냐."

개운치 않은 답변 탓인지 그의 얼굴에 의아한 표정이 떠올랐다. 그는 그 상태로 나를 가만히 바라보더니 이내 진지한 목소리로 물었다.

"정말 나랑 계약하는 건 싫어?"

"뭐?"

"약속을 번복하는 건 아냐. 그냥 한 번 더 기회를 줄 수는 없을까 해서. 내 방식이 지나쳤다는 거 인정해. 하지만 나로서도 꽤 절박했거든. 태어나서 원했던 것을 손에 넣지 못한 적은 한 번도 없었어. 그런데 하필이면 가장 원하는 것을 가질 수가 없다니. 넌 이런 말이 기분 나쁜 모양이지만, 딱히 너나 정령들을 무시하는 건 아니야. 솔직히 말해서 거절당할 때마다 기분이 정말 비참해."

"기분 나쁜 줄 알면 그런 표현을 그만두면 되잖아?"

"그럼 계약해 줄 거야?"

한순간 밝아지는 얼굴에 나는 잠시 입을 다물었다. 차라리 쭉 뻔뻔하게 나오면 괜찮을 텐데, 강아지처럼 반짝거리는 눈망울을 보니 거절의 말을 뱉기가 쉽지 않았다. 나는 잠시간 망설이다가 그를 쳐다보았다.

"저기, 이름이 라피스라즐리라고 했던가?"

"그냥 라피스라고 불러, 라피라고 불러도 좋고."

"좋아, 라피스. 나한테 원하는 게 정확히 뭐야? 그냥 단순히 계약만 하면 되는 거야?"

"물론 그런 걸로는 부족하지. 실은 계약을 하면 네가 해 줬으면 하는 일이 있어."

"그게 뭔데?"

내 질문에 그는 기다렸다는 듯이 신이 나서 설명했다.

"내 레어에 가면 호수가 하나 있거든. 경치가 아름답기로 유명한 올시타에서도 가장 유명했던 호수지. 그걸 옮기느라 내가 얼마나 고생을 했는지, 그때의 일을 글로 남기면 아마 책으로 엮을 수도 있을 거야. 아무튼 그렇게 힘들게 가져온 호수인데 지금 조금 문제가 있어."

"무슨 문제?"

"호수 안에 물이 하나도 남아 있지 않다는 거지. 이미 오래전에 전부 다 말라 버려서 흙바닥만 볼품없이 드러내고 있는 상태야. 네가 그 호수에 물을 다시 채워 줬으면 좋겠어."

뭐야, 겨우 그것뿐인가?

나는 긴장하고 있던 어깨에서 천천히 힘을 뺐다. 진지하게 말을 꺼내기에 얼마나 거창한 요구를 하나 했는데, 고작 호수의 물을 채우는 거라니. 물의 정령왕인 내게는 숨 쉬는 것보다 더 간단한 일이었다. 하지만 무심코 고개를 끄덕이려는 찰나, 트로웰의 말이 이어졌다.

"라피의 레어는 용암지대에 있어, 엘."

"어? 요, 용암?"

"레드 드래곤 일족은 주로 화산지대나 용암이 흐르는 지하에 살아. 본신에 화기가 강해서 몸을 편하게 뉘일 곳이 그런 장소밖에 없거든. 저 녀석이라고 예외는 아니지. 덧붙여 라피는 레드 일족 중에서도 불의 기운을 가장 강하게 타고난 드래곤이야."

"……."

나는 당황해서 눈앞에 있는 붉은 머리 남자를 바라보았다. 레드 드래곤이 불의 속성을 지니고 있다는 건 알았지만 그로 인해 사는 지역까지 정해져 있을 줄은 몰랐다. 덧붙여 용암이 흐를 정도로 뜨거운 장소면 호수가 존재할 수 있는 여건이 아니었다. 다시 채운다 해도 금방 다시 증발해 버릴 것이 뻔했고, 설령 운이 좋아 남는다 해도 그건 호수라기보다는 이미 온천에 더 가까울 터였다.

"혹시 온천욕을 하고 싶은 거야?"

"설마. 난 평범한 호수를 원해. 여느 숲이나 계곡에서 볼 수 있는 차가운 물로 이뤄진 호수 말이지."

"으음, 뜻은 알겠는데 그 지역에서 좀 힘들 것 같은데? 용암지대에선 물의 정령들이 지내는 것이 어렵거든. 다시 채울 순 있어도 유지하긴 어려울 거야."

"그건 나도 알아. 하지만 정령왕이라면 경우가 다르지."

"뭐?"

"물의 정령왕인 엘퀴네스, 너라면 어떤 환경에서든 호수를 쭉 유지시켜 둘 수 있잖아."

빙긋 웃는 얼굴에 나는 잠시 혼란스러워졌다. 그의 말을 종합해 보건데, 그 상황이 의미하는 것은 단 한 가지밖에 없었기 때문이다.

"……설마 날더러 거기서 지내라고?"

나는 당연하다는 듯이 고개를 끄덕이는 그를 기가 막혀 바라보았다. 라피스라즐리, 아니 라피스는 제 발언의 문제를 깨닫지 못한 듯 의아한 표정이었다.

"왜?"

"왜긴 뭐가 왜야. 내가 무슨 분수대에 설치되는 장식품인 줄 알아? 너희 집에 있는 호수를 유지하기 위해 날더러 그 안에서 살라니, 도대체 무슨 생각이야?"

"평생 그렇게 있어 달라는 건 아냐. 그냥 충분히 감상할 수 있는 시간만 주면 돼. 어디 보자, 한 100년 정도면 괜찮을 것 같네."

뭐라고? 몇 년?

예상을 훨씬 뛰어넘는 규모에 나는 경악을 금치 못했다. 하지만 도리어 라피스는 이해가 되지 않는다는 얼굴로 물었다.

"왜 그렇게 놀란 표정이야? 우리들 수명을 생각하면 100년 정도는 그리 긴 기간도 아니잖아. 게다가 내가 지금까지 기다려 온 시간이 얼만데, 나로선 그것도 상당히 많이 양보한 거라고."

"……미안하지만 난 지금 유희 중이거든."

"뭐? 아아, 그 소문과 관계된 계약자 말이지."

그제야 라피스 역시 본질적인 문제를 깨달은 듯했다. 그는 살짝 얼굴을 찌푸리더니 이내 빙긋 웃는 얼굴로 나를 돌아보았다.

"그 계약은 그냥 그만두는 게 어때? 어차피 인간과의 유희는 전부 한순간에 불과하잖아. 게다가 네게는 첫 유희겠지? 처음부터 굳이 그런 번거로운 일에 엮일 필요는 없지 않아? 여행이라면 나중에 나랑 같이해. 부족한 인간보다야 나와 같이 다니는 게 훨씬 편할걸?"

사탕을 주고 꾀는 유괴범처럼 그는 조곤조곤한 목소리로 나를 달랬다. 나는 한숨을 내쉬며 고개를 저었다.

"난 이미 녀석을 돕기로 했어. 내 맘대로 그 결정을 번복할 순 없어."

"그럼 뭐야. 나와의 계약은? 내 호수는?"

"그건 별로 중요한 것도 아니잖아."

"나한테는 중요해! 그리고 그 녀석보다 내가 먼저야! 내가 그 망할 인간 녀석보다 널 더 오래 기다렸단 말이야!"

으음, 순간 닭살이 돋는 것 같았지만 참았다. 그래도 처음처럼 비꼬는 말투로 협박하는 것보다는 훨씬 나았으니까. 아니, 이건 이것대로 피곤한 것 같긴 하지만. 왠지 두통이 이는 것 같아 나는 가만히 이마를 짚으며 한숨을 내쉬었다.

"아무튼 내 생각은 변함없어. 계약은 지금 당장이라도 해 줄 수는 있어. 하지만 네 요구에 맞추는 건 내 유희가 끝난 다음에나 가능할 거야."

"그게 언젠데?"

"글쎄, 지금 계약자가 죽고 나면?"

"……날 피 말려 죽일 생각이야?"

이글거리는 붉은 눈동자에 나는 어색하게 웃어 보였다. 정말 제멋대로인 드래곤이라고 해야 하나. 방금 전 제 입으로 100년은 짧다고 주장한 주제에, 정작 입장이 반대가 되는 건 용납을 못 하는 모양이다. 라피스는 잠시간 나를 노려본 다음 신경질적으로 머리를 쓸어 넘겼다.

"좋아, 호수에 관한 건 다음으로 넘긴다 치지. 하지만 나머지 다른 문제는? 유희 기간 내내 넌 내가 부르는 음성엔 응하지 않겠지?"

"그거야……."

"똑같은 계약자인데 그건 너무 심한 차별 아닌가? 내가 내 정령을 원할 때 마음껏 부를 수도 없다면 계약을 하는 게 무슨 의미가 있지?"

"하지만 내가 알기론 다른 드래곤들은 그냥 계약만 한다고 들었는데."

"다른 녀석들과 나는 달라. 그 녀석들은 계약 자체에 의미를 두는지 몰라도 난 그런 취미는 없거든. 가지고 있는 건 뭐든 제대로 활용하자는 주의지. 비단 호수만의 문제가 아니라도 난 널 자주 만나야겠어. 가급적 매일이면 더 좋고."

"내 의견은 묻지도 않고 맘대로 정하지 마. 누가 그렇게 해 준대?"

"지금 계약자랑은 계속 같이 붙어 다니고 있잖아!"

"그야 이사나는 내가 지켜 주기로 약속했으니까 그렇지. 보호하려면 함께 다녀야 편한 게 당연하잖아. 너랑은 경우가 완전히 다르다고."

"뭐야, 정령왕이 한낱 인간의 보호자를 자처하는 거냐?"

"맞아, 그러면 안 된다는 법도 없잖아? 아무튼 난 그 녀석 곁을 자주 비울 수 없어. 굳이 꼭 매일 봐야겠다면 차라리 네가 내 일정에 참여하는 건 어때?"

"하, 드래곤인 날더러 인간에게 맞춰 여행을 하라고?"

라피스는 정색을 하고 나를 바라보았다. 지금까지 자신이 나한테 한 행동은 생각하지도 않고, 고작 그 정도 제안에 모욕이라도 당한 얼굴이었다.

"나 참, 그럼 대체 날더러 어쩌란 거야. 할 수 없네. 너와의 계약은 그냥 다음으로 미루는 수밖에."

"뭐야?"

"이것도 안 되고 저것도 안 되면 방법이 그것뿐이잖아. 그러니까 네 쪽에서 선택해. 미리 계약을 하고 내 유희가 끝나길 기다리든가, 아니면 유희가 끝난 후에 계약을 하든가. 난 둘 다 상관없거든."

"……순한 건지 영악한 건지 모를 성격이군."

그럼 내가 계속 당해 주고 있을 줄 알았냐?

황망한 듯 중얼거리는 말에 나는 날름 혀를 내밀어 보였다. 그때 재밌다는 듯이 상황을 지켜보고 있던 트로웰이 한 발 앞으로 걸어 나오며 말했다.

"엘, 이만 돌아가자. 사람들이 기다릴 거야."

"아, 응!"

그렇지 않아도 이미 정신력이 한계에 달해 있는 상태였기에 나는 반갑게 그의 제안을 받아들였다. 트로웰은 빙긋 웃으며 얼굴이 구겨진 라피스를 돌아보았다.

"결정은 천천히 내리도록 해, 라피. 네게도 생각할 시간이 필요하겠지. 하지만 엘에게 피해가 가지 않도록 명심해. 다음에도 이런 일이 생기면 정말 가만히 두지 않을 거다."

"……알았어."

"그럼 우린 이만 갈게. 다음에 만날 땐 좀 더 성숙한 모습이길 바라."

"쳇, 남이사."

짧게 투덜거린 라피스는 얼른 사라지라는 듯이 손을 휘휘 내저었다. 겉모습은 훨씬 어른이어도 이런 행동은 확실히 트로웰보다 연하다웠다.

이윽고 우리가 돌아설 때까지 그는 심각한 표정으로 서서 깊은 생각에 잠겨 있었다. 예상했던 것보다 더 진지하게 고민하는 모습을 보니 조금은 미안한 기분이 들었다.

그러고 보니 드래곤이 함께해 준다면 이사나에게도 꽤 도움이 될 텐데. 무심코 머릿속을 스친 생각에 나는 쓰게 웃었다. 척 보기에도 자존심이 무척 센 녀석이다. 내가 먼저 제안하긴 했지만 사실 그가 받아들일 거라고 생각한 적은 없었다. 아마도 저 드래곤을 다시 만나는 게 되는 건 앞으로 머나먼 후의 일이 될 것이 분명했다. 아마 그때쯤엔 오늘의 일을 좋은 추억으로 기억하게 될지도 모른다.

그래서일까. 분명 피곤했고 힘든 시간이었는데도 이상하게 미운 느낌은 들지 않았다.

레드 일족의 라피스라즐리.

짧은 시간, 강렬할 정도로 선명한 인상을 남긴 존재였다.

1.

 매일 치열했던 전투는 숲을 통과하고 나자 한층 소강상태를 띠었다. 더 이상 떼로 몰려 덤벼드는 몬스터도 없었고 산짐승의 기척도 거의 느껴지지 않았다. 간간이 오크들이 튀어나오긴 했지만 그 수는 지난 시간 동안 마주친 몬스터들에 비하면 터무니없을 정도로 적어 위협에 해당되지도 않았다.
 매일 피가 마를 날이 없던 용병단의 무기에 휴식의 나날이 이어졌다. 날이 서 있던 공기도 한층 느슨해져 있었다. 그러나 그렇게 되고 나니 오히려 평화로운 시간에 불만을 느끼는 사람이 있었다. 그는 바로 헤롤이었다.
 "젠장, 진짜 짜증 나 죽겠네. 이런 조용하고 느긋한 일정은 내

성미에 맞지 않는다고! 대체 다음 몬스터는 언제 나오는 거야?"

며칠째 평온한 날이 계속되자 그는 점차 히스테릭해졌다. 특히 얼마 전에 있었던 작은 전투가 그가 나서기도 전에 마무리된 뒤로 더 심해진 것 같았다.

듣기 좋은 소리도 반복이 되면 지치기 마련, 하물며 불만의 소리라면 말할 것도 없으리라. 매일같이 연이어지는 투정은 일행들 모두를 괴롭게 만들었다. 결국 더 이상 참다 못했는지 이릴이 버럭 짜증을 냈다.

"시끄러, 이 학살광아! 평안해서 좋기만 하구만, 왜 이렇게 죽이질 못해 안달하는 거야? 닥치고 조용히 걷기나 해!"

"우씨, 왜 맨날 나만 미워해?"

"미운 짓을 하니까 미워하지! 휴센, 저 녀석 이제 그만 단에서 쫓아낼 생각 없어? 저놈 하나 때문에 우리들까지 덩달아 평판이 떨어지겠다고!"

"정말 그렇군."

묵묵히 말을 몰던 휴센이 진지한 표정으로 고개를 끄덕였다. 다른 건 몰라도 헤롤을 괴롭히는 일에만은 적극적으로 동참하길 좋아하는 그였다. 그의 입가에 떠오른 비웃음을 본 헤롤이 발작적으로 소리쳤다.

"그렇긴 뭐가 그렇다는 거야, 이 망할 단장아! 그저 여자라면 눈이 실실 풀려서는!"

"그런 적 없어."

"흥, 과연 그러실까? 단장이 얼마 전에도 쉐리 쳐다보고 있는 거 내가 다 봤는데?"

"……뭐?"

잠잠하던 휴센의 두 눈에 동요의 빛이 떠올랐다. 쉐리 역시 당황한 표정으로 그를 바라보았다. 두 사람의 눈이 마주치자 그는 급히 고개를 가로저으며 부정의 표시를 보냈다. 그러나 눈치 없는 헤롤은 멈출 줄을 몰랐다.

"모른 척해도 소용없어. 아주 쉐리한테서 눈을 떼지를 못하시더만. 하긴 쉐리가 좀 예쁘긴 하지. 남자로서 자연스럽게 시선이 가는 건 이해해."

"대체 무슨 소리를……."

"어허, 계속 모른 척해도 소용없다니까 그러네. 근데 두 사람 나이 차이가 범죄라는 건 알고나 있나? 하긴 모를 리가 없지. 그러니까 조심해! 당신, 자꾸 나한테 이런 식으로 나오면 쉐리랑 그렇고 그런 사이라고 소문내 버릴 거야!"

꿈틀. 그 순간 휴센의 얼굴 근육이 크게 움직이는 것이 보였다. 나는 속으로 조용히 헤롤의 명복을 빌었다. 재수가 없는 사람은 뒤로 넘어져도 코가 깨진다더니, 하필이면 하고 많은 것들 중에서 그 부분을 언급할 것은 뭔가. 심지어 그가 가장 우려하던 방식으로 말이다. 한마디로 헤롤은 지금 벌집을 제대로 건드린 셈이었다.

스르릉.

휴센은 조용히 허리춤에서 검을 뽑아 들었다. 햇빛에 반사되는 검날이 눈부시다고 느낀 찰나, 곧 칼끝이 빠른 속도로 헤롤의 품을 파고들었다. 경고도 없이 날아든 공격에 헤롤은 기겁하여 소리쳤다.

"우와악! 이게 지금 뭐 하는 거야! 위험하잖아!"

"닥치고 죽어."

"뭐, 뭐? 자, 잠깐! 진심이야? 눈이 웃고 있질 않다고!"

"당연한 말을 하는군."

"으헉! 사람 살려! 단장이 미쳤다아!"

제아무리 헤롤이라도 샴페인 용병단에서는 일개 단원에 불과할 뿐. 하물며 전 대륙의 용병들 중에 단 몇 사람, 특별한 존재에게만 허락되는 금패를 소유한 휴센과는 압도적인 실력 차가 있을 수밖에 없었다. 아니나 다를까. 본격적인 공세가 이어지자 헤롤은 꽁지에 불붙은 토끼처럼 도망 다니기에 급급했다.

하지만 그의 가장 큰 비극은 누구도 그를 도와줄 사람이 없다는 사실이었다. 다른 용병단의 사람들은 휴센의 매서운 기세에 질려 차마 다가올 엄두조차 내지 못했고, 일행들은 말리기는커녕 오히려 그의 고난을 즐겼다.

"휘익, 단장 최고다! 이참에 완전 끝장을 내 버려!"

"그러게 조심하지 그랬어요, 헤롤."

"잘 가, 헤롤. 시체는 내가 양지바른 곳에 묻어 줄게."

"너희들! 정말 이러기야?"

헤롤은 이를 갈았지만, 쉴 틈 없이 밀어닥치는 공격에 떠밀려 복수의 말조차 제대로 내뱉지 못했다.

이후 휴센은 정말 딱 죽기 직전까지만 헤롤을 구타했다. 일방적인 폭력이 끝나고 모진 비명이 겨우 사그라졌을 때, 현장에 남은 건 퉁퉁 부은 얼굴로 바닥에서 꿈틀거리는 헤롤의 모습이었다. 그런 그를 향해 쉐리가 조용히 한마디 중얼거렸다.

"멍청이."

……이래서 사람은 평소에 인덕을 쌓고 살아야 하는 모양이다.

* * *

끝이 보이지 않는 이동에 지칠 무렵 상단 행렬은 인가로 들어섰다. 두 번째 검문을 지난 이후 처음으로 들르는 마을이었다.

벽돌 길에 높은 건물이 즐비하게 늘어선 마을은 이름만 마을일 뿐 규모로 치면 도시라고 불러도 손색이 없었다. 거리는 몹시 활발했고, 여행자로 보이는 사람들이 가득했다. 그래선지 제법 큰 행렬인데도 우리들의 모습을 주목하는 시선은 없었다.

오랜만에 제대로 된 숙박 시설을 이용하게 되자 용병들은 매우 들떴다. 연이은 노숙에 고생을 한 건 상단 소속의 사람들도 마찬가지라 그들 역시 얼굴이 한층 밝아진 상태였다.

"이곳에서 부족한 물자들을 보충할 거다. 약 이틀 정도 여유 시간이 주어질 테니 그동안 필요한 것들을 사거나 무기를 정비하도록 해. 그리고 이곳은 그리 치안이 좋은 편이 아니다. 쓸데없는 소동에 휘말리지 않게 각별히 주의하도록."

숙소를 정한 뒤 휴센은 일행들을 향해 간단히 당부의 말을 전했다. 그 뒤에는 바로 자유 시간이 주어졌다. 따로 언급이 없어도 일행들은 알아서 각자의 짐을 챙겨 원하는 곳으로 이동했다. 눈치를 보아 그동안 미뤄 왔던 잠을 몰아 자거나 술을 마시러 가는 것 같았다. 나는 뿔뿔이 흩어지는 사람들을 바라보다가 이사나의 팔을 붙잡았다. 그동안 마음속으로 구상만 했던 계획을 드디어 실현할 순간이었다.

"옷 사러 가자."

"응? 무슨 옷?"

"네 옷 말이야. 지금 입고 있는 건 많이 더러워졌잖아. 겨울에 입기엔 너무 얇기도 하고."

"난 괜찮은데……."

"괜찮긴. 앞으로 점점 더 추워질 텐데 그대로 있으면 감기 걸려. 사는 김에 후드랑 여벌옷도 넉넉하게 준비하자. 아무리 여행 중이라도 잘 챙겨 입어야지."

나는 끝까지 괜찮다고 우기는 이사나를 강제로 끌고 거리로 나섰다. 도시 못지않은 거대한 규모답게, 번화가에는 갖가지 상가와 의류점들이 즐비했다. 그곳에서 나는 두터운 여행복을 비롯한 여러 겨울 용품들을 구입했다. 여유 있는 기간이 아니다 보니 기성품 중에서 고르는 게 고작이었지만 이사나의 체형이 무난해서

인지 원하는 걸 찾는 데 큰 어려움은 없었다. 다만 아직 성장기라는 점을 감안하여(실제로 지금 입고 있는 옷도 조금 짧아져 있었다) 치수는 하나씩 큰 걸로 골랐다.

처음엔 주저하던 이사나도 막상 쇼핑이 시작되고 나서는 신이 났는지 적극적으로 참여했다. 덕분에 상가를 한 바퀴 돌고 났을 땐 나와 이사나는 양손 한가득 짐을 짊어진 채였다.

"잔뜩 산 것 같다."

"그러게. 이걸 전부 들고 다닐 수 있을까?"

"잘 개어서 묶으면 어떻게든 될 거야. 정 안 되면 내가 다 들고 다니지, 뭐. 어차피 나한텐 딱히 무겁지도 않은걸."

정령이 돼서 좋은 점은 무게감도 잘 느끼지 못하게 되었다는 것이다. 땅을 딛고 걸어 다닐 만큼 중력의 영향은 받지만 내게는 조약돌이나 바위나 다 비슷한 무게로 느껴졌다. 그로 인해 낭패를 본 대표적인 케이스가 바로 트로웰이다. 휴센에게 스카웃되던 당시, 그저 적당히 고른다는 것이 하필이면 기준 이상의 거대한 바위를 들어 올렸던 것이다(그래서 그 뒤로는 아예 천하장사 컨셉을 내세우고 있다고 한다).

다행히 내 경우엔 인간으로서의 생활 습관이 남아 있어 무심코 바위를 집어 드는 실수를 벌인 적은 없었다. 이럴 땐 인간으로 살아 봤던 것도 딱히 나쁜 일은 아닌 것 같다. ……물론 단점이 더 많은 것 같긴 하지만.

"하하, 어린 친구가 힘이 상당히 센가 보구나. 그러지 말고 이

걸 사용해 보는 게 어때?"

그때 바로 옆쪽에서 누군가 불쑥 말을 걸어왔다. 길가에서 노점 형식으로 물건을 팔고 있던 상인이었다. 그가 내민 물건을 보고 나는 고개를 기울였다. 척 보기에도 그저 평범한 배낭에 불과했기 때문이다. 그러자 나의 의문을 알겠다는 듯 상인이 냉큼 설명을 덧붙였다.

"이거 이렇게 보여도 경량화 마법이 걸린 거야."

"에? 경량화 마법?"

"그래. 무려 바다 건너 카터스 제국에서 직접 공수해 온 거라고. 이게 얼마나 신기한 거냐면, 바윗덩어리를 넣어도 솜털을 든 듯이 가볍단 말이지. 의심스러우면 한번 시험해 봐도 좋아."

"헤에……."

무게를 줄여 주는 마법이 걸린 배낭이라…… 여기엔 이런 것도 있는 건가?

나는 조금 신기한 기분에 배낭을 받아 들었다. 내부엔 아무것도 들어 있지 않았으나 자세히 들여다보자 미세한 마나의 흐름이 느껴졌다. 스며든 농도를 보아선 그리 수준 높은 마법사가 만든 것은 아닌 듯했지만, 지금 상황에선 없는 것보다는 나을 터였다.

나는 시험 삼아 옷 몇 벌을 넣은 다음 이사나에게 들어 보게 했다. 받아 들자마자 그는 놀란 기색으로 나를 바라보았다.

"어때?"

"와아— 진짜 가벼워, 엘. 아무것도 안 들어 있는 것 같아."

이사나의 감탄에 상인은 껄껄 웃었다.

"내 말이 맞지? 그게 제법 쓸 만하다니까? 아직 어린 손님들 같으니 가격은 적당히 쳐줄게."

"정말요?"

"물론이지. 실은 잘 팔리지 않아서 어떻게 처분해야 하나 고심 중이었거든. 이 나라 사람들은 어떻게 된 게 도통 마법무구에는 관심이 없단 말이야. 일단 쓰기만 하면 이렇게 편리하다는 걸 알게 될 텐데 말이지. 하긴 나도 카터스 제국에 다녀오기 전까진 이런 게 있다는 것도 잘 몰랐지만."

"카터스 제국? 거기엔 이런 게 많나요?"

"아무렴. 현자와 마법사들의 땅이잖아. 지천에 널려 있는 게 마법무구지. 심지어 그곳 사람들은 통신구도 휴대용으로 가지고 다닌다니까. 믿겨져? 길거리에서 아무렇지 않게 멀리 있는 사람과 통신을 주고받는다고!"

상인의 말에 나는 감흥 없이 고개를 끄덕였다. 21세기 최첨단 시대, 휴대폰으로 인터넷도 되는 세상에서 살다 온 나로선 딱히 신기할 것도 없는 일이었으니까. 그러나 이사나는 굉장한 충격을 받았는지 배낭에서 눈을 떼지 못하고 있었다.

"그게 사실이라면 놀랍군요. 카터스 제국의 문명이 그토록 발달했다니……."

"그렇다니까. 듣자 하니 카터스 제국은 황실 차원에서 마법에 전폭적인 지원을 아끼지 않는다더군. 그곳에 비하면 우리 제국은 너무 뒤쳐졌지. 하기야 몇 년째 내란이 들끓고 있는데 누구든 제대로 국정을 돌아볼 틈이나 있겠어? 사람들도 먹고살기 바빠서 마법무구 같은 건 그저 사치품 취급하기 일쑤니……."

"……."

안타깝다는 듯 상인이 혀를 끌끌 차는 동안 이사나는 아무 말도 하지 않았다. 아마 또 속으로 자책하고 있는 것이 분명했다. 나는 화제를 돌릴 겸 슬쩍 좌판을 둘러보았다.

"혹시 여기 있는 것들도 전부 마법무구인가요?"

"응, 맞아. 그러고 보니 너희들 여행 중이지? 모험가들에게 딱 어울리는 마법무구가 있는데 그것도 볼래?"

고개를 끄덕이자 상인은 곧장 좌판에서 물건을 하나 집어 들었다. 가운데에 투명한 구슬이 박혀 있는 황금색 팔찌였다. 마나가 깃들어 있는 걸 보면 마법무구가 확실했지만 도무지 용도를 짐작하기 어려웠다.

"호신용 팔찌야."

"호신용이요?"

이런 평범한 팔찌의 어디에 그런 기능이 있다는 거지?

의아해져서 되묻자 상인은 보란 듯 팔찌에 박힌 구슬을 돌려 보았다. 그러자 달칵 하는 금속음과 함께 팔찌의 모양이 순식간에 단검으로 바뀌는 게 아닌가! 놀라서 바라보자 상인은 뿌듯한 표정을 지었다.

"구슬을 오른쪽으로 돌리면 단검이 되고, 왼쪽으로 돌리면 안

쪽에서 작은 바늘이 나와. 그걸로 찌르면 일시적으로 온몸이 마비되지. 어때, 꽤 쓸 만한 물건이지 않아?"

"와, 정말 괜찮네요. 그것도 배낭이랑 같이 구입할게요."

"그럴래? 어린 손님이 보는 눈이 있네. 정말 잘 생각했어."

저렴하다고 해도 마법무구이기 때문인지 배낭과 팔찌의 가격은 꽤 비싼 편이었다. 내가 아무 말 없이 값을 치르자 상인은 조금 놀란 표정을 비쳤다. 평범한(심지어 음침하기까지 한) 차림의 소년들이 거금을 지니고 있는 것에 흥미를 느낀 것 같았다.

그러고 보니 이 마을은 치안이 좋은 편이 아니라고 했던가. 뒤늦게 떠오른 휴센의 충고에 경각심이 일었다. 가는 곳곳마다 붙어 있던 이사나의 현상 수배 벽보는 이 마을에도 어김없이 퍼져 있는 상태였다. 시비가 붙는 건 상관없지만 그 과정에서 이사나의 정체가 드러나는 건 피해야 했다.

"그럼 많이 파세요. 라이, 그만 가자."

"아. 으응."

괜한 문제가 생길까 싶어 나는 얼른 이사나를 끌고 좌판을 떠났다. 걸어가면서 내내 주위를 살폈지만 다행히 따라붙는 시선이나 발길은 없는 것 같았다.

번화가를 벗어나자 거리를 오가는 사람들의 숫자도 급격히 줄기 시작했다. 어느 정도 한적한 곳에 이르고서야 우리는 빠르게 걷던 걸음을 멈췄다. 이미 좌판의 모습은 멀찍이 떨어져 보이지 않게 된 지 오래였다.

"이사나, 손 내밀어 봐."

내 말에 이사나는 어리둥절해하면서도 순순히 손을 내밀었다. 나는 그의 팔을 쭉 잡아끈 다음, 드러난 팔목에 조금 전에 산 팔찌를 채웠다. 그 행동이 뜻밖이었는지 그가 당황한 표정을 지었다.

"어? 이걸 내게?"

"처음부터 너 주려고 산거야. 사용법은 아까 들었지? 잊지 말고 몸에서 절대 떼어 놓지 마."

"고, 고마워, 엘. 미안해서 어쩌지? 계속 받기만 하는 것 같아."

"신경 쓰지 마. 내가 좋아서 하는 거니까."

웃으며 답한 말에 그는 또 어쩔 줄 몰라 했다. 날 때부터 귀한 신분으로 태어났고, 주위에서 챙겨 주는 것에 익숙할 텐데도 이렇게 대접받는 것에 어색해하다니. 아마도 이건 그의 천성일 것이다. 누구와는 다르게 정말 착하고 심성이 고운 녀석이 아닐 수 없었다.

'……그래, 그 붉은 도마뱀과는 전혀 다르게 말이지.'

생각해 보면 난 정말 운이 좋은 편이다. 만약 이사나가 아니었다면 내 첫 번째 계약자는 라피스가 되었을지도 모르니까. 그리고 지금쯤 레어에 틀어박혀 호수에 물이나 채워 주고 있었을 테지. 상상만 해도 소름이 우수수 돋았다.

이사나는 팔찌를 계속 만지작거렸다. 신기해하면서도 다른 상념에 빠진 듯 복잡한 얼굴이었다. 지내 온 시간이 제법 여문 건지 이제 표정만 봐도 대충 그가 무슨 생각을 하는지 알 것 같았다. 나는 짐짓 아무렇지 않게 물었다.

"카터스 제국은 어떤 곳이야, 이사나?"

"응? 아아…… 아까 그 상인이 말했던 그대로야. 마법 문화를 토대로 번성한 지성과 학문의 본고장이지."

"지성과 학문의 본고장?"

"역사는 우리 스왈트 제국에 비해 짧은 데 비해 빠른 시간에 문화 발전을 이뤘거든. 특히 마법 분야에서만큼은 타의 추종을 불허할 만큼 전 대륙에서 가장 유명해. 이름이 알려진 현자나 마법사들은 대부분 카터스 제국 출신이라는 말이 있을 정도야."

"헤에, 그렇구나."

"카터스 제국을 세운 초대 황제가 마법사 출신이었는데, 그 때문에 학문과 마법 문화에 관심이 많았다고 해. 그 황제의 이름을 따서 세워진 아카데미는 우리 제국의 귀족들도 수학을 다녀올 정도로 유명하다고 들었어. 카터스가 부강한 제국이라는 건 알고 있었지만 솔직히 이렇게 차이가 날 줄은 몰랐어. 마법무구가 백성들 사이에서 일상품으로 쓰일 정도라니, 그에 비하면 우리 스왈트 제국은……."

오히려 역효과였던 걸까. 설명하면서 풀이 죽었는지 이사나는 침울한 얼굴로 고개를 숙였다. 나는 얼른 그의 어깨를 다독이며 말했다.

"그런 건 신경 쓰지 마. 넌 이제부터 시작이잖아. 다시 돌아가면 너도 그 제국 못지않게 이곳을 발전시키면 되는 거야."

"……내가 정말 할 수 있을까?"

"할 수 있어. 네가 그러길 바란다면. 황제가 바라는데 이루지 못할 게 뭐가 있겠어? 게다가 그 제국의 황제보다 네가 더 젊을 거 아냐."

내 말에 이사나는 흐리게 웃으며 고개를 끄덕였다. 조금은 기분이 나아 보였지만 번민에 휩싸인 얼굴은 여전히 그대로였다.

"아, 그러고 보니 그 제국의 황태자가 나와 같은 나이라고 들었어."

"황태자?"

"응. 그래서 어릴 때부터 곧잘 비교당하곤 했어. 카터스 제국의 태자는 머리가 매우 명석한 데다 마법에 뛰어난 재능을 가지고 있대. 다섯 살 때 기초 마법을 모두 완료하고 열 살 때 초급 숙련자가 된 자타 공인 천재라는 모양이야."

"에이, 그런 거 부러워할 거 없어. 소문이란 건 실제보다 과장되기 마련이고, 정말 그런 재능이 있는지 어떻게 확인할 수 있겠어? 오히려 너로서는 더 어깨가 으쓱한 일이지. 같은 나이인데 네가 더 잘나가잖아."

"그, 그런 건가?"

"당연하지. 아무리 뛰어나 봤자 결국 태자는 황제보다 아랫사람인걸. 게다가 재능만으로 치면 너도 만만치 않다고. 잊어버린 모양인데, 넌 인간 중에서 최초로 물의 정령왕을 소환한 사람이거든?"

"어? 최초?"

"어라, 기억 안 나? 전에 트로웰도 말해 줬잖아. 네가 내 첫 계약자라고."

이사나는 얼떨떨한 얼굴로 고개를 갸웃거렸다. 항상 간단히 언급했던 탓인지 죄다 기억이 가물가물한 모양이었다. 나는 멋쩍은 기분에 볼을 긁었다.

"너무 긴장해서 제대로 못 들었구나. 네가 첫 계약자야. 지금까지 누가 엘퀴네스를 소환했다는 기록 본 적 있어?"

"아, 아니."

"그렇다니까. 마법 신동이 다 뭐야. 희소성으로 치면 네가 더 특별하다고."

"헤에, 그런가? ……그렇구나."

이제 이사나는 완전히 기분이 좋아진 것 같았다. 후드를 푹 눌러쓴 상태임에도 들뜬 기색을 확연하게 느낄 수 있을 정도였다. 단순한 녀석. 나는 실소가 나는 것을 참느라 괜히 헛기침을 했다. 한 나라의 황제가 이래도 되나 싶긴 하지만 아무렴 어떤가. 오히려 지나치게 경직되어 있었던 과거에 비해 이제는 점점 본래의 모습을 보여 주는 것 같아 기분이 좋았다.

"굉장해, 엘. 너의 말엔 내게 용기를 주는 마법이 걸려 있는 것 같아. 조금 전까지만 해도 정말 많이 불안했는데 이제 아무렇지도 않아."

"그래? 앞으로는 점점 더 좋아질 거야. 그러니까 어떤 일에든 절대 쉽게 비관하지 마. 나쁜 생각은 결국 더 나쁜 생각으로 이어지기 마련이거든. 희망은 자신을 믿는 것에서부터 시작하는 거야."

"응, 그럴게! 노력할게!"

이사나는 그 어느 때보다 힘차게 대답했다. 환하게 밝아진 얼굴에서 빛 가루가 반짝이는 것 같았다. 우리는 서로 마주 보며 활짝 웃었다. 그때 이사나가 무언가를 발견한 듯 고개를 들었다.

"어? 저기 봐, 엘. 특이한 색깔의 고양이야."

"고양이?"

이사나가 가리킨 곳은 내 뒤편에 있는 작은 담벼락이었다. 그 위에 황금색의 날카로운 눈매를 지닌 고양이가 앉아 있는 것이 보였다. 단모였는데, 이사나의 말처럼 털색이 조금 독특했다. 다른 부분은 평범한 은회색인 반면 얼굴에만 진한 붉은색의 얼룩이 있었던 것이다. 게다가 그 얼룩이 굉장히 화려해서, 마치 누군가 일부러 그린 무늬처럼 보였다. 거리에서 흔히 발견할 수 있는 길고양이처럼 보이진 않았다.

"야옹."

시선이 마주치자 고양이는 냉큼 담벼락에서 내려와 우리를 향해 다가왔다. 사람을 경계하지 않는 걸 보아 집에서 자란 것이 분명했다.

"어디서 온 거지? 주인이 있는 고양이 같은데."

이사나는 반색하며 고양이 앞에 몸을 굽히고 앉았다. 나는 머리를 쓰다듬으려는 그를 향해 말했다.

"잠깐! 만지지 마, 이사나."

"응? 왜?"

"느낌이 좀 이상해."

난 원래 동물을 좋아하는 편이다. 평소라면 털색이 특이해서라도 더 관심을 가졌을 것이다. 그런데 왠지 이번만큼은 고양이의 등장이 그리 반갑지가 않았다. 오히려 가까이 다가올수록 불안한 느낌이 들었다.

이사나는 어리둥절한 표정을 지으면서도 내밀던 손을 다시 거둬들였다. 그 순간, 얌전히 있던 고양이가 갑자기 입을 벌리고 달려들었다.

"우왓!"

"이사나!"

놀라서 소리치자 고양이는 후다닥 담을 타고 달아났다. 나는 급히 이사나의 상태를 살폈다. 손을 물렸는지 송곳니 자국이 깊게 파여 있었다.

"괜찮아?"

"으응, 그냥 살짝 물렸을 뿐이야."

"윽, 피가 나잖아. 일단 치료부터 하자."

"그럴 필요 없어. 그냥 조금 까진 것뿐인걸?"

"모르는 소리. 아무리 작은 상처라도 동물한테 물린 건 조심해야 돼. 나쁜 균에 감염될지 모르거든."

"아아, 그렇구나."

나는 꼼꼼하게 이사나의 상처를 치료했다. 피부가 말끔해지자 그는 얼떨떨한 얼굴로 고양이가 달아난 담 너머를 바라보았다.

"고양이가 기분이 안 좋았나 봐. 그렇게 갑자기 덤벼들 줄은 몰랐어."

"정말 고양이일까?"

"응? 그게 무슨 소리야?"

"고양이치고는 생김새가 좀 묘했잖아. 꼭 일부러 공격하려고 나타난 것 같지 않아?"

"에이, 설마 그럴 리가. 그건 너무 지나친 생각이야, 엘."

"으음, 그렇겠지?"

하기야 내가 생각해도 정말 어처구니없는 발상이긴 했다. 아무리 쫓기는 신세라지만 이제 하다못해 지나가는 고양이까지 경계를 하다니. 그동안 숨어만 지낸 탓에 신경이 너무 예민해진 것이 분명했다.

"이만 돌아가자, 이사나. 슬슬 자유 시간도 끝나갈 때야."

"응, 그래."

돌아서기 전 나는 다시 한 번 고양이가 사라진 담벼락을 바라보았다. 당연한 일이겠지만, 그곳에는 아무것도 존재하지 않았다.

2.

 타닥타닥, 붉은 불씨가 타들어 가는 벽난로 앞. 고급 원목으로 가득한 실내에 두 사람이 앉아 있었다. 탐스러운 흑발을 발끝까지 늘어트린 매혹적인 외모의 여인과 과묵한 인상의 남자였다.
 한 공간에 있으면서도 그들은 마치 서로가 없는 존재인 듯이 각자의 일에만 집중해 있을 뿐이었다. 주위는 고요했고, 이따금씩 남자가 읽고 있는 책장이 넘어가는 소리만 울렸다. 결코 흐트러지지 않을 것 같은 기류가 달라진 것은 창틀에 나타난 검은 형체에 의해서였다.
 "야옹."
 작게 들려오는 울음소리에 여인이 누워 있던 소파에서 일어나 창문 앞으로 다가갔다. 그녀가 창문을 열자 날렵한 체구를 지닌 작은 고양이가 몸을 들이밀었다. 특이하게도 고양이의 얼굴엔 그린 듯이 선명한 붉은색의 무늬가 새겨져 있었다. 반갑게 맞아들이는 여인과 다르게 고양이를 본 남자는 얼굴을 작게 찌푸렸다.
 "퍼밀리어를 쓴 거냐?"
 "맞아, 왜?"
 "분명 눈에 띄는 행동은 하지 말라고 했던 것 같은데."
 "후후, 그거라면 전혀 문제없어. 이 세계의 수준으로 퍼밀리어를 알아볼 수 있는 존재가 얼마나 되겠어?"

여인이 생긋 웃으며 반문하자 남자는 마음대로 하라는 듯 어깨를 으쓱였다. 애초에 그의 말로 설득이 될 상대도 아니었거니와, 어느 정도 맞는 말이기도 했기 때문이다.

퍼밀리어는 이미 이 땅에서는 오래전에 사라진 종속 계약의 마법으로 만들어지는 존재다. 인조 생물이지만 겉모습은 평범한 동물이나 곤충과 별다를 게 없기 때문에 일반적으로는 정체를 알아보기가 어려웠다. 설령 그렇지 않은 상황이라도 여인은 분명히 퍼밀리어를 썼을 테지만, 그런 문제에 대해 성토해 봤자 피로해지는 건 남자일 뿐이었다. 그로선 굳이 억지로 그런 피곤한 상황을 만들고 싶지 않았다.

이미 인간들 사이에서는 잊힌 계약을 사용하는 존재들. 그것은 곧 두 사람의 정체가 인간이 아니라는 반증이기도 했다. 더불어 종속 계약은 암흑 마법에 속하는 것. 그것을 다루는 존재는 이종족 중에서도 오직 마족밖에 없었다. 하지만 유감스럽게도 이 자리엔 그 사실을 깨닫고 놀랄 만한 사람이 아무도 없었다. 그들이 있는 장소는 매우 은밀했으며, 인간의 발길이 닿지 않는 곳에 존재했다.

"게다가 이것을 봐. 내보낸 수확이 있는 것 같은데?"

"……뭐?"

남자가 눈썹을 찌푸리자 여인은 보란 듯이 붉은 무늬를 지닌 고양이를 향해 손바닥을 내밀었다. 그러자 얼굴을 들이민 고양이가 그 위에 무언가를 뱉어 냈다. 붉은 보석처럼 망울진 핏방울이었다.

여인은 핏방울을 살짝 문질러 코끝에 대어 보곤 빙긋 웃었다. 만족을 드러낸 얼굴엔 승리자의 오만한 기쁨이 가득했다. 따라서 냄새를 맡은 남자 역시 얼굴을 굳혔다.

"틀림없군. 스왈트 황가의 피다."

"드디어 찾은 것 같네."

"장소는?"

"할버크라는 곳이야. 여기서 동서쪽으로 떨어져 있는 작은 도시지. 위치는 아마도 이쯤?"

여인은 탁자 위에 늘어진 전도의 한 부분을 손가락으로 짚었다. 빠르게 위치를 훑은 남자가 심각한 표정을 지었다.

"예상했던 것보다 이동 속도가 빨라. 친위기사들과는 행동을 따로 하고 있는 것 같던데 누구의 도움을 받고 있는 거지? 퍼밀리어가 그를 발견했을 때 근처에 동행인이 있었나?"

"또래의 꼬마 한 명뿐이야."

"흐음, 그건 친위대라고 보긴 어렵군. 대체 무슨 방법을 써서 그 많은 병사들에게 발각이 되지 않고 있는 걸까. 아이들뿐인 일행이라면 황제가 아닐 거라는 발상을 역이용한 건가?"

"글쎄. 하지만 분명한 건 내 퍼밀리어가 아니었으면 절대 찾지 못했을 거란 사실이지."

으스대는 여인의 말에 남자는 피식 웃었다. 평소 규정을 무시하고 제멋대로 구는 그녀의 행동을 못마땅하게 여겨 왔지만 이번만큼은 그 덕분에 득을 본 것을 인정해야 했다.

"이제 어떻게 할 거야, 데르온?"

여인의 말에 데르온이라 불린 남자가 잠시간 생각에 잠겼다. 하지만 판단은 빠르게 내려졌다.

"당분간은 그냥 지켜보도록 하지."

"어머, 웬일이실까? 우리 우직한 데르오느빌 공작께서 바로 마왕 전하께 보고하러 가지 않으시고?"

"마왕께서 명한 건 은밀히 그의 동태를 살피라는 것이었다. 단지 행방을 알아낸 것만으론 수확이라고 할 수 없어."

"흐응— 무슨 다른 꿍꿍이가 있는 건 아니고?"

"그런 쪽은 너겠지, 세르피스. 마계 4대 공작의 세르피아네스가 여인의 몸으로 차기 마왕을 노리고 있는 건 이미 공공연한 사실 아니었나?"

"……."

느닷없는 반격에 여인, 세르피스는 불만스럽게 입을 다물었다. 순수한 힘의 우위만으로 서열을 가리는 마계의 특성상, 마왕의 자리는 마족이라면 누구나 꿈꾸는 야망이다. 하물며 '공작'은 왕을 제외하면 최고위 계급이라고 불릴 만큼 강력한 권세를 자랑하는 존재로, 현 마계에서 단 네 명밖에 존재하지 않았다. 그들이 왕위에 욕심을 내는 건 누구나 다 아는 기정사실과 같았다.

마찬가지로 4대 공작의 하나인 데르온 역시, 내색하진 않지만 같은 야심이 있었다. 다만 세르피스의 경우엔 그것을 노골적으로 드러내는 편이라 곧잘 대외적인 자리에서 마왕의 비웃음을 사는 편이었다. 방금 전 데르온이 한 말도 바로 그런 부분을 골리기 위한 의도였다.

"정말 재미없는 남자야, 너는."

"그거 영광이군."

끝까지 지지 않고 받아치는 대꾸에 세르피스는 분한 표정을 지었다. 어쩌다 이 뻣뻣한 남자와 같은 공간에서 실랑이를 벌이게 된 건지, 문득 자신의 신세가 한탄스러웠다.

데르온과 세르피스. 고위 마족이자 4대 공작인 두 사람이 이곳에 온 이유는 마왕의 명을 받아 사라진 스왈트 제국의 황제 이사나를 찾기 위해서였다. 하지만 그 두 마족도 마왕이 이런 명을 내린 이유는 짐작하지 못했다. 단지 이 제국의 대공이란 자가 황제를 찾고 있다는 점을 미루어, 그와 모종의 관계가 있을 것이란 간단한 억측만이 가능할 뿐이었다.

주어진 것은 마지막 흔적이 남은 장소와 황가의 피 냄새뿐. 부족한 단서만으로 이어 온 추격은 매우 지루했다. 중간계는 마계에 비해 너무 낙후된 환경이었고, 동행인은 손과 발이 전혀 맞지 않는 답답한 남자였다. 오랜 인내의 시간이 드디어 결실을 맺은 지금, 세르피스는 마냥 얌전히 기다리고만 있을 생각은 없었다.

그녀는 자신의 퍼밀리어를 품에 안아 들고 창문을 열었다. 황혼이 내려앉은 찬바람이 그녀의 검은 머리카락을 부드럽게 쓸었다. 그러자 그녀의 수상한 행동을 눈치챈 데르온이 눈살을 찌푸렸다. 세르피스는 빙긋 웃으며 말했다.

"어차피 당분간 보고할 생각이 없다면 내 맘대로 해도 되지?"

"무슨 짓을 할 생각이냐?"

"글쎄, 뭘까?"

그녀의 입가에 매혹적인 미소가 떠오르자 데르온은 한숨을 내쉬었다.

"이쪽의 정체가 드러나는 건 곤란해."

"걱정 마. 그렇게 어리숙하게 행동할 생각은 없으니까."

"마왕이 내린 명은 동태를 살펴보라는 거였다."

"죽이지 말라는 말도 없었잖아?"

그 말과 동시에 검은 안개가 그녀의 몸을 휘감았다. 순식간에 사라지는 그녀의 모습을 보며 데르온은 나직이 혀를 찼다. 생각보다 오래 버틴다 했더니 기어이 사고를 칠 예정인 모양이다.

이번 동행에 불만을 갖고 있는 것은 세르피스만큼이나 그 역시 마찬가지였다. 같은 4대 공작에 속하지만 두 마족의 성향은 판이하게 달랐다. 그럼에도 굳이 붙여 놓은 것은 그나마 다른 공작들에 비해 그들이 다루기 쉬운 편이기 때문일 것이다. 하지만 고작 이런 일에 공작씩이나 되는 존재를 움직인 건 아무리 생각해도 이해하기 힘든 일이었다.

"대체 무슨 생각을 하고 있는 건지……."

그는 다시금 한숨을 내쉬며 세르피스가 사라진 창문 너머를 바라보았다. 그의 마음에는 들지 않지만 그녀의 돌발적인 행동은 차라리 잘된 일인지도 몰랐다. 운이 따라 준다면 마왕의 의도를 파악할 절호의 기회가 되리라.

생각에 잠긴 데르온의 두 눈이 차갑게 가라앉았다.

1.

여관에 돌아오니 그곳에선 이미 1층을 점령한 상단의 용병들이 술판을 벌이고 있었다. 날이 저무는 무렵이긴 했지만 테이블마다 늘어져 있는 술잔들이며 거나하게 취기가 오른 사람들의 모습은 이 자리가 벌써 한참 전부터 진행되어 왔음을 알려 주고 있었다.

"여어, 어서 와라, 엘."

샴페인 용병단원들 역시 술기운에 벌게진 얼굴로 우리를 맞이했다. 그들 중에 안색 하나 변하지 않고 멀쩡한 사람은 트로웰밖에 없는 것 같았다.

"뭘 하다 이제 돌아오는 거야? 크기는 해도 구석진 영지라 그런지 별로 볼 만한 것도 없던데."

"이제 겨울이잖아요. 라이 옷이 너무 얇아서 두꺼운 옷을 몇 벌 샀어요."

"그렇구나. 라이는 좋은 형을 뒀네."

가벼운 칭찬과 함께 헤롤이 슬쩍 우리의 모습을 훑었다. 뭔가 미심쩍은 기색의 얼굴이었다.

"근데 밖에서 별다른 문제는 없었지?"

"네? 무슨 일이요?"

"음, 그냥. 아까 잠깐 돌아다녀 봤더니 거리에 온통 병사들 천지더라고. 황제와 함께 사라진 친위기사들을 수배하는 일 때문인 것 같던데, 용병들만 보면 붙잡아 세우고 검문을 하는 통에 도통 편히 다닐 수가 있어야 말이지. 혹시 너희들에게도 시비를 걸어오진 않았나 해서 말이야."

"아, 아뇨, 그런 일은 없었어요."

"그렇구나. 하긴 너희들은 용병으로 보이진 않으니까."

헤롤이 대수롭지 않게 고개를 끄덕이는 동안 나와 이사나는 서로 불안한 눈빛을 교환했다. 대공의 추격이 바로 지척까지 따라붙었다는 실감이 들었다. 그건 곧 이들과 머지않아 헤어져야 한다는 의미이기도 했다.

지금까지는 워낙 사람의 기척이 드문 위험한 지역만을 지나온 탓에 오히려 별 탈이 없었지만, 이제부터는 종종 인가를 방문하게 될 것이다. 얼굴을 가리고 다니는 것만으로는 한계가 있을 터. 정체가 들통이 나는 건 말 그대로 시간문제인 셈이다. 만약 이 상태에서 발각된다면 샴페인 용병단도 피해를 볼 것이 뻔하니 그 전에 적당히 기회를 봐서 빠져나가야 할 것 같았다.

벌컥!

그때 문득 들려온 문소리에 무심코 뒤돌아본 나는 그대로 얼굴을 구겼다. 호랑이도 제 말 하면 온다더니, 일련의 병사들이 우르르 여관 안으로 들어오고 있었다. 척 보기에도 휴식을 취하러 온 분위기는 아니었다.

"뭐야, 저 병사들은?"

"글쎄?"

한창 무르익어 가던 술자리에 무장을 한 병사들이 들이닥치자 사람들은 일제히 행동을 멈췄다. 주위를 장악하던 소란스러움이 그치고, 점점이 싸늘한 정적이 그 자리를 채웠다.

이윽고 영문을 몰라 하는 시선들 사이에서 병사들이 무언가를 펼쳐 보였다. 나는 한눈에 그것의 정체를 알아보았다. 아니, 사실 모르려 해도 몰라볼 수가 없었다. 가는 곳곳마다 붙어 있는 이사나와 기사들의 현상 수배 벽보였으니까.

"수배 중인 죄인을 찾는 중이오. 이곳에 수상한 차림을 한 사람들이 있다는 제보를 받고 왔소. 잠시 검문에 협조해 주시면 감사하겠소."

'……제보?'

그건 누군가 이곳을 신고했다는 뜻인가? 뜻밖의 말에 당황해서 고개를 든 나는 병사들 사이에서 이쪽을 살피는 한 사람을 발견했다. 펍 안쪽에 있는 것을 보아 아마도 이 여관의 주인인 것 같았다. 그는 나와 시선이 마주치자 황급히 고개를 돌리며 딴청을 피웠다. 그것만으로도 제보자가 누구인지는 명백했다.

"수상하다는 자들이 누구요?"

병사의 질문을 받은 여관 주인은 역시나 이쪽을 가리켰다. 사람들의 시선이 모두 우리에게 쏠리는 가운데, 병사들이 척척 내 앞으로 다가왔다. 그들은 날카로운 눈으로 나와 이사나를 바라보았다.

"얼굴을 확인해야겠으니 후드를 벗어 봐라."

'……젠장, 이놈의 후드.'

이럴 줄 알았으면 그냥 나만이라도 쭉 벗고 다닐 걸 그랬나? 상대 입장에선 당연한 의심이겠지만 비슷한 상황을 몇 번이나 겪으니 슬슬 짜증이 치밀었다. 하지만 지금 느끼는 긴장감만큼은 그 어느 때에 비할 바가 아니었다. 이제까진 대충 요행으로 넘겨 왔지만 병사들 앞에서까지 그게 통하진 않을 것이다. 그렇다고 마냥 버틸 수도 없는 노릇이라 나는 슬슬 후드를 벗을 준비를 했다. 이번에도 내가 먼저 나서서 어떻게든 시간을 끌어 보는 수밖에.

그런데 그때 근처에 있던 칵테일 용병단 사이에서 부산한 움직임이 느껴졌다. 무심코 바라보자 단장인 빌트를 비롯한 몇 사람이 고개를 세차게 흔드는 것이 보였다. 그들은 하나같이 두 팔을 어색하게 허우적거리고 있었다.

'뭐야, 왜 그러지?'

나는 어리둥절해하면서 후드를 벗었다(동시에 칵테일 용병들 사이에서 허무한 탄식이 흘러나왔다). 그러자 조금 놀란 표정을 지은 병사들이 한순간 이상한 눈빛으로 나를 훑어 내리기 시작했다. 뭔가 다른 꿍꿍이를 품은 얼굴이었다.

"흠흠, 아무래도 수상한 녀석이군. 얼굴만 봐서는 도무지 모르겠어. 좀 더 자세한 조사가 필요할 것 같으니 우리를 따라가 줘야겠다."

"네? 그게 무슨 소리예요? 벽보에 그려진 거랑 인상착의가 완전히 다르잖아요."

"머리 색 정도는 염색할 수 있으니까."

"염색한 거 아니에요. 이거 천연이거든요?"

"시끄럽다. 아무튼 네가 수상하다는 점은 변하지 않아."

병사는 딱 잘라 대꾸했다. 내가 어떤 말을 해도 반드시 끌고 갈 생각인 듯했다. 그러나 힐끔힐끔 살피는 시선은 용의자를 대하는 것이라기보단 다른 의도가 더 짙어 보였다. 마치 우연치 않게 원하는 물건을 구하게 되어 횡재한 사람의 표정이랄까? 그 순간 언젠가 칵테일 용병단에게서 들었던 말이 떠올랐다.

　　대공의 병사들이 미색이 뛰어난 아이들을 잡아간다
　　고…….

……조금 전 그 이상한 모션의 뜻이 바로 이것이었나.
　전혀 예상하지 못했던 일이었기에 나는 조금 황망해졌다. 설마 그 말도 안 되는 일이 정말 현실에서 일어날 줄이야. 하지만 이 어처구니없는 상황 속에서도 나는 제대로 기막혀할 겨를도 없었다. 병사들의 시선이 내 뒤에 서 있던 이사나에게 집중되었기 때문이다.
　"거기 너! 넌 왜 그러고 서 있는 거지? 너도 후드를 벗어 봐."
　'이사나!'
　나한테만 시선을 돌리면 된다는 생각에 방심하고 있었던 것이 문제였다. 기겁하여 돌아봤을 땐 이미 병사 중 하나가 거칠게 이사나를 붙잡은 상태였다. 병사는 그 즉시 강제로 그의 머리를 덮은 후드를 걷어 냈다.
　"정말 수상한 녀석이군. 얼굴을 보이라면 얌전히 보일 것이지 대체 뭐 하고 있는……!"
　'안 돼!'
　그 순간 퉁명스럽게 중얼거리던 병사가 무언가를 발견한 듯 말끝을 천천히 흐렸다. 맙소사, 설마 이렇게 들키게 되는 건가? 눈앞이 캄캄해지는 기분에 나는 입술을 악물었다. 당장 도망쳐야 한다는 생각뿐이었지만 마음과는 다르게 얼어붙은 다리는 그 자리에서 꼼짝도 하지 않았다.
　그러나 잠시 후 보이는 광경은 내가 예상했던 것과 전혀 달랐다. 벗겨진 후드 안에서 드러난 얼굴이 이사나가 아니었기 때문이다.

"이제 됐습니까?"

"……."

나직하게 묻는 목소리에 당황한 건 병사들만이 아니었다. 나 역시 멍하니 입을 벌릴 수밖에 없었다.

초콜릿을 연상시키는 다갈색의 피부, 그 위로 가볍게 흐트러진 새카만 머리칼. 놀랍게도 후드 속에서 드러난 사람은 바로 트로웰이었다.

"그 잠깐을 기다리지 못하시다니, 정말 직업 정신이 투철하신 분들이군요."

그가 빙긋 웃자 병사들은 붉어진 얼굴로 시선을 피했다. 익숙해진 나조차 지금도 똑바로 바라보지 못하는 외모다. 평범한 사람들이 감당하지 못하는 건 당연했다.

나는 안도의 한숨을 삼키면서도 어리둥절해져서 그를 바라보았다. 시선이 마주치자 그는 내게 살짝 장난스러운 눈짓을 보냈다. 어떻게 한 건지는 몰라도 뭔가 특별한 조치를 한 것만은 분명했다.

"흠흠, 너 역시 상당히 수상한 행색이로군. 뭐 하는 녀석이지?"

"보다시피 용병입니다만."

"도무지 믿을 수가 없는 말이군. 너도 우리와 같이 가서 조사를 받아야겠다."

병사들은 이번에도 억지를 쓰려고 했다. 그때 누군가 우리들 앞으로 나섰다. 휴센이었다.

"그럴 필요 없소. 무슨 오해가 생긴 건지는 모르겠으나 이 두 사람은 틀림없이 내 단에 소속된 식구요. 수상한 사람이 아닙니다."

"그 말을 어떻게 믿지?"

"내 용병단의 명예를 걸고 보증하겠소."

"하! 명예?"

병사는 노골적으로 비웃는 표정을 지었다. 깔보는 듯 오만한 시선이 그의 전신을 샅샅이 훑어 내렸다.

"뭘 모르는 것 같아서 해 주는 말이니 잘 들으시오. 현재 수배 중인 죄인들은 용병으로 위장하고 다닐 가능성이 매우 높소. 즉, 여기에 있는 당신들 모두가 용의자란 말이지."

"우리의 신분을 제대로 증명하면 되는 것이오?"

"흥, 용병 길드의 소속패를 보여 줄 생각이라면 됐소. 어차피 나무로 만든 임시패 따위야 얼마든지 위조가……."

병사가 무시하는 어조로 중얼거리는 동안 휴센은 묵묵히 그의 신분을 증명하는 소속패를 꺼내들었다. 그 순간 코웃음을 치며 내려다본 병사의 얼굴에 경악의 표정이 차올랐다.

"그, 금패?"

병사는 믿을 수 없다는 표정으로 황금색의 소속패와 그의 얼굴을 번갈아 바라보았다. 다른 병사들도 크게 동요한 기색이었다. 이미 익숙한 일인 듯 휴센은 아무렇지 않게 그 시선을 받아 넘기며 말했다.

"샴페인 용병단의 휴센이라 하오."

"샤, 샴페인 용병단? 이럴 수가. 귀하가 바로 그 휴센 님이셨군요. 귀하의 위명은 익히 들어 왔습니다. 죄송합니다! 미처 몰라 뵈었습니다."

금패를 지닌 용병은 기사에 준하는 대우를 받는다고 하더니 그게 사실이었던 모양이다. 병사들의 태도가 한순간에 달라지자 주위에 있던 용병들이 모두 존경의 시선으로 휴센을 바라보았다. 시시각각 달라지는 분위기 속에서도 휴센은 처음부터 끝까지 일관된 표정을 유지하고 있었다.

"이제 내 보증을 믿겠소?"

"그, 그럼요. 물론입니다. 다른 사람도 아니고 금패의 휴센 님의 일행인데 굳이 확인해 볼 필요도 없지요. 아무래도 이거 대단한 오해가 있었던 모양이군요. 단원분들을 의심하다니, 정말 실례가 많았습니다."

"공무에 충실한 탓이니 괜찮소."

"이해해 주셔서 정말 감사합니다. 그럼 저희는 이만……."

급변한 상황에 불리함을 느낀 것일까. 병사들은 서둘러 돌아갈 기색을 비쳤다. 긴장으로 굳어져 있던 사람들의 얼굴에도 한층 느슨한 표정이 떠올랐다. 이것으로 대충 모든 일들이 마무리되는 듯했다. 그 틈을 타서 나는 트로웰에게 정령어로 말을 걸었다.

『트로웰, 어떻게 한 거야? 이사나는?』

『아아, 아래에.』

『응? 아래?』

어리둥절하기도 잠시간, 나는 곧 그 말의 의미를 깨닫고 굳었다. 우리가 발을 딛고 서 있는 아래, 즉 땅속에 있다는 소리였으니까. 트로웰은 조금 미안한 표정을 지으며 말했다.

『급히 숨기느라 어쩔 수 없었어. 괜찮아. 숨 쉴 수 있는 공간은 마련해 놨으니까. 아마 별다른 얘기를 듣지 못하고 묻혀서 조금 놀랐을 테지만.』

『아하하……..』

알고 보면 우리들 중에서 가장 무서운 사람은 바로 트로웰이 아닐까? 지금쯤 땅속에서 겁에 질려 있을 이사나를 떠올리며 나는 속으로 잠시간 애도를 표했다.

이윽고 병사들의 시선이 완전히 흐트러지자 트로웰은 다시 이사나를 원래의 자리로 돌려놓았다. 다행히 워낙 정신이 없는 상황인 덕분인지 갑자기 사라졌다 나타난 그를 눈치챈 사람은 아무도 없었다.

"이사나, 괜찮아?"

"으응."

작은 목소리로 묻는 말에 이사나는 얼떨떨한 표정으로 고개를 끄덕였다. 방금 전까지 땅속에 묻혀 있던 사람이라곤 생각하기 힘들 정도로 그의 외관은 말끔했다. 그래선지 그 자신도 스스로 겪은 일을 제대로 실감하지 못하는 것 같았다.

바로 그때였다.

콰앙!

"주인장! 영주관에 신고를 해 주시오! 지금 당장!"

갑작스럽게 여관의 문이 거칠게 열리며 한 무리의 사람들이 들이닥쳤다. 일꾼 차림을 한 대여섯 명의 남자들이었다. 사람들은 모두 놀란 눈으로 그들을 바라보았다. 그들 전부 하나같이 전신이 피투성이였기 때문이다. 돌아갈 채비를 하던 병사들 역시 당황해서 그들에게 다가갔다.

"아니, 이게 대체 어찌 된 것이오? 어디서 이렇게……!"

"오오, 병사님! 우리를 도와주십시오! 마수입니다! 마수가 나타났습니다!"

"마, 마수?"

일꾼의 말에 홀 안이 전부 술렁거렸다. 마수란 마계에 사는 짐승을 뜻하는 말로, 몬스터보다 상위의 생물이었다. 보통은 중간계에 나타날 일이 거의 없는 존재지만 간혹 마족들이 오가는 통로를 통해 우연히 한두 마리씩 흘러들어 오는 일이 있다고 했다. 그런 경우 마수가 토벌되기 전까지 그 지역은 몹시 큰 피해를 입는 편이었다.

"굉장히 거대하고 흉포한 놈입니다! 경작지를 돌보고 있는데 놈이 우리를 덮쳤습니다! 십수 명의 일꾼들 중에서 저희만 간신히 도망쳐 온 상태입니다. 당장 남아 있는 사람들을 도우러 가야 합니다!"

일꾼의 말에 병사들은 사색이 된 얼굴로 서로 바라보았다. 그러다 무슨 생각을 했는지 곧 몸을 털고 주춤 뒤로 물러섰다.

"벼, 병사님?"

"유감이지만 우리는 다른 임무가 있어서 도울 수가 없소."

"그, 그게 무슨 말입니까! 당신들은 이 제국의 병사잖습니까!"

"글쎄, 우리의 역할은 따로 있다고 하지 않았소. 그런 것은 이 도시의 치안대에게나 가서 부탁하시오. 자, 시간을 너무 지체했군. 이만 돌아가도록 하지."

"그, 그런!"

붙잡는 손길을 뿌리친 병사들은 무언가에 쫓기듯 황급히 자리를 떠났다. 누가 보아도 겁이 나서 달아나는 모양새였다. 사람들은 모두 황망한 얼굴로 매정하게 닫히는 문을 바라보았다. 그중에선 서슴없이 욕설을 내뱉는 자들도 있었다.

"젠장, 제국의 병사라는 자들이 백성을 보호하는 일에 나서기는커녕 줄행랑을 치다니."

"뭐가 백성을 위한 군주야? 대공에게 속았어! 마치 다 해 줄 것처럼 섭정을 시작해 놓고는 정작 이런 일 하나 제대로 해결해 주지 않잖아!"

"믿을 사람을 믿어야지. 이 나라의 황실은 이미 오래전에 끝났어. 근본부터가 썩어 빠졌다고!"

투덜거리는 말들에 이사나가 가만히 주먹을 움켜쥐었다. 얼굴을 보지 않아도 그의 참담한 표정이 눈에 그려지는 것 같았다.

"마수의 생김새가 어땠소?"

"굉장히 덩치가 크고 송곳니가 거대했습니다! 모습은 마치 표범에 가까웠는데 털이 희고 눈이 세 개였습니다. 눈동자는 모두 붉은색이었구요!"

"하얀 털에 세 개의 붉은 눈동자……."

"가만, 그거 혹시 베히모스 아냐?"

그 순간 사람들 사이에 술렁거림이 더 커졌다. 급격히 창백해진 얼굴들을 보아 아마 마수 중에서도 꽤 강한 존재인 게 틀림없었다.

"이거 정말 큰일이군. 정말 베히모스라면 여기도 안전한 장소는 아닐 거야. 이러고 있을 게 아니라 얼른 달아나야 할지도."

"그러게. 그냥 상급 몬스터도 상대하기 힘든데 자그마치 마수라니. 놈이 여기까지 오면 우리도 개죽음을 피하긴 어려울 거라고."

"젠장, 하필 도착한 첫날부터 이게 무슨 날벼락이람. 이제야 푹 쉴 수 있다고 생각했더니."

사람들은 모두 안절부절못하며 주위를 배회했다. 이미 술자리는 완전히 파장이 난 분위기였다.

그사이 휴센은 묵묵히 무기를 점검하고 있었다. 다른 샴페인 용병단원들도 모두 약속이라도 한 듯이 하나둘씩 장비를 착용하기 시작했다. 그들의 분주한 움직임을 본 칵테일 용병단의 코웰이 당황한 표정을 지었다.

"뭐야, 형씨들. 설마 마수를 잡으러 가려는 건 아니겠지?"

그의 질문에 주변의 소란이 그치고 사람들의 시선이 일제히 샴페인 용병단원들을 향했다. 휴센은 무기에서 시선을 떼지 않은 상태로 대꾸했다.

"베히모스는 헌터 길드에서도 위험등급을 최상급으로 지정한 마수다. 그리고 이곳 할버크는 규모에 비해 치안대가 협소한 도시지. 토벌군이 올 때까지 기다릴 시간이 없어."

"자, 잠깐 기다려 봐. 마음은 알지만 이렇게 멋대로 결정을 내려도 돼? 상단주가 허락하지 않을 거야. 우린 계약에 묶여 있는 몸이잖아."

"아아, 그러고 보니 그렇군."

"그렇지? 그러니까 일단 무기는 내려놓고……."

설득이 통했다고 여겼는지 코웰은 겨우 안심한 표정을 지었다. 하지만 휴센의 말은 거기서 끝난 것이 아니었다.

"그렇다면 유감스럽지만 이번 의뢰는 완수하지 못하는 걸로 해야겠어. 상단주께는 죄송하다고 전해 주게. 위약금은 추후 길드 편으로 지불한다고도."

"컥, 진심이야? 정말 가려고?"

기겁한 코웰이 재차 되물었지만 휴센은 더 이상 대답할 가치가 없다는 듯 곧장 일꾼들을 향해 돌아섰다.

"마수가 나타난 장소가 어디요? 안내해 줄 필요는 없고, 위치만 대충 알려 주시오."

"저, 정말 저희들을 도와주시려는 겁니까?"

"우리가 간다고 딱히 상황이 좋아질 거란 보장은 없소. 그래도 일단 가 보기나 합시다."

"아이고, 감사합니다, 용병 나리들! 정말 감사합니다!"

넙죽 절한 일꾼들은 곧 사건이 벌어진 장소를 설명했다. 휴센은 지도를 펼쳐 들고 몇 번에 걸쳐 방향을 꼼꼼히 파악했다. 어깨 너머로 대강 살펴보니 이 근처에서 그리 멀지 않은 곳이었다.

잠시 후 정비를 마친 샴페인 용병단원들이 각자의 무기를 쥐고 몸을 일으켰다. 그들을 지켜보는 사람들 사이에 싸한 긴장감이 감돌았다.

"그럼 뒷일을 부탁하겠다."

"이, 이봐! 아무리 실력이 있다곤 해도 너무 무모한 거 아니야? 상대는 마수야! 죽을 수도 있다고!"

코웰이 다시금 소리쳤지만 샴페인 용병단원들 중 누구도 그 소리를 귀담아 듣는 사람은 없었다. 오히려 그들의 태연자약한 모습에 코웰 쪽이 더 질린 것 같았다. 그나마 말리는 시늉이라도 하는 건 그뿐, 다른 사람들은 차마 끼어들 엄두도 내지 못하는 중이었다.

"위험하니까 너와 라이는 이곳에 있도록 해라."

출발하기에 앞서 휴센은 나를 돌아보며 말했다. 그러자 내가 대답하기도 전에 이사나가 앞으로 나섰다.

"아뇨, 저희도 같이 가겠습니다."

조금 전 사람들의 말에 자극을 받은 탓일까. 그는 어느 때보다 결의에 찬 모습이었다. 그의 말에 휴센의 얼굴이 살짝 꿈틀거렸다.

"어린애들이 함부로 따라나설 장소가 아니다. 만약의 상황이 생겨도 너희를 보호할 수 없을 거야."

"괜찮습니다. 제 앞가림은 스스로 하겠습니다. 같이 가게 해 주세요."

"무기도 없으면서 대체 뭘 어떻게 하겠다는 거냐?"

"……미약하지만 정령술을 조금 다룰 줄 압니다."

이사나의 대답에 사람들 사이에서 술렁거림이 퍼졌다. 샴페인 용병단원들은 물론, 주위에 있던 모두가 놀란 표정이었다. 지금까지 그저 평범한 심부름꾼에 불과하던 아이가 사실은 특이 능력을 지니고 있다는 걸 알았으니 그럴 만도 했다. 그의 말에 특히 관심을 보인 건 헤롤이었다.

"헤에, 정령술? 혹시 마법이랑 비슷한 그거 아니야? 막 불도 일으켰다가 물도 쏘고 그러는 것 같던데."

"멍청아! 그건 너같이 뭘 모르는 사람들이나 하는 말이지. 정령이란 말이지, 각자 정해진 원소가 있어. 그리고 정령사마다 다룰 수 있는 원소가 다르다고."

"그래? 그럼 라이는 뭘 다룰 수 있는데?"

"아, 전 물을……."

"호오, 물의 정령사? 그건 정령사 중에서도 굉장히 드문 편인데."
 "그게 정말이야, 이럴? 우와, 굉장한데! 그런 대단한 능력을 왜 지금까지 말하지 않은 거야?"
 쏟아지는 탄성이 어색한 듯 이사나는 어쩔 줄 몰라 했다. 그가 슬쩍 내 눈치를 살피는 것을 보고 나는 속으로 웃음을 삼켰다. 막상 거침없이 밝히고 나니 슬슬 뒷수습이 걱정이 되기 시작한 모양이다.
 하지만 사실 나는 아무런 생각이 없었다. 설마 이렇게 밝힐 줄은 몰랐지만 스스로 용기를 내어 나선 것을 나무라고 싶진 않았다. 어차피 이 여행의 주체는 내가 아니라 이사나였으니까. 능동적으로 변해 간다는 건 자신감을 찾았다는 의미일 테니 오히려 나로선 환영할 만한 일이었다.
 "단장, 그냥 같이 데려가지? 정령사라면 꽤 큰 도움이 될 것 같은데."
 "맞아, 사실 우리가 지금 거절할 군번은 아니잖아."
 "……."
 주위의 부추김에도 휴센은 말없이 이사나를 바라보기만 했다. 무슨 생각을 하는지 머릿속이 복잡한 표정이었다. 이사나가 물끄러미 그 시선을 마주하자 그는 이내 한숨을 내쉬었다.
 "좋아, 대신 상황이 나빠지면 즉각 몸을 피할 것. 알겠지?"
 "네, 명심하겠습니다."
 단호한 대답이 마음에 든 듯 잠시간 휴센의 얼굴에 편안한 미소가 서렸다. 그러나 돌아섰을 때 그의 얼굴은 다시금 매서운 전사로 돌아와 있었다.

"그럼 이만 출발하지."

2.

뿌우우우—

여관 밖을 나서자 사방에서 이상한 나팔 소리가 울렸다. 거리에 있던 사람들은 모두 우왕좌왕하며 건물 안으로 들어가기 바쁜 상태였다.

"비상 신호야. 그 병사들이 영주에게 알리긴 한 것 같네."

어리둥절해하는 내게 설명해 준 건 트로웰이었다. 곧이어 동일한 복장을 한 사람들이 우르르 몰려나와 분주히 움직이기 시작했다. 대공의 병사와는 다른 형식이었지만 보호구를 걸친 것을 보아 아마도 치안대인 것 같았다. 그들은 입구 앞을 둘러싼 성벽에 올라가 서로 수신호를 보내고 있었다. 그것을 본 샴페인 용병단원들이 살짝 혀를 찼다.

"문부터 막을 생각이군."

"마수가 마을까지 들어오면 끝장이니 이런 거라도 부지런히 하는 수밖에."

"자, 그럼 아예 봉쇄되기 전에 나가자고. 붙잡히면 괜히 골치 아파져."

 헤롤의 말에 일행들은 모두 고개를 끄덕이며 걸음을 옮겼다. 그때 마이티가 찜찜한 표정으로 나를 돌아보았다.

 "그나저나 엘, 너는 따라와도 되는 거야? 일전에 신관 지망생이라고 하지 않았나? 딱히 싸울 수 있을 것 같진 않은데. 아무리 동생이 걱정된다지만 정말 괜찮겠어?"

 "네, 저 혼자 기다리는 것보단 그게 훨씬 마음 편해요. 절대 방해되지 않을게요."

 "거참. 미리 말해 두지만 우리가 널 보호해 주긴 힘들 거야. 마수는 지금까지 상대한 조무래기 몬스터와는 비교가 안 되는 존재거든. 자기 몸은 스스로 지키는 수밖에 없어."

 "알고 있어요. 너무 걱정하지 마세요."

 내가 선뜻 고개를 끄덕이자 일행들은 오히려 더 찜찜한 얼굴을 했다. 변변찮은 무기 하나 소지하지 않은 내가 제대로 도망이나 다닐 수 있을지 염려하는 눈빛이었다. 그때 헤롤이 은근한 어조로 물었다.

 "근데 말이야, 신관 지망생이면 아직 정식 사제는 아닌 거잖아? 그럼 중간에 다른 신으로 바꿀 수도 있나?"

 "그, 글쎄요? 그건 갑자기 왜요?"

 "아니, 그냥. 내가 전에 읽은 어떤 책에선 말이지, 신들이 사제를 고르는 눈이 꽤 까다롭다고 하더라고. 그래서 외모가 아름다운 인간을 자신의 사제로 삼으려고 서로 다툼도 한다는 거야. 남의 사제를 강제로 뺏어 오기도 한다던데? 그런 걸 보면 사제 본인도 섬기는 신을 바꿀 수 있지 않을까 해서."

"헤에, 그럴지도 모르겠네요."

어차피 관심 없는 화제였기 때문에 나는 대충 맞장구를 쳤다. 그러자 헤롤이 기다렸다는 듯 눈을 빛내며 나를 바라보았다.

"그치? 너도 그렇게 생각하지? 그럼 이참에 넌 차라리 미의 여신으로 전향하는 게 어때?"

"네? 미, 미의 여신요?"

"그래. 이제 와서 하는 말이지만 솔직히 너한테는 형벌의 사제라는 직함이 좀 안 어울리거든. 벌레 하나 못 죽일 것 같은 얼굴로 살벌하게 형벌이라니, 좀 그렇지 않아? 그에 비해 여신의 사제들은 사내들도 모두 예쁘게 생겼다고 하더라고. 미의 여신도 너 정도 외모면 흔쾌히 자녀로 받아 주실 거야. 그래, 아무리 생각해도 네 얼굴엔 그게 더 어울릴 것 같아. 딱 봐도 위화감이 없잖아. 얼마나 좋냐? 안 그래?"

"아하하……."

나는 허무하게 웃으며 그의 말을 무심히 흘려 넘겼다. 이젠 딱히 이런 얘기에 화가 나지도 않는다. 점차 적응해 가는 내가 무서울 정도였다.

성문을 나서자 넓은 경작지를 사이에 두고 긴 비탈길이 이어졌다. 그 길은 중간쯤에 이르러 울창한 숲과 연결되어 있었다. 일꾼들이 알려 준 장소는 바로 그 부근이었다.

그렇게 얼마나 이동했을까. 문득 코끝에 불쾌한 냄새가 닿았다. 무심코 코를 막자 일행들 역시 얼굴을 굳히며 서로 마주 보았다. 마치 녹슨 철에서 나는 것 같은 씁쓸하고 텁텁한 냄새. 그건 분명 피비린내였다. 현장이 지척에 이른 것이다.

"으……."

"으음……."

이윽고 드러나기 시작한 광경에 나와 일행들은 모두 숨을 죽였다. 우리 앞에 펼쳐진 건 끔찍하게 훼손된 시체들이었다. 그 정도가 얼마나 심했는지 발견하는 시체마다 성별조차 분간하기 어려웠다.

"이거야, 원. 정말 끔찍하군."

일방적인 학살을 증명하듯 시체의 위치는 뿔뿔이 흩어져 있었다. 전부 도망을 치는 도중에 죽은 것이다. 도처에 널린 것이라곤 붉은 피와 살덩이들뿐, 살아 있는 사람은 단 하나도 없는 것 같았다.

그동안 여러 전투들을 겪어 오면서 잔인한 광경엔 꽤 익숙해졌다고 생각했는데 막상 사람의 시체를 보니 얼굴이 저절로 찌푸려졌다. 이런 일에 잔뼈가 굵었을 샴페인 용병단원들 역시 질린 표정을 감추지 않았다. 하지만 정작 중요한 마수란 녀석은 코빼기도 찾을 수 없었다.

설마 그사이에 다른 곳으로 이동한 건 아니겠지. 성문 안으로 들어간다면 엄청난 사상자가 생길 게 뻔했기에 내심 불안해졌다. 그 순간 아까전보다 더욱 얼굴이 경직된 휴센이 낮은 목소리로 입을 열었다.

"……살기다. 녀석은 이 근처에 있어. 모두 긴장하고 주위를 살피도록."

그 말에 일행들은 모두 자세를 낮추고 주위를 살피기 시작했다. 비록 눈에 보이지는 않았지만 살기의 정체를 파악하는 건 아주 쉬웠다. 주변의 공기가 모두 멈추기라도 한 것처럼 가득히 압박해 오고 있었기 때문이다.

가만히 서 있기만 해도 온몸이 따가운 것 같았다. 정령왕인 내가 이 정도이니 다른 일행들은 더 큰 압력을 느끼고 있을 것이다. 그 증거로 이사나의 얼굴엔 어느새 식은땀이 흥건했다.

헤롤은 긴장한 표정이면서도 이 상황을 즐기듯 입가를 비틀어 올렸다.

"쓰읍— 누가 마수 아니랄까 봐 엄청나게 살벌하시구만. 좋아, 이렇게 나오셔야지."

"넌 이 순간에 웃음이 나오냐?"

"이왕이면 강한 상대랑 싸우는 게 좋잖아. 막 흥분되지 않냐? 이런 녀석이 베어 넘길 때 손맛도 좋다고."

"그건 너 같은 전투 바보에게나 해당하는 말이고. 아, 젠장. 이럴 줄 알았으면 밥이나 미리 먹어 둘걸. 저녁에 제대로 먹으려고 점심은 부실하게 때우고 말았는데. 설마 그 음식이 마지막 만찬

이 되는 건 아니겠지."

마이티의 말에 일행들은 일제히 그를 노려봤다. 말이 씨가 된다고, 잘하자고 해도 모자랄 판에 초장부터 초를 치는 그를 곱게 볼 리가 없었다. 모두의 싸늘한 시선이 자신에게 집중되자 마이티는 찔끔한 얼굴로 어색하게 웃었다.

"아, 미안, 미안. 그런 뜻으로 한 말은 아니었어."

"아무튼 분위기 파악 못 하는 건 유명하지, 마이티 군."

"넌 언젠가 그 가벼운 입 때문에 망할 거다."

"거참, 되게 구박하네. 그냥 해 본 말이라니까."

"다들 조용!"

바로 그때 휴센의 일갈이 울렸다. 그 순간 스치는 바람을 타고 낮은 울림이 들려오기 시작했다.

"크르르르……."

"……!"

그것은 짐승의 울음소리였다. 고작 한 마리에게서 나오는 소리라고는 믿을 수 없을 정도로, 그 울음소리는 공간 전체를 장악하고 있었다. 마른침을 삼킨 일행들은 서로 등을 마주 댄 자세에서 둥글게 진을 짜며 각자의 무기를 강하게 움켜쥐었다. 마수의 울음소리는 점점 더 커지고 있었다.

"크르르르르……."

이쪽을 탐색하고 있는 건가. 공격 의사를 확실히 드러내고 있음에도 상대는 아무런 움직임을 보이지 않았다. 헤롤은 윗입술을 핥으며 도끼의 손잡이를 고쳐 잡았다.

"자자, 그렇게 간만 보지 말고 얼른 덤비라고."

바로 그때였다. 무심코 바라본 왼편의 숲 쪽에서 붉은색의 빛 덩어리가 반짝거렸다. 흠칫 놀라는 순간, 트로웰이 품에서 단검을 빠르게 꺼내 들었다.

그런데 그가 단검을 던진 장소는 숲이 아니라 하늘 위였다. 그제야 나는 하늘을 향해 날아오르는 거대한 그림자를 발견했다. 마수의 속도가 너무 빠른 탓에 위치가 달라진 것도 모르고 있었던 것이다. 트로웰의 단검은 그 그림자의 이마를 정확히 꿰뚫어 놓고 있었다.

촤아아악— 콰직!

"크와아아앙!"

"으악!"

끔찍한 비명 소리와 함께 그림자는 하늘에서 크게 비틀거렸다. 그러자 그때까지도 마수의 공격을 의식하지 못했던 일행들이 경악하며 뒤로 물러섰다.

"뭐, 뭐야!"

"젠장!"

한발 늦은 반응에 일행들이 당황하는 동안 그림자는 훌쩍 몸을 뒤틀어 맞은편에 안착했다. 그제야 나는 마수의 모습을 정확히 알아볼 수 있었다.

그건 웅장한 산처럼 거대한 덩치를 지닌 하얀색의 짐승이었다.

전체적인 모습은 표범을 닮았고, 두 개의 송곳니가 입 안에서 튀어나와 마치 상아처럼 길게 늘어져 있었다. 발톱은 바위도 단숨에 부술 수 있을 것처럼 굉장히 크고 날카로웠다. 보기만 해도 절로 압도되는 모습이었다. 마찬가지로 마수의 모습을 확인한 일행들이 낮게 신음을 흘렸다.

"정말 베히모스로군."

"마계에서도 상위에 속하는 마수가 어떻게 이곳에……."

베히모스의 머리에는 세 개의 눈이 달려 있었다. 그중 이마에 있는 눈에 무언가 박혀 있는 것이 보였다. 조금 전 트로웰이 던졌던 단검이었다. 그 사이에서 붉게 흐르는 선혈이 콧등을 타고 뚝뚝 떨어져 내렸다.

설마 단검을 눈에 맞고도 살아 있을 줄이야. 괴로운지 고개를 마구 휘젓기는 했지만 그다지 큰 타격은 입지 않은 것 같았다. 그 모습에 일행들 역시 질린 표정을 지었다.

"크와아아아아앙!"

"엎드려!"

"……!"

그 순간 나는 머리 위를 지나가는 또 다른 그림자를 느끼곤 사색이 되어 허리를 숙였다. 방금 전에 이쪽에 있던 것이 잠깐 돌아본 사이에 건너편으로 건너가 있었다. 그 찰나의 사이에 스쳤는지 휴센의 뺨에 한 줄기 선혈이 흘렀다.

"젠장! 뭐가 이렇게 크고 빨라!"

벌써 두 번이나 공격 기회를 놓친 헤롤이 욕설을 내뱉었다. 오늘따라 그의 손에 들린 도끼가 더 무겁게만 보였다. 베히모스는 송곳니 사이로 누런 타액을 흘리며 새빨간 안광을 뿜어냈다. 마치 누구를 가장 먼저 사냥할지 고민하고 있는 듯 보였다. 이번에도 일행 중 가장 먼저 움직인 사람은 트로웰이었다.

"하압—!"

순식간에 일행들에게서 이탈한 트로웰이 베히모스를 향해 날아들었다. 그러자 그의 움직임을 눈치챈 마수가 재빨리 옆으로 피했다. 그 모습에 사람들은 경악했다. 공격 찬스를 놓쳐 버린 트로웰의 등 뒤가 그대로 비었던 것이다.

"트…… 매, 매튜!"

그러나 놀란 것은 잠시에 지나지 않았다. 마치 그럴 것이라 예상했단 듯이 그가 바로 몸을 틀고는 품속에서 또 하나의 단검을 꺼내 베히모스의 옆구리를 찌른 것이다.

"크와아아앙!"

트로웰은 거기에서 멈추지 않고 그대로 빙글 돌아 한 발을 들어 괴로워하고 있던 베히모스의 머리를 내리찍었다. 그 와중에 자신을 향해 휘둘러지는 앞발을 가볍게 피하는 것도 잊지 않았다. 한 치의 군더더기도 없는 깔끔한 동작이었다.

"오예! 좋았어! 이거 해볼 만하겠는데?"

트로웰이 단신으로 여유롭게 싸움을 이끌어 나가자, 멍하게 보고 있던 다른 일행들의 얼굴에도 자신감이 되살아나기 시작했다.

신이 난 헤롤은 쥐고 있던 도끼날을 휘두르며 달려 나갔다.
"이럇차! 헤롤 어르신이 나가신다아!"
"앗! 기다려, 저 멍청이가!"
옆에 있던 이릴이 기겁하며 말렸지만 이미 그의 도끼는 크게 휘둘러진 뒤였다. 그러나 자신만만하게 내리친 공격은 통하지 않았다. 그가 달려든 속도보다 마수의 움직임이 훨씬 빨랐던 것이다. 빠르게 도끼를 피한 베히모스는 비어 있던 헤롤의 등허리를 향해 그대로 돌진했다.
"으아악!"
"이 바보! 그래서 내가 잠깐이라고 그랬는데!"
이릴은 급히 채찍을 휘둘러 베히모스의 몸을 묶었다. 덕분에 움직임이 잠시간 멈추자 그 틈에 헤롤이 간신히 몸을 굴러 피했다. 동시에 미리 대기하고 있던 마이티가 마수를 향해 활을 쏘았다. 날카로운 화살촉이 가죽을 뚫고 촘촘히 박혀 들자 제아무리 매서운 마수라도 기세가 주춤거릴 수밖에 없었다. 다년간의 팀워크를 자랑하듯 완벽한 호흡이었다.
그러나 결과적으로 그들의 공격은 베히모스를 더욱 화나게 만들었다. 붉은 안광이 짙어졌다고 느낀 순간 마수는 몸을 크게 뒤틀더니 목에 감겨 있던 채찍을 단번에 물어뜯었다. 그 바람에 녀석을 제압하고 있던 이릴이 크게 휘청거리며 뒤로 넘어졌고, 빈틈을 놓치지 않은 베히모스가 곧장 그녀의 위로 덮쳐들었다. 그야말로 찰나의 순간에 벌어진 일이었다.

"꺄아악!"

"이릴!"

그때 내가 어떻게 움직인 건지는 잘 기억이 나지 않는다. 정신을 차렸을 때 난 어느새 이릴의 앞을 막아선 채 베히모스의 무식한 송곳니를 붙잡고 있었다. 얼얼한 감각과 함께 귓가에 경악에 찬 이릴의 목소리가 울려 퍼졌다.

"맙소사! 엘!"

"피해요, 이릴! 어서요!"

무게감에 둔해졌으니 괜찮을 거라고 생각했던 건 오판이었다. 압력에 가속이 더해진 탓일까? 단순히 붙잡고 있을 뿐인데도 엄청난 힘에 밀려 온몸이 저릿저릿했다.

방해받은 것에 화가 났는지 베히모스는 크게 몸부림쳤다. 놈의 발톱이 어깨를 스치자 옷이 찢겨지는 느낌과 함께 싸늘한 아픔이 밀려들었다. 흘낏 바라보니 상당 부분의 피부가 찢어져 붉은 피가 흘러내리고 있었다. 순간 턱하니 숨이 막혔다.

'피라니! 정령도 피를 흘리나?'

중간계의 육신은 실제 육체가 아니다. 그러니 아마 이 피도 눈속임에 불과할 뿐 진짜는 아닐 것이다. 하지만 머리로는 알고 있어도 시각적인 충격은 무시할 수 없었다. 있지도 않은 심장이 쿵쾅쿵쾅 뛰고 머리가 새하얗게 익어 가는 것 같았다.

다행스럽게도 그 고통은 길게 이어지지 않았다 기겁하여 달려온 일행들이 나와 대치하고 있던 베히모스의 뒤를 공격한 것이다.

"이 자식! 엘한테서 떨어져!"

"크와아앙!"

베히모스가 그들에게로 주의를 돌리자 자유를 되찾은 나는 그대로 바닥에 주저앉았다. 생전 처음 겪는 완력에 온몸이 후들후들 떨렸다.

"엘! 엘, 괜찮아? 괜찮은 거야?"

누군가 다급히 내 어깨를 감싸 안았다. 걱정스럽게 바라보는 얼굴은 트로웰이었다. 따스한 황금색 눈동자를 보니 긴장으로 굳어졌던 몸이 스르르 풀리는 것 같았다.

"으응, 괜찮아. 좀 놀랐을 뿐이야."

고개를 끄덕이자 그는 안심하는 한편으로 못 말린다는 표정을 지었다. 하긴 내가 생각해도 아찔한 상황이긴 했다. 일이 잘 풀렸기에 망정이지 만약 베히모스의 힘에 졌다면 그 자리에서 바로 역소환이 됐을 테니까. 하마터면 내 정체를 만천하에 공개할 뻔한 것이다.

"엄청난 녀석. 베히모스의 이빨 앞에 맨몸으로 달려들 생각을 하다니. 도대체가 무모한 건지 용감한 건지……."

어느새 다가온 헤롤이 기가 찬 표정으로 나를 내려다보았다. 그는 다른 쪽에 쓰러져 있던 이릴에게 다가가 몸을 부축했다.

"어이, 괜찮냐, 이릴?"

"으응."

나만큼이나 많이 놀랐던지 그녀의 얼굴은 몹시 창백한 상태였다. 헤롤은 조마조마한 눈으로 그녀의 모습을 살폈다. 평소 자주 다투긴 해도 이럴 때만큼은 진심으로 걱정하는 모습이었다. 그 순간 퍼억, 둔탁한 소리가 울렸다. 이릴이 헤롤의 머리를 주먹으로 가격한 것이다.

"우왁! 뭐 하는 거야!"

"멍청아! 똑바로 못 해? 너 때문에 죽을 뻔했잖아!"

"에이, 씨! 그렇다고 다짜고짜 폭력이냐? 기껏 걱정해 줬더니!"

"이게 지금 뭘 잘했다고! 당장 엘에게 무릎 꿇고 사과하기나 해! 다 너 때문에 다친 거니까! 엘, 괜찮아? 세상에, 이 상처 좀 봐. 이렇게 다치다니……."

"아니에요. 보기보다는 멀쩡해요. 그보다 무사하셔서 정말 다행이에요."

나는 다급히 내 몸을 살피는 이릴을 향해 웃으며 말했다. 솔직히 상처로 인한 아픔보단 무시무시한 괴물을 코앞에서 본 충격이 더 컸다. 지척에서 붉게 번뜩이던 안광이 아직도 눈에 선했다. 가급적이면 두 번 다시 겪고 싶지 않은 경험이었다.

"그러고 보니 채찍이 끊어져서 어떡해요?"

"아, 그건 괜찮아. 여분이 있거든."

하지만 대답과는 다르게 이릴의 표정은 그다지 밝지 않았다. 지금까지 수많은 몬스터들을 상대하면서도 한 번도 문제가 생긴 적이 없던 채찍이다. 그걸 베히모스가 간단히 끊어 버린 것에 내심 충격을 받은 것 같았다.

"이게 말이 돼? 오거 가죽으로 만든 거라구. 오러도 견딜 수 있을 정도로 튼튼한 거란 말이야. 뭐, 저런 무식한 생물이 있지?"

"베히모스잖아. 이빨이 강철보다도 단단할걸."

"정말 짜증 나. 도대체 저런 괴물이 왜 하필 우리가 있는 곳에 떨어진 거야?"

그때 한창 싸우고 있던 일행들 사이에서 날카로운 비명 소리가 울려 퍼졌다. 베히모스의 송곳니가 마이티의 허벅지를 처참하게 물어뜯은 것이다.

"아아악!"

"마이티!"

"이런, 빌어먹을!"

두 사람은 급히 무기를 휘두르며 달려 나갔다. 하지만 이미 물린 허벅지에선 시뻘건 선혈이 한가득 흘러내리고 있었다. 마이티는 다리를 부여잡으며 고통스럽게 땅을 굴렀다. 나는 얼른 그에게 다가가 피투성이가 된 부분을 살폈다. 뼈가 드러나지 않은 것이 다행일 정도로 심한 부상이었다.

"엘과 라이! 마이티를 부탁한다!"

"아, 네!"

나는 고통에 덜덜 떨고 있는 마이티를 부축해 전투 장소에서 조금 떨어진 장소로 옮겼다. 그동안 이사나가 소매 부근의 천을 찢어 그의 상처 부위를 단단히 묶었다. 그러나 부상 부위가 너무 큰 탓인지 지혈이 될 기미가 보이지 않았다. 천 너머에도 붉게 배어 나오는 피를 본 이사나가 창백한 얼굴로 나를 바라보았다.

"엘, 출혈이 너무 심해."

"으음……."

'어떡하지? 치료를 해야 하나?'

잠깐 사이에 피를 많이 흘렸는지 마이티의 얼굴은 온통 파리하게 변해 있었다. 능력을 쓰면 안 된다는 건 알고 있었지만 당장 쓰러진 사람을 눈앞에 두니 마음이 조급해졌다. 이곳엔 신관인 카이테인도 없었고, 그의 부상은 간단한 응급 처치만으로는 해결이 안 될 정도로 심각했다. 시간을 지체할수록 위험해지는 건 당연한 일이었다. 그때 입술을 악문 마이티가 힘겹게 입을 열었다.

"품……."

"네? 뭐라고요, 마이티?"

"푸, 품 안에 성수가 있어. 그, 그걸 뿌려 줘."

'성수?'

나는 의아해하면서 그가 입고 있는 조끼 안을 더듬었다. 그러자 주머니 안에서 단단한 물체가 손에 잡혔다. 꺼내 들고 보니 그것은 손바닥만 한 크기의 작은 병이었다. 안에는 정체를 알 수 없는 액체가 담겨 있었고, 단단한 마개로 입구를 봉해 둔 채였다.

미리 부탁받았던 대로 나는 마개를 뽑은 다음 상처에 액체를 부었다. 그러자 고통에 일그러져 있던 마이티의 얼굴이 한층 편해지기 시작했다. 놀랍게도 액체가 닿은 부위가 빠르게 아물어 가고 있었다. 아무래도 신관들의 치유 성력과 비슷한 효과를 지닌 액체인 듯했다.

"젠장, 완전 비싼 건데."

치유되는 내내 마이티는 아까워 죽겠다는 표정을 감추지 못했다. 몸이 낫는 것보다 병의 액체가 빠른 속도로 줄어드는 걸 더 집중해서 보는 것 같았다. 아마도 이런 일이 아니었다면 평생 쓰지 않았을 것이 분명했다.

이윽고 상처가 완전히 아물자 그는 곧장 몸을 털고 자리에서 일어났다. 언제 다쳤냐는 듯 아무렇지 않게 움직이는 모습에 나는 당황해서 바라보았다.

"괜찮아요, 마이티? 그렇게 바로 일어서도 돼요?"

"아아, 멀쩡해. 집 한 채 값을 고스란히 쏟아부었는데 당연히 멀쩡해져야지."

"헉, 집 한 채 값이요? 이 작은 병 하나가 말인가요?"

"뭐야, 신관 지망생이라면서 그런 것도 몰라? 성수는 한 방울이 금 한 되 값에 버금간다고. 물론 목숨 값보다야 싸게 먹히는 거겠지만 말이야."

그는 투덜거리며 치열한 전투가 한창인 장소로 걸어갔다. 그러자 알아본 일행들이 반갑게(?) 그를 맞이했다.

"마이티! 당장 못 튀어 와? 그까짓 상처 치료하는 데 뭐 이리 오래 걸리는 거야! 너 성수 더 써 보겠다고 일부러 시간 끌었지!"

"너 이 자식, 귀한 성수를 썼으니 열 사람 몫은 해내야 돼! 안 그럼 내가 다시 다리를 아작 낼 줄 알아!"

……동료를 위하는 마음만큼이나 살벌한 환영이었다.
　지친 기색이 역력한 일행들과는 달리 베히모스는 여전히 거칠게 날뛰는 중이었다. 여기저기 협공을 당한 증거로 온몸이 피투성이인 상태였지만 정작 큰 영향을 받지는 않는 것 같았다. 심지어 상처를 입는 것보다 치유되는 것이 더 빨랐다. 제아무리 큰 생채기가 생겨도 다시 돌아보면 어느새 아물어 있었던 것이다. 자체 치유력이 엄청난 녀석이었다.
　촤악! 쿠우웅!
　그 순간 휴센과 동시에 맞부딪친 베히모스가 강렬한 충돌을 일으키며 나가떨어졌다. 흩뿌려지는 피와 함께 바닥에 처박히는 마수를 본 일행들이 모두 환하게 안색을 밝혔다. 처음으로 마수의 움직임이 멎은 것이다.
　"됐다!"
　휴센 역시 거칠게 바닥에 부딪혔다. 정면으로 돌파한 만큼 그 역시 받은 충격이 큰 것 같았다. 비틀거리는 그를 향해 쉐리가 급히 달려갔다.
　"휴센!"
　"아아, 난 괜찮아. 그보다 놈은……."
　하지만 그는 말을 다 잇지 못했다. 저편에서 쓰러진 베히모스가 다시 몸을 일으켰기 때문이었다.
　"크르르……."
　흉흉한 붉은 안광이 번뜩이자 일행들은 다시금 질린 표정을 지었다. 마치 죽지 않는 불사신을 보는 기분이었다.

"이대로는 끝이 없겠어. 뭔가 단번에 숨을 틀어줄 만한 방법을 써야 해."

"검날도 제대로 안 박히는 놈을 상대로 무슨 방법?"

"베히모스는 마수라서 찌르고 베는 공격만으론 한계가 있어. 이런 자잘한 공격들보다 파괴력이 강한 한 방이 필요해."

"칫, 이럴 때 마법사가 있었다면……."

그때 내 옆에서 주저하던 이사나가 입을 열었다.

"제, 제가 공격해 보겠습니다."

"라이, 네가?"

"잠시만 마수의 움직임을 묶어 주실 수 있겠습니까?"

그의 말에 일행들은 잠시 머뭇거리며 서로 바라보았다. 아무래도 정령술을 못 미더워하는 것 같았다.

"좋아, 움직임을 봉쇄하기만 하면 되는 거지?"

"……!"

분위기를 전환시키는 건 트로웰이었다. 시선이 마주치자 그는 장난스럽게 한쪽 눈을 찡긋해 보였다.

"아, 네! 부탁드립니다!"

이사나가 크게 고개를 굽히자, 그는 어깨를 으쓱하며 이릴을 바라보았다. 이 상황에서 그 행동이 의미하는 것은 뻔했다. 무언의 시선을 받은 그녀는 잠시 미심쩍은 표정을 지었지만 곧 한숨을 내쉬며 고개를 끄덕였다.

"알았어, 해 볼게."

그녀가 채찍을 들고 나서자 이사나는 호흡을 고르고 정신을 집중했다. 정령을 소환하기 위한 준비였다.

"운디네, 소환!"

파아앗!

그 순간 그의 주변에 새하얀 물안개가 퍼지기 시작했다. 빠르게 하늘로 솟구친 안개는 점차 하나로 모이기 시작하더니 곧 아름다운 소녀의 형상으로 화(化)했다. 처음 보는 정령의 모습에 놀란 건지 그때만큼은 일행들도 잠시간 멍해진 모습이었다. 그 즉시 이사나가 이릴을 바라보며 소리쳤다.

"이릴! 지금이에요!"

"아, 알았어!"

그녀는 곧 채찍을 휘둘러 베히모스의 목을 휘감았다. 덕분에 마수의 움직임이 주춤하자, 이사나가 바로 운디네를 향해 공격을 명령했다.

"운디네! 저 마수를 공격해!"

명을 받은 즉시 운디네는 춤추듯 허공을 부드럽게 선회했다. 그러자 운디네의 머리 위로 수백 개의 화살이 형성됐다. 전부 얼음으로 이루어진 화살이었다. 운디네의 손짓에 화살은 빠르게 마수에게 날아들었다.

촤아아악—! 콰지지직!

"크와아아앙!"

살을 파고드는 날카로운 소리와 함께 수백 개의 얼음 화살이 단번에 박혀 들었다. 동시에 베히모스의 몸 전체에서 새빨간 피분수가 솟구쳤다. 베히모스는 심하게 경련을 일으키며 허공에서 크게 몸을 뒤틀었다. 마치 일시 정지 버튼을 누른 동영상의 한 장면처럼, 그 순간의 시간이 멈춰 버린 듯했다.

찰나의 순간이 끝났을 때, 베히모스는 맥없이 바닥에 떨어져 내렸다. 쿠웅! 둔탁한 소리가 바닥을 묵직하게 울렸다.

"……."

"……."

주위는 한동안 깊은 적막에 휩싸였다.

보이는 것은 바닥에서 잔경련을 일으키고 있는 하얀 털 짐승과 그 앞에서 거칠게 숨을 몰아쉬는 이사나의 모습이었다. 일행들은 모두 굳어진 얼굴로 입을 뻐끔거렸다. 방금 전 무슨 일이 일어난 건지 제대로 인지하지도 못하는 것 같았다. 그때 한참 동안 멍하니 서 있던 이사나가 그대로 바닥에 쓰러졌다. 심한 기력의 소모로 정신을 잃은 것이다.

"라이!"

"괜찮아요. 탈진한 것뿐이에요."

나는 얼른 그를 부축하며 일행들을 안심시켰다. 이사나가 쓰러지자 그의 주변을 배회하던 운디네도 그대로 사라져 자연체의 모습으로 돌아갔다. 그것을 본 일행들은 다시 얼떨떨한 표정으로 베히모스를 돌아보았다. 축 늘어진 몸에선 이제 경련조차 일지 않았다. 완전히 숨을 거둔 것이다. 그것을 확인한 듯 일행들의 입에서 나직한 탄성이 터져 나왔다.

"끝났다……."

"맙소사, 정말 죽은 거야?"

"믿을 수가 없군."

그토록 오랜 시간 고군분투했던 것에 비하면 정말로 허무한 종결이었다. 사실 나로서도 정령의 위력이 이렇게나 강할 거라곤 생각지 못했다. 심지어 운디네는 상급도 아닌 중급 정령에 불과했으니까.

'우와, 그럼 난 대체 얼마나 강하다는 거야?'

무심코 이런 뻘생각마저 들었다. 그러자 그것을 읽었는지 트로웰이 키득거리는 것이 보였다. 나는 창피한 기분을 모면하기 위해 얼른 이사나를 보살피는 척을 했다.

그때까지도 일행들은 여전히 얼떨떨한 모습이었다. 결과적으로는 마수를 잡았지만 여전히 실감하지 못하는 것 같았다. 그런 동료들을 대신해서 휴센이 쓰러진 베히모스의 앞으로 다가가 시체를 살폈다. 숨을 확인하기 위한 것이었다. 맥을 짚고 안광이 꺼진 눈동자를 살핀 다음에야, 그는 의미심장한 표정으로 고개를 끄덕였다. 그제야 일행들은 긴장을 풀며 서로 자축을 건넸다. 내내 굳어져 있던 얼굴에도 처음으로 환한 미소가 떠올랐다. 그들 중 가장 흥분한 사람은 헤롤이었다.

"굉장해! 우리가 마수를 잡다니! 심지어 베히모스라고! 이거 진짜 현실 맞아?"

"물론 현실이야, 헤롤. 사실 우리가 아니라 라이 혼자 잡은 거나 다름없지만."

"그러게. 솔직히 정말 놀랐어. 정령이란 게 그렇게 대단할 줄은……."

"어허! 모르는 소리. 그게 다 이 헤롤 님이 열심히 밑밥을 깔아 둔 덕분이라고. 아무리 정령이 대단하다고는 해도 베히모스가 지치지 않았다면 한 방에 죽이진 못했을 거란 말이야. 그런 의미에서 내 공헌도 제법 크다는 말이지."

이사나보다 존재감이 밀리는 것에 위기의식을 느낀 것일까. 헤롤은 냉큼 자화자찬을 시도했다. 그러자 당연히 그 꼴을 두고 볼 리가 없는 이릴의 타박이 이어졌다.

"흥, 다 같이 한 일에 유세 좀 부리지 마. 정작 위급한 상황에선 꼼짝도 못 하던 주제에."

"뭐야?"

"사실이잖아? 내가 위험했을 때 바보같이 굳어져서 아무것도 못 하던 사람이 어디의 누구더라? 엘은 이 가는 팔로 날 구하느라 마수 앞에 뛰어들었는데 말이야."

"윽! 그, 그거야 너무 순식간에 일어난 일이라 미처……."

"됐거든? 엘이 아니었으면 난 바로 죽었다고. 명색이 몇 년을 함께해 왔다는 동료가 정작 위험한 순간에는 손을 놓고 말이지. 정말 실망이야, 헤롤!"

"뭐, 뭐야! 나도 한다면 하는 인간이라고!"

처음엔 미안했는지 말을 더듬던 그도 이릴이 도끼눈을 하고 쳐다보자 욱한 반응을 보였다. 물론 이릴은 전혀 아랑곳하지 않고 그를 비웃었다.

"하긴 뭘 해? 입만 살았지 정작 중요한 순간엔 하나도 도움이 안 되는 헤롤 씨. 그 커다란 덩치가 아깝다."

"이익, 이 마녀가! 그러는 너야말로 제대로 한 건 하나도 없잖아? 종일 허둥대기만 했던 주제에!"

"이거 왜 이러셔? 라이가 물의 정령으로 공격하는 동안 마수를 꼼짝 못 하도록 만든 게 바로 이 몸이시거든?"

"하─ 몬스터도 단번에 가르는 채찍으로 했다는 게 겨우 고정 역할뿐이냐? 잘났다, 이릴! 너도 드디어 한물갔구나?"

"뭐가 어쩌고 어째?"

분노에 찬 목소리가 쩌렁쩌렁하게 울려 퍼졌다. 전투를 마친 직후에 저렇게 열심히 다툴 수 있다니, 아무래도 힘이 남아도는 게 분명했다. 쉐리 역시 같은 생각인지 인상을 잔뜩 찌푸리고 있었다.

"어휴, 이런 때까지 꼭 저래야 해? 정말 못 살아."

나는 피식 웃은 다음 이사나를 편히 눕히고 몸을 일으켰다. 쉐리가 짜증을 내기 전에 슬슬 두 사람을 말릴 생각이었다. 그 순간 무언가 이상한 것이 눈에 들어오지만 않았다면 말이다.

"……어?"

"응? 왜 그래, 엘?"

나의 반응에 덩달아 돌아본 쉐리가 입을 다물었다. 충격으로 얼어붙은 얼굴에 천천히 경악이 서리는 것이 보였다. 나 역시 눈에 보이는 광경을 믿을 수가 없었다. 이릴의 바로 옆에 있던 풀숲에서, 붉은 안광을 지닌 짐승이 서서히 모습을 드러내고 있었던 것이다.

"말도 안 돼……."

설마 마수가 한 마리가 아니라 또 있었을 줄이야!

다투는 것에 집중한 나머지 두 사람은 바로 옆에서 벌어지고 있는 상황도 눈치채지 못하고 있는 듯했다. 그들이 이상한 점을 깨달은 것은 마수의 그림자가 바로 지척에 이르렀을 때였다.

"어, 어라? 내가 지금 꿈을 꾸나?"

헤롤과 이릴은 멍하니 마수를 응시했다. 눈앞에 닥친 현실을 제대로 인지하기 힘든 듯 다른 때보다 더 반응 속도가 느렸다. 성난 짐승의 이빨이 그들을 향해 덮치는 것과, 내가 비명을 지른 것은 거의 동시에 일어난 일이었다.

"크와아앙!"

"안 돼—!"

3.

콰직! 콰드득!

살을 찢고 뼈가 부서지는 소리가 울렸다. 나는 망연자실한 상태로 눈앞에 벌어진 참상을 바라보았다.

새로 나타난 베히모스는 가장 가까이에 있던 이릴을 덮쳤다. 거친 바람과 함께 울부짖음이 울리는 순간 나는 틀림없이 그녀가 죽을 것이라 생각했다. 그 순간엔 내가 아닌 다른 사람들 역시 마찬가지였을 것이다.

그러나 정신을 차렸을 때, 눈앞에서 피투성이가 되어 쓰러져 있는 사람은 그녀가 아닌 헤롤이었다. 그가 이릴을 끌어안은 채 마수의 방패가 된 것이다.

"……."

"……."

마치 시간이 멈춘 듯, 아무런 움직임이 느껴지지 않았다. 주위에 있는 모든 동작들이 전부 느릿한 슬로우 모션처럼 보였다. 다른 사람들 역시 모두 하얗게 질린 얼굴로 굳어 있을 뿐이었다.

"헤, 헤롤?"

정신을 차린 건 겁에 질린 이릴의 목소리를 듣고 나서였다. 그녀는 헤롤의 아래에 감싸인 채로 그의 피를 온 몸에 받아 내고 있었다. 딱딱하게 굳어진 얼굴이 핏물로 온통 범벅이었다. 그때까지도 베히모스는 여전히 헤롤을 덮치고 있는 상태였다. 거대한 송곳니가 복부에 깊숙이 박혀 들 때마다 헤롤의 입에서 피가 덩이째로 흘러나왔다.

그 순간 누군가 빠르게 달려가 베히모스의 몸에 뛰어올랐다. 바로 트로웰이었다. 마수의 몸에 올라탄 즉시, 그는 손에 쥐고 있던 단검을 목에 박아 넣었다. 그러자 고통을 느낀 베히모스가 몸을 크게 뒤틀었고, 겨우 놓인 헤롤의 몸이 풀썩 이릴의 옆으로 쓰러져 내렸다.

"모, 모두 매튜를 도와! 어서!"

그제야 정신이 돌아온 듯 휴센이 다급하게 소리쳤다. 그 말에 혼란을 수습한 일행들이 모두 무기를 움켜쥐고 베히모스에게 달려들었다. 그사이 이릴이 일어나 다급하게 헤롤의 어깨를 흔들었다.

"헤롤! 정신 차려, 헤롤!"

의식이 있는 것일까? 잠시 후 굳게 감겨 있던 헤롤의 두 눈이 힘겹게 떠졌다. 그는 자신을 보고 있는 이릴을 확인하고 흐릿하게 웃었다.

"쿠, 쿨럭! 괜…… 찮냐, 마녀?"

"뭐야! 지금 내 걱정 할 때가 아니잖아, 바보야! 왜, 왜 네가……!"

"거, 거봐. 나도, 하면 한다고…… 했지?"

그 말에 이릴은 잠시간 숨을 멈췄다. 설마 이런 순간까지 농담을 할 줄 몰랐는지 황당함이 깃든 표정이었다. 그것이 우스웠는지 헤롤은 고통에 일그러진 얼굴이면서도 키득거렸다. 그러나 다음 순간 그는 다시금 울컥 피를 토해 냈다.

"헤롤!"

"아아, 괜찮아. 생각보다 아프진 않아."

기겁한 이릴을 향해 그는 담담히 중얼거렸다. 물론 이 상황에서 그 말을 곧이곧대로 들을 사람은 아무도 없을 터였다. 헤롤의 상태는 매우 심각했고, 누구나 한눈에 알 수 있을 만큼 급속도로 생명력을 잃어 가고 있었다. 본인 역시 그 사실을 알고 있는 것 같았다. 나직하게 숨을 헐떡이는 얼굴은 이미 초연히 죽음을 맞이할 준비를 하고 있었다. 그것을 본 이릴이 울 것 같은 얼굴로 소리쳤다.

"정신 차려! 지금 바로 응급조치를……!"

이릴은 상처를 지혈을 시키기 위해 부지런히 움직였다. 하지만 상반신 전체가 뚫리다시피 한 상처가 제대로 수습이 될 리가 없었다. 시간이 지날수록 이릴은 절망스러운 표정을 지었다. 붕대를 묶는 손은 이미 안쓰러울 정도로 덜덜 떨고 있는 상태였다. 그동안 헤롤은 흐릿하게 눈을 깜빡이며 중얼거렸다.

"이제…… 너 어떡하냐, 마녀? 나 없으면 앞으론 재미없을 텐데. 나처럼 묵묵히 구박당해 주는 사람 찾는 것도 쉽지 않을걸? 쿨럭!"

"말하지 마, 헤롤! 움직일수록 피가 더 많이 나온단 말이야!"

"쳇, 죽을 땐 죽더라도 마녀가 결혼하는 건 보고 죽고 싶었는데……."

"말하지 말라니까? 게다가 무슨 헛소리를 하는 거야! 죽긴 누가 죽는다고!"

"신랑 자식 붙잡고…… 놀려 주고 싶었는데……."

"알았어! 알았으니까 이제 말하지 마! 그 입 좀 다물어, 제발!"

다그치던 말은 나중에 가선 거의 애원처럼 변했다. 그러나 헤롤은 말을 멈추지 않았다. 마치 마지막을 앞두고 있는 사람처럼, 머릿속의 생각을 전부 뱉어 내려는 것 같았다.

"저거 알고 보면 성질 더러워요. 얼굴 보고 결혼한 거지? 반드시 후회할 거다. 부부싸움하면 그날로 사형 선고나 마찬가지일걸? 그렇게 꼭 말해 주고 싶었는데…… 그리고 또……."

"말하지 마! 말하지 말란 말이야, 바보야! 정말 죽고 싶어?"

"왜 내가 찍어 놓은 것 뺏어 가냐고…… 한 방 먹여 주고 싶었는데……."

"……!"

헉! 설마 헤롤이 이릴을?

경악하는 이릴의 표정은 보이지도 않은지, 그는 계속 키득거리고 웃었다. 그 순간 혼란스러운 이릴의 시선과 헤롤의 시선이 마주쳤다. 그는 피에 젖은 손을 천천히 들어 그녀의 뺨을 부드럽게 쓸었다.

"진작에 이래 볼 걸…… 그랬어."

"무슨……."

"마음만 먹으면…… 이렇게 만질 수도…… 있었는데……."

"헤, 헤롤…… 너……."

"좋아했다, 이릴."

이릴의 눈이 크게 떠지자 헤롤은 만족한 듯이 웃었다. 그 순간 뻗어진 그의 팔이 병든 병아리처럼 축 늘어졌다. 의식을 잃은 것이다. 감겨진 눈이 다시 뜨일 기미를 보이지 않자 이릴은 가득 차오른 눈물을 삼키며 소리쳤다.

"이 바보 자식아! 죽지 마! 죽으면 안 돼! 정신 차려!"

그때 쿠웅! 지축을 울리는 거대한 소리가 들렸다. 돌아보자 피를 뿜으며 쓰러지는 베히모스의 모습이 보였다. 트로웰이 단숨에 해치운 것이다.

기쁜 순간이었지만 웃고 있는 사람은 아무도 없었다. 일행들은 뒤처리도 미루고 곧장 헤롤에게 몰려들었다. 서둘러 맥을 짚어 본 휴센의 얼굴이 심각하게 굳어졌다.

"마이티! 어서 성수를!"

휴센의 말에 마이티는 급히 품 안에서 병을 꺼냈다. 그러나 그렇지 않아도 작은 병 안에 쓰고 남은 양이 넉넉할 리가 없었다. 몇 방울 떨어트리지도 않았는데 어느새 병은 전부 비어 있었다. 그에 비해 상처가 회복되는 속도는 현저히 느렸다.

"젠장, 이럴 줄 알았으면 좀 더 남겨 놓는 건데……!"

마이티는 욕설을 내뱉으며 이미 비어진 병을 계속해서 두드렸다. 하지만 그렇게 한다고 없던 성수가 나올 리는 없었다. 더 이상 희망을 가지는 것은 불가능하다 판단한 듯 일행들 사이에서 무거운 공기가 흐르기 시작했다. 이미 이릴은 완전히 넋이 나간 상태였다.

"이 바보 헤롤! 죽지 마! 죽으면 가만히 안 둘 거야! 내 말 들려? 내 말 들리냐고, 헤롤!"

"이릴, 진정해! 네가 흥분을 하면 어떡해?"

"일단 헤롤을 옮기자! 당장 신관에게 데려가야 해!"

"안 돼! 헤롤 상처 안 보여? 옮기는 도중에 죽을 거라고! 차라리 신관을 여기로 데려오는 게 낫겠어."

"말도 안 돼! 한시가 급한데 그걸 언제 기다려? 그때까지 헤롤이 버틸 수 있을 것 같아?"

상황이 급박해지자 일행들은 완전히 여유를 잃은 듯했다. 쉐리와 마이티는 물론이고 평소 차분했던 휴센까지 몹시 격양된 모습을 보였다.

점점 험악해지는 분위기 속에서 나는 조심스럽게 헤롤을 살폈다. '간신히'라고 부를 수준이긴 했지만 다행히 아직 숨은 붙어 있었다. 그러나 상태를 봐선 얼마 버티지는 못할 것 같았다. 사실 지금까지 흘린 피의 양만 봐도 출혈과다로 죽지 않은 게 다행일 정도였다.

갈등은 오래 가지 않았다. 나는 한숨을 내쉰 다음 털썩 헤롤 앞에 주저앉았다. 그러자 한창 실랑이 하던 일행들이 의아한 표정으로 나를 바라보았다.

"엘?"

"제가 치료해 볼게요."

"뭐? 네가 어떻게?"

"신관 지망생이라고 했잖아요. 사실은 조금 성력을 쓸 줄 알거든요."

"그, 그게 정말이야?"

놀란 표정을 짓는 사람들을 향해 나는 머쓱히 고개를 끄덕였다. 슬그머니 트로웰의 눈치를 봤지만 그는 아무래도 상관없다는 듯 웃고 있을 뿐이었다.

"신관이 아닌데 성력을 쓰는 게 가능해?"

"그러게. 보통은 문장을 받은 후에 쓸 수 있지 않나?"

"아, 으음, 그게 말이죠……."

"지금 그게 무슨 상관이야? 헤롤을 살릴 수 있다면 뭐든 해 봐야지! 자, 엘. 뭐 하고 있는 거야? 얼른 시작해, 얼른!"

일행들의 입을 다물게 한 사람은 이릴이었다. 그녀의 재촉에 나는 어색하게 웃은 다음 헤롤의 몸 위에 손을 얹었다. 솔직히 지금 이 순간에도 뒷수습이 걱정이 되긴 했다. 아마 모르긴 몰라도 엄청난 파장이 불거질 것이 뻔했으니까. 하지만 지금까지 동고동락해 왔던 동료가 눈앞에서 죽는 걸 가만히 지켜볼 수는 없었다. 이 순간을 그냥 넘겼다가는 앞으로 두고두고 마음에 남을 것이 분명했다.

나는 곧 의식을 집중하고 치유 능력을 발휘했다. 그 순간 희미한 물안개와 함께, 내게서 빠져나간 힘이 헤롤의 전신을 감싸는 것이 느껴졌다. 마치 은은한 광채에 휩싸인 듯 신비로운 광경이었다.

 물안개가 지나가는 자리마다 상처는 빠른 속도로 아물어 들었다. 투두둑, 부서졌던 뼈가 다시 맞춰지고 그 자리를 빠르게 새살이 채우기 시작했다. 그러자 지켜보던 일행들이 크게 숨을 삼키는 소리가 들렸다.

 치유가 끝났을 때 헤롤은 멀쩡한 모습으로 돌아와 있었다. 발톱에 찢겨 너덜너덜해진 옷이나 몸에 묻은 핏자국만 아니었다면 조금 전 목숨이 위중할 정도로 심각한 부상을 입었다는 것조차 믿기 힘들 것 같았다.

 완전히 나았다는 것을 확인한 뒤, 나는 천천히 숨을 고르며 그의 몸에서 손을 떼었다. 주변이 이상하리만치 고요했다. 고개를 든 나는 말없이 굳어져 있는 일행들을 발견했다. 그들은 모두 귀신이라도 본 듯이 경악한 얼굴을 하고 있었다.

 "음, 저기…… 이제 다 끝났는데요."
 "응? 아, 아아, 그래."
 내 말에 일행들은 허둥지둥 고개를 끄덕이곤 가까이 다가왔다. 그리곤 곤히 잠들어 있는 헤롤의 모습을 확인하고 모두 얼떨떨한 표정을 지었다.
 "놀랍군. 정말 완전히 다 나았어."
 "세상에, 내 눈으로 보고도 믿을 수가 없네. 이게 정말 가능한 거야?"
 "신관들도 이렇게 완전하게 치유하지는 못해. 하물며 정식 신관도 아니면서 이런 엄청난 성력을 가지고 있다니. 엘…… 넌 도 대체?"

사고는 이미 쳤겠다, 이제 뒷수습을 감당할 차례였다. 쏟아지는 시선들에 나는 어색하게 웃었다.

"이, 이번엔 운이 좋았던 것 같아요. 원래 이렇게 잘 낫지는 않거든요. 아하하……."

"원래 이렇진 않다고?"

"네, 그래서 사실 저도 별로 기대는 안 했거든요. 그런데 결과가 좋아서 정말 다행이에요. 그, 뭐랄까. 아무래도 신께서 제 기도를 잘 들어주셨나 봐요."

아무렇지 않게 거짓말을 하는 게 이렇게 어려운 일인 줄 몰랐다. 나는 제발 속내가 들키지 않기를 바라면서 일부러 안심한 듯 표정을 연기했다. 다행히 제법 그럴듯했는지 의심을 사지는 않은 것 같았다.

"하긴, 그럴 수도 있겠네. 신은 때때로 생각지 못한 방식으로 기적을 일으키시니 말이야."

"그, 그렇죠. 그러니 저 같은 불완전한 신관도 성력을 쓸 수 있던 게 아니겠어요? 아하하……."

"하지만 그렇다 해도 엘 네가 대단하다는 건 변함이 없어. 네가 아니었다면 헤롤은 낫지 않았을 테니까."

"그, 그런가요?"

"당연하지. 네가 헤롤을 위해 기도했기 때문에 이런 기적이 일어난 거잖아? 아아, 이 예쁜 것! 고마워, 엘! 덕분에 헤롤이 살았어! 정말 고마워!"

"우왓!"

그 순간 이릴이 나를 덥석 끌어안고 마구잡이로 볼에 입을 맞추기 시작했다. 생전 처음 겪는 일에 나는 당혹감을 감추지 못했다. 그러나 무작정 그녀를 밀어내지도 못했다. 어느새 이릴의 두 눈 가득 눈물이 차올라 있었기 때문이다.

"이, 이릴?"

"흐윽, 흑흑…… 네가 아니었으면 이 자식 죽었을 거야. 그렇게 바보같이 가 버렸을 거라고. 정말 고마워, 엘. 흐윽……."

긴장이 풀린 탓일까. 이릴은 나를 끌어안은 상태에서 흐느끼기 시작했다. 나는 잠시 머뭇거리다가 그녀의 등을 툭툭 토닥여 주었다. 많이 놀랐을 테니 진정이 될 때까지 내버려 둘 생각이었다. 다른 일행들은 그런 우리의 모습을 부드러운 시선으로 바라보았다. 그때 휴센이 다가와 내게 악수를 청했다.

"정말 고맙다, 엘. 형제가 돌아가면서 이렇게 사람을 놀라게 하다니. 너희 형제는 우리들의 은인이야. 오늘 일에 대한 보답은 충분히 하마."

"아, 아니에요. 그러실 필요 없어요. 당연한 일을 한걸요."

"하지만……."

"정말 괜찮아요. 잠시간이지만 저희도 동료잖아요. 이런 걸로 사례를 하시면 오히려 제가 서운해요."

그 말에 휴센은 머쓱하게 웃으며 고개를 끄덕였다. 그때 가만히 듣고 있던 마이티가 불쑥 소리쳤다.

"앗! 그러고 보니 그런 능력이 있으면서 내가 다쳤을 땐 왜 치료를 안 해 준 거야? 그땐 그냥 지켜만 봤잖아."

"네? 윽, 그건……."

"치사해! 사람을 차별하다니!"

거기까진 미처 생각을 못 했기에 나는 어떻게 변명을 해야 할지 고민했다. 그런 나를 구해 준 건 의외로 쉐리였다. 그녀가 찌푸린 얼굴로 그를 타박하기 시작한 것이다.

"지금 무슨 소리를 하는 거야, 마이티. 너랑 헤롤의 상황이 같아? 도와줘서 고맙다고 하지는 못할망정 그렇게 몰아붙이는 게 어딨어?"

"그, 그치만 성수 값이……!"

"흥, 그렇게 비싼 걸 공짜로 받겠다는 심보가 더 못됐거든? 엘, 신경 쓰지 마. 우리 중에서 고작 성수 값 따위에 벌벌 기는 사람은 없으니까. 어느 이름 모를 수전노만 빼면 말이야."

"아, 아냐! 쉐리! 좀 전의 그건 그냥 장난친 거야! 네가 오해한 거라고!"

"장난? 장난을 칠 게 따로 있지, 무슨 그런 장난을 해? 아무튼 정말 매력 없는 남자라니까."

"커흑!"

나는 무너지는 마이티를 바라보며 속으로 조용히 동정을 표했다. 저렇게 착실히 마이너스 점수를 쌓기도 쉽지 않을 텐데, 절대 이뤄지기 힘든 관계라는 게 바로 저런 게 아닌가 싶었다. 그리고 휴센은 흐뭇한 시선으로 그 광경을 지켜보고 있었다.

"미안하다, 엘. 마음에 담아 두지 마. 우리들 모두 네게 고마운 마음뿐이니까. 아무튼 마이티 저 녀석은 쓸데없는 말을 해서는……."

"아, 아뇨. 이해해요. 성수가 굉장히 비싸다면서요. 거의 집 한 채 값이라던데……."

"물론 그렇긴 하지. 하지만 우리들 평균 수입을 생각하면 아주 비싼 편도 아니야."

"그, 그래요?"

"물론이지. 자랑은 아니지만 우린 용병단 중에서도 꽤 벌이가 좋은 편에 속해. 은패 정도만 돼도 고급 의뢰가 많이 들어오기 때문에 생활에 곤란을 겪는 일은 거의 없어."

그렇게 대답한 후 휴센은 느긋하게 주위를 둘러보았다. 그의 시선은 바닥에 너부러진 베히모스들의 시체를 향해 있었다.

"……게다가 간혹 생각지 못한 부수입이 있거든."

4.

휴센이 한 말의 의미는 곧 밝혀졌다. 계기는 돌아갈 준비를 시작한 일행들이 베히모스의 시체를 챙기는 모습을 보게 되면서였다. 사냥한 증거를 보이기 위한 거라면 그냥 머리만 잘라 가도 될 텐데, 그들은 굳이 거대한 시체를 전부 등에 짊었다. 심지어 수염한 올, 발톱 하나라도 빠트릴세라 주변을 샅샅이 살피기까지 했다. 의아해하던 나는 그 이유를 듣고 놀랄 수밖에 없었다.

"헉! 시체를 판다구요?"

"응. 상위 몬스터는 마법 연구나 각종 제작 재료로 제법 수요가 있거든. 특히 이런 마수 같은 것들은 걸어 다니는 보물 창고나 마찬가지야. 몸에서 버릴 게 하나도 없어. 가죽과 안구는 물론이고, 내장과 피까지 전부 비싼 값에 팔리는 편이지."

"헤에, 그렇군요."

설명을 해 준 사람은 이릴이었다. 내가 신기해하며 고개를 끄덕이자 그녀는 빙긋 웃어 보였다.

"몰랐구나. 그래서 전문적인 헌터 중에선 부호가 꽤 많아. 덕분에 헌터 길드도 상당히 입지가 큰 편이고. 하지만 거기서 내로라하는 녀석들도 마수 두 마리를 한꺼번에 잡아 본 적은 없을걸? 그것도 베히모스를 말이야."

"드문 일인가요?"

"드물다마다. 원래 마수라는 게 이곳의 생물이 아니잖아. 일부러 찾아다녀도 만날 확률은 거의 없다고 봐도 무방해. 게다가 마수는 보통 단독으로 행동하거든. 그중에서도 베히모스는 특히 개체 수가 적은 편이야. 보통 사람들은 평생 한 번이나 볼 수 있을까 말까 할 정도라고."

"음, 그럼 여기에 두 마리가 나타난 건……."

"정말 엄청난 일인 거지. 아마 이 사실이 알려지면 헌터 길드가 발칵 뒤집힐걸?"

그렇게 말하는 이릴의 표정은 매우 신 나 보였다. 아무래도 헌터 길드를 이겼다고 여기고 있는 것 같았다.

그때 나는 마수의 시체 앞에 우두커니 서 있는 트로웰을 발견했다. 모두가 돌아갈 채비로 바쁜(정확히는 마수의 시체를 챙기는 일로 바쁜 거지만) 와중에 그는 홀로 서서 어딘가를 가만히 바라보고 있었다.

"매튜? 왜 그래?"

"……아아, 벌레가 좀……."

"벌레?"

"아니, 아무것도 아냐."

어리둥절해져서 되묻자 그는 웃으며 고개를 가로저었다. 그러곤 전혀 영문을 알 수 없는 말을 중얼거렸다.

"성가시긴 하지만 딱히 큰 영향이 있을 것 같진 않네."

"으응? 뭐가? 벌레를 말하는 거야?"

"응, 벌레 말이야."

모호하게 답한 후 그는 이번에도 의미 모를 미소를 지었다. 나는 열심히 주위를 살폈지만 딱히 어느 곳에도 그가 말하는 벌레 같은 것은 보이지 않았다. 애초에 겨울에 접어든 날씨인 만큼 아직까지 밖에서 활동하는 벌레가 있을 리도 없었다.

트로웰에게 다시 시선을 보냈을 땐 그는 이미 관심이 멀어진 듯 아무렇지 않게 일행들을 돕고 있는 중이었다. 대체 무슨 생각을 하고 있는 건지…… 알아 가면 알아 갈수록 그의 속은 도무지 짐작하기가 힘들었다.

잠시 후 돌아갈 준비를 마친 일행들은 마지막으로 마수에게 희생된 일꾼들의 시체를 수습했다. 앞서 마수의 시체를 챙길 때와는 다르게 정중하고 엄숙한 분위기였다. 그들은 수습한 시체들을 한자리에 모은 다음 눈을 감고 짧은 기도를 마쳤다. 지키지 못한 자괴감 탓인지 저마다 얼굴이 참담하게 일그러져 있었다.

"우리가 좀 더 빨리 왔다면 좋았을걸."

"그런 소리 마. 우리도 최선을 다했어."

"그건 쉐리의 말이 맞아. 이들의 일은 안타깝지만 우리가 어떻게 할 수 없는 일이었어. 여기서 더 많은 희생자가 나오지 않았다는 것에 만족하자."

리더답게 휴센이 우울해하는 일행들을 독려했다. 물론 그렇게 말하는 그 역시 낯빛이 어둡기는 마찬가지였다. 시간이 흘러 어느 정도 분위기가 진정되자 나는 그에게 질문을 건넸다.

"이 시체들은 이제 어떻게 하는 거예요?"

"아아, 다 들고 가서 유족에게 돌려보내면 좋겠지만 그것까진 우리가 나설 일이 아니야. 이곳의 경비대가 알아서 하겠지."

"그럼 그냥 놔두고 가는 건가요?"

"일단은 그렇게 해야지. 하지만 피 냄새를 맡고 몬스터나 들짐승이 내려올지도 모르니 조치는 해야겠다. 마이티, 네가 이 자리를 지키고 있어라."

"내가? 윽, 알았어."

지목받은 마이티는 싫은 표정을 지으면서도 순순히 고개를 끄덕였다. 나머지 일행들은 마수의 시체와 함께 아직 의식이 없는 헤롤을 부축했다. 나 역시 마찬가지로 이사나를 등에 업었다.

그렇게 돌아갈 모든 준비를 마쳤을 때였다.

"피 냄새다!"

"여기, 이쪽이야, 이쪽!"

"……?"

갑자기 수풀 저편에서 웅성거리는 소리가 들리더니 병장기를 움켜쥔 남자들이 모습을 드러냈다. 한눈에도 낯익은 그들은 칵테일 용병단의 단장인 빌트와 코웰이었다.

"모두들 무사합니까! 우리가 도우러……!"

비장한 외침이 이어지길 잠시간, 굳은 얼굴로 나타난 그들은 이내 멀뚱히 서 있는 우리를 발견하고 입을 다물었다.

곧이어 그들의 뒤에서 무장한 사람들이 잇따라 모습을 드러내기 시작했다. 모두 익숙한 얼굴로, 이번 상단 여정을 함께하고 있던 용병들이었다. 그들 중에는 낡은 신관복을 입은 청년의 모습도 함께 있었다. 엘뤼엔의 사제 카이테인, 바로 그였다.

"엘!"

"어라? 카이 씨?"

뒤늦게 나타난 그들 역시 이쪽의 상황을 발견하고 어리둥절한 표정을 지었다. 치열한 전투는커녕 평화롭게 맞이하고 있는 모습에 당황한 것 같았다.

"뭐야? 왜 다들 살아 있어?"

기묘한 침묵을 깨고 질문을 한 사람은 코웰이었다. 그 순간 퍽, 하는 소리와 함께 그의 머리가 앞으로 크게 숙여졌다. 옆에 있던 빌트가 그의 뒤통수를 때린 것이다.

"쿱! 아프잖아! 뭐 하는 거야?"

"네 녀석이야말로 지금 무슨 말을 하는 거냐? 왜 살아 있냐니! 말을 해도 꼭!"

"신기하니까 그렇지! 마수를 처리하러 간 녀석들이 멀쩡해도 너무 멀쩡하잖아!"

"이 녀석이 그래도!"

"다들 어떻게 된 겁니까? 어떻게 이곳까지……."

그때 옥신각신하는 그들 앞으로 휴센이 다가갔다. 그제야 다툼을 멈춘 빌트가 민망해하며 그가 내민 손을 덥석 붙잡았다.

"아아, 휴센 씨. 너무 늦은 게 아닌가 걱정했었는데 무사하셔서 정말 다행입니다. 여러분만으로 마수를 잡으러 갔는데 아무리 생각해도 가만히 있을 수가 있어야 말이죠. 그래서 부랴부랴 사람들을 모집해서 달려오던 참이었습니다."

"그러셨군요. 정말 감사합니다."

"아닙니다. 사실은 더 일찍 올 수 있었는데 성문 앞에서 병사들이 만류하는 바람에 이제야 겨우 도착했지 뭡니까? 그보다 마수는 대체 어디에⋯⋯."

그 순간 조심스럽게 이쪽을 살피던 빌트의 눈동자가 부릅떠졌다. 일행들 사이에 있는 마수의 시체를 발견한 것이다. 사실 너무 덩치가 커서 눈에 띄지 않을 수가 없었다.

"서, 설마 마수를 잡은 겁니까? 게다가 두 마리? 맙소사. 지금 제 눈에 보이는 광경을 믿을 수가 없네요. 정말 두 마리가 맞는 겁니까?"

"보신 그대로입니다."

휴센이 긍정하자 빌트를 비롯한 사람들은 모두 경악한 표정을 지었다.

"세, 세상에! 정말 굉장하군요. 역시 샴페인 용병단입니다. 정말로 마수를 잡다니!"

"심지어 그냥 마수도 아니고 베히모스잖아. 그걸 두 마리나 잡았다고? 당신들 정말 인간 맞아?"

감탄하는 사람들 사이에서 코웰은 황당한 표정을 고스란히 드러냈다. 그러다 의식이 없는 헤롤을 발견했는지 얼굴을 굳히고 다가왔다.

"뭐야, 이 형님은 얼마나 심하게 다친 거야? 옷이 온통 검붉잖아."

"아아, 그 녀석은⋯⋯."

"뭐라고? 다치신 겁니까?"

"사제님! 어서 이쪽으로!"

일행들이 대답하기도 전에 사람들은 서둘러 카이테인을 앞으로 이끌었다. 그는 차분하게 고개를 끄덕이며 헤롤을 바라보았다.

"환자분을 눕혀 주시지요. 제가 상처를 보겠습니다."

그러자 당황한 휴센이 두 손을 내저으며 말했다.

"아니, 괜찮습니다! 그냥 피가 묻어 있는 것일 뿐, 부상은 이미 치료했습니다."

"치료를 했다고요?"

"네, 다행히 여기 있는 엘이 신관 지망생이라 성력을 쓸 수 있지 뭡니까? 덕분에 완전히 치료한 참입니다."

'……윽!'

설마 이런 식으로 내 거짓말이 위기를 맞을 줄이야. 가슴이 철렁해지는 순간이었다.

정식 사제라면 방금 전 휴센의 대답이 얼마나 어처구니없는 말인지 알 수밖에 없을 것이다. 예상대로 카이테인은 조금 굳은 낯으로 나를 바라보았다. 차분히 응시하는 시선에 온몸이 쪼그라드는 것 같았다.

"엘, 당신이 치료를 하신 겁니까?"

"으, 네…… 그, 그렇긴 한데요……."

"성력을 쓰셨단 말이지요?"

"……네."

나는 어떻게 하면 이 상황을 무난히 넘길 수 있을지 속으로 맹렬히 고민했다. 그때 옆에서 듣고 있던 코웰이 의아한 얼굴로 끼어들었다.

"뭐야, 저 꼬맹이가 신관 지망생이라고? 근데 지망생이 성력을 쓸 수도 있어?"

"응, 그렇다던데?"

"에이, 그런 게 어딨어? 지망생은 아직 신의 문장도 받지 않은 상태라는 거잖아. 문장을 받은 정식 신관들도 잘 다루지 못하는 게 성력인데, 그걸 지망생이 쓸 수 있다고? 그게 말이 돼?"

"하지만 엘이 그렇게 말했는걸? 실제로 헤롤도 이렇게 치료했잖아."

"그거 정말 확실한 거야?"

"뭐?"

"저 꼬맹이가 쓴 능력이란 게 성력이 확실하냐고. 사실이 아니면 이건 거의 종교 재판 회부감 아닌가?"

"조, 종교 재판?"

놀란 사람들 사이에서 웅성거림이 퍼졌다. 일행들의 얼굴 역시 파리하게 질린 상태였다. 코웰은 코웃음을 치며 보란 듯이 목소리를 높였다.

"그렇잖아. 문장도 없는 가짜 신관이 사람을 치료했다, 이걸 어느 교단에서 용납하겠어?"

"멋대로 생사람 잡지 마! 아무리 그래도 종교 재판이라니!"

"그러니까 제대로 짚고 넘어가려는 거잖아. 저 말이 사실이야, 사제님? 정말 그런 일이 가능해?"

"……."

1초의 시간이 몇 시간처럼 길게 느껴졌다. 나는 두 눈을 질끈 감고 앞으로 이어질 참담한 시간들을 생각했다. 머릿속에선 온통 종교 재판이라는 네 글자만 둥둥 떠다녔다. 마치 사형 선고를 앞둔 죄수가 된 심정이었다.

그런데 그 순간 예상을 가르고 뜻밖의 대답이 들려왔다.

"그의 말이 맞습니다. 상당히 드문 일이긴 합니다만, 저희 형벌의 사제들 중에선 간혹 정식 문장을 받기 전에 성력을 쓰기도 합니다."

"……!"

"엥? 그게 정말이야?"

나는 반사적으로 고개를 들었다. 카이테인은 전혀 아무렇지 않은 얼굴로 나를 바라보고 있었다. 오히려 응시하는 눈길에서 친근함까지 느껴졌다. 처음 내가 엘뤼엔을 언급했을 때만큼이나 반가운 표정이었다.

설마 즉석에서 지어낸 그 거짓말이 정말 가능한 일인 건가? 나조차 이 상황이 얼떨떨한데 코웰이라고 쉽게 받아들일 리 없었다. 그는 여전히 미심쩍은 표정을 지으며 물었다.

"형벌의 신의 사제들은 그렇다는 거지? 그럼 저 꼬맹이도 사제님과 같은 교단이라는 거야?"

"예, 그렇다고 들었습니다."

"뭐야, 사제님은 이미 알고 있었어?"

"처음 인사를 드렸을 때 알려 주셨습니다. 성력을 갖고 계시다는 건 지금 알게 됐지만요. 엘, 왜 진작 말씀하시지 않으셨습니까? 처음부터 알았다면 당신은 당연히 신관이 되실 거라고 알려 드렸을 텐데요."

"아하하…… 그, 그게 말이죠……."

"하긴, 이해합니다. 오랜 세월을 옆에서 조언받을 일 없이 혼자서 수련을 해 왔다면 아무래도 남들 앞에서 내보이기 조심스러웠겠죠. 아무튼 큰일을 해내셨군요. 엘뤼엔 님께서 기뻐하실 겁니다."

부드럽게 건네는 말에 나는 어색한 웃음으로 답했다. 덕분에 일행들은 이제 완전히 안심한 분위기였다. 경직된 공기가 풀리자마자 그들은 매서운 표정으로 코웰을 노려보았다.

"그것 봐. 사제님도 맞다고 하시잖아. 잘 알지도 못하면서 괜히 사람을 엄하게 몰아가고 그래?"

"아니, 뭐…… 난 그냥 뭐든 확실히 해 두자는 거였지. 사실로 밝혀졌으니 다행이네. 누가 뭐래?"

"쯧쯧. 너 말이다, 친구 없지?"

"뭐야? 누가 그래? 나 친구 완전 많거든?"

퉁명스럽게 쏘아붙인 그는 곧 사나운 눈길로 나를 훑어보았다.

"사실 난 아직도 좀 이해가 안 돼. 혹시 사제님이 저 꼬맹이 감싸 주려고 거짓말 하는 건 아냐?"

"그게 무슨 말도 안 되는 소리야?"

"하지만 아무리 생각해도 이상하잖아. 형벌의 신은 아직 신도가 얼마 되지도 않은 작은 교파라고. 정식 교단 등록을 한 지 이제 십 년은 됐나? 게다가 포교 활동도 그리 활발하지 않은 편이지. 그런데 이 넓은 대륙에서 그 교단의 수련 사제와 사제 지망생이 우연히 만날 확률이 얼마나 되겠어?"

"아니, 그건……."

"우연이 아닙니다."

이번만큼은 정말 억울했기에 나는 제대로 반박을 하려고 했다. 그런데 나보다 먼저 단호한 대답이 이어졌다. 바로 카이테인이었다. 나는 다시 당황해서 그를 바라보았다. 그의 표정은 조금 전과 전혀 다르지 않았다.

"우연이 아니라고?"

"예. 사실 저도 처음엔 그저 신기한 인연이라고만 여겼습니다. 하지만 오늘에서야 비로소 알게 됐지요. 엘과 제가 만난 것은 단순한 우연이 아닙니다. 바로 저희를 관할하시는 형벌의 신, 엘뤼엔 님의 뜻이었습니다."

"네? 엘뤼엔…… 님이요?"

여기서 왜 갑자기 엘뤼엔이 나오는 걸까. 나는 어리둥절해져서 카이테인을 똑바로 응시했다. 다른 사람들도 모두 그의 얼굴을 주목하고 있었다.

"실은 이곳에 오기 전에 전 원래 엘을 찾아가던 길이었습니다."

"저를요?"

내가 손가락으로 나를 가리키자 그는 부드럽게 웃으며 고개를 끄덕였다.

"당신에게 꼭 드려야 할 얘기가 있었습니다."

"무슨……."

"놀라지 말고 들으십시오. 사실은 조금 전 기도 중에 당신과 관련된 신탁을 받았습니다."

"시, 신탁!"

탄성은 주위에 있던 사람들 중에서 터져 나왔다. 코웰은 물론 샴페인 용병단원들도 크게 놀란 표정이었다.

나는 돌아가는 상황을 파악하기 위해 잠시간 머리를 굴렸다. 내가 알기로 신탁이라는 건 신이 인간들에게 직접적으로 전해 주는 메시지의 한 종류였다. 카이테인이 믿는 신은 형벌의 신이고, 형벌의 신은 엘뤼엔이다. 그리고 형벌의 신이 조금 전 카이테인에게 신탁을 내렸다. 그러니까 한마디로 말해, 엘뤼엔이 카이테인에게 메시지를……

"……헐. 자, 잠깐만요. 그러니까 지금…… 엘뤼엔…… 님이 카이 씨에게 신탁을 내렸…… 아니, 내리셨다구요?!"

거대한 쇠망치로 머리를 얻어맞는다면 이런 느낌일까? 스스로 판단하고도 믿어지지 않는 기분에 나는 애써 침착하게 물었다.

카이테인은 그런 나를 이해한다는 듯이 바라보며 고개를 끄덕였다.

"정말 놀라운 경험이었습니다. 제 방에서 홀로 조용히 기도를 드리고 있는데 창가에 하얀 새가 날아 들어와 제 앞에 앉더군요. 그러자 갑자기 새의 입에서 전능하신 그분의 음성이 들려왔습니다. 제 평생에 이렇게 분명한 신의 음성을 들은 것은 이번이 처음이었죠."

아직도 그때의 여운을 잊지 못한 듯 카이테인의 눈빛이 감동으로 일렁거렸다. 하지만 난 엘뤼엔이 직접 연락을 해 왔다는 사실에 놀라느라 여전히 어안이 벙벙한 상태였다.

신전에 가기 전까진 절대 그와는 연락이 닿을 수가 없을 거라고 여겼다. 설령 도착하더라도 만날 수 있을지 백 퍼센트 확신할 수 있는 것도 아니었다. 솔직히 아무 때나 만나지도 못하는 관계, 한쪽에서 차단하면 언제든 끝이 날 이름뿐인 부자(父子)라고 생각했으니까. 그런데 설마 그쪽에서 먼저 반응을 보이다니. 드라마나 영화 속에서만 보던 배우가 실제로 눈앞에 튀어나온 듯 현실감이 느껴지지 않았다.

"그, 그렇군요. 그, 그래서 그분이…… 뭐라고 하시던가요? 분명 저와 관련된 신탁이라고 하셨죠?"

"네, 맞습니다. 엘뤼엔 님께선 빠른 시일 내에 엘, 당신과 만나기를 원하십니다. 그분께서 제게 당신을 신전까지 인도할 안내자의 역할을 내리셨습니다."

"안내자요……? 저기, 그럼 엘뤼엔…… 님은 제가 신전으로 찾아가는 중이라는 걸 이미 알고 있다는, 아니, 있으시다는 건가요?"

"당연한 말씀을 하시는군요. 신은 만물을 다스리고 관장하시는 분. 하물며 당신의 종이 찾아오는 길을 모르실 리가 없잖습니까."

"하아, 그래요……."

그럼 내가 지금까지 그를 팔아(?) 연명하던 쇼들을 엘뤼엔이 전부 지켜보고 있었다는 건가. 엄습하는 쪽팔림에 얼굴이 뜨거워졌다. 훗날 그를 만나면 어떤 얼굴을 하고 대해야 할지 벌써부터 걱정이 되기 시작했다.

그러나 카이테인의 말은 거기서 끝난 것이 아니었다. 내가 진심으로 기함을 토할, 엄청나게 충격적인 이야기는 따로 있었다.

"게다가 이것만이 아닙니다. 클모어에 있는 신전에도 당신이 신전을 방문한다는 신탁이 내려졌다고 합니다."

"네? 뭐, 뭐라고요?!"

"놀랍게도 대예배 시간에 대천사 나드엘이 직접 강림하여 신의 뜻을 전했다고 하더군요. 천사의 강림으로 현재 클모어의 신전은 그 어느 때보다 강력한 성력이 흐르고 있다고 합니다. 온몸이 썩어 가는 병을 앓는 자가 신전 입구에 이르기만 해도 그 자리에서 낫는가 하면 시들어 가던 작물이 되살아나는 등, 곳곳에서 갖가지 기적들이 펼쳐지고 있다는 겁니다. 지금 대사제님을 비롯한 모든 사제들이 당신의 방문만을 손꼽아 기다리고 있다고 들었습니다."

"……!"

맙소사, 대예배 시간에 신탁? 그것도 대천사의 강림?! 엘뤼엔, 대체 무슨 생각을 하는 거야!

나는 경악한 상태로 멀거니 입만 뻐끔거렸다. 그런 나를 향해 카이테인이 웃으며 말하는 소리가 귓가에 허무하게 스쳐 지나갔다.

"당신은 굉장한 행운아군요. 이렇게 엘뤼엔 님의 관심과 사랑을 받는 존재라니, 정말 부럽습니다."

"……."

정말이지 앞날이 캄캄해지는 순간이었다.

*   *   *

사시사철 화창한 봄 날씨를 유지하고 있는 엘뤼엔의 성역은 오늘도 평화로웠다.

빛으로 빚어진 듯 아름다운 궁성. 그 안에 누군가 춤을 추듯이 날아들었다. 새하얀 은발에 보석같이 반짝이는 분홍색 눈동자, 발갛게 물든 뺨이 깨물어 주고 싶을 만큼 사랑스러운 소녀였다. 그녀의 어깨에는 고위 신족을 상징하는 새하얀 여섯 장의 날개가 기분 좋게 팔랑거리고 있었다.

"주군! 주군!"

소녀는 부산스럽게 소리치며 집무실 문을 열었다. 그 점잖지 않은 행동에 몇몇 선배 천사들이 가만히 얼굴을 찌푸렸지만 지금 소녀의 눈에는 한창 업무 중인 그의 주군 외에는 아무것도 들어오지 않는 상태였다.

소녀의 하나뿐인 주군, 엘뤼엔은 소란 속에서도 아무런 동요를 보이지 않았다. 그는 응시하고 있던 서류에서 시선을 떼지 않은 채 입을 열었다.

"맡긴 일은 제대로 처리하고 온 거냐, 나드엘."

"네, 그럼요! 나드엘, 주군의 명을 무사히 마치고 돌아왔답니다!"

나드엘은 밝게 웃으며 노래하듯이 대답했다. 정식으로 업무 보고를 하는 것치고는 지나치게 명랑한 태도였다. 선배 천사들은 한숨을 내쉬며 고개를 흔들면서도 이내 어쩔 수 없다는 듯이 웃었다. 천방지축이었지만 바로 저런 면이 나드엘만이 지닌 장점이기도 했다.

엘뤼엔은 보고 있던 서류의 마지막 장에 그의 직인을 찍은 후 들고 있던 깃펜을 내려놓았다. 그러자 다음 안건을 준비 중이던 천사가 조용히 허리를 굽히며 서류를 물렸. 그가 깃펜을 내려놓는다는 것은 잠시 휴식을 취하겠다는 의미였기 때문이다.

내리뜬 푸른색의 눈동자가 곧게 자신을 응시하자 천하의 나드엘도 긴장할 수밖에 없었다. 언제 보아도 정말 숨 막히게 아름다운 얼굴이었다.

"내려가 보니 어떠하더냐?"

"앗! 네, 넵! 중간계는 처음 가 봤는데 생각보다 아름다웠어요. 물론 저희들이 사는 이곳 궁처만큼은 아니지만요. 제가 나타나니까 인간들이 굉장히 크게 놀라더라구요. 그 표정이 재미있었어요, 헤헤……."

"내가 전하라고 한 말은?"

"물론 빠짐없이 전부 다 전했죠! 곧 엘이라는 이름의 귀한 손님이 방문할 테니 모두 몸과 마음을 정결히 하고 그분을 맞이할 준비를 하라고 했어요. 그리고 그분이 머무는 동안 각별히 신경 쓰라는 당부도 잊지 않았어요."

"그래, 빠트린 부분은 없는 것 같구나."

"네! 잊어버리지 않기 위해서 속으로 계속 연습했거든요. 앗, 그치만 걱정 마세요! 제 평소 말투대로 하지 않고 언니들처럼 엄숙하게 말했으니까요! 나드엘, 주군의 위엄을 해치지 않기 위해 열심히 노력했답니다!"

'아아, 나드엘.'

생글생글 웃는 얼굴에 선배 천사들은 다시금 머리를 짚었다. 대체 언제쯤이면 고위 천사다운 체통을 차릴 수 있을까. 순수하고 명랑한 모습이 귀엽긴 했지만 혹여 저러다 주군의 분노라도 사진 않을까 우려가 되는 건 어쩔 수 없는 일이었다. 그러나 예상과는 다르게 엘뤼엔은 그저 가볍게 미소 지을 뿐이었다.

"그래, 수고했다."

"헤헤, 뭘요. 주군의 명으로 하는 일인데 하나도 힘들지 않아요. 그보다 주군, 한 가지 궁금한 게 있는데 여쭤 봐도 될까요?"

"뭐지?"

"엘이라고 하는 분이요. 혹시 물의 정령왕인 엘퀴네스 님이신가요?"

"그래, 그가 맞다."

"헤에, 역시 그렇군요. 왠지 그런 것 같았어요. 주군께서 인간들에게 이렇게 대단위의 신탁을 내리신 일은 이번이 처음이시잖아요. 아드님이 걱정되신 거군요."

조마조마하게 지켜보는 언니들의 심정을 아는지 모르는지, 나드엘의 질문은 거침이 없었다. 그리고 엘뤼엔은 이번에도 불쾌한 기색 없이 그저 미소 짓기만 했다.

만약 그를 아는 다른 신들이 지금 이 광경을 본다면 경악할 것이 틀림없었다. 평소 서리처럼 차갑고 엄격한 그라고는 전혀 생각할 수 없는 모습일 테니까. 그건 덩치 큰 남자에게 프릴 드레스를 입히는 것만큼이나 안 어울리는 조합이었다.

사실 엘뤼엔은 다른 때에도 이 작은 소녀에게만큼은 특별히 관대한 편이었다. 다른 천사였다면 분명히 문제 삼았을, 아무리 큰 실수를 저질러도 간단한 충고만 하거나 별다른 꾸중 없이 넘어가는 일이 많았다. 본래 엘뤼엔의 성격상 자신에게 속한 사람들은 잘 챙기는 편이긴 하지만 유독 나드엘에게 더 애정을 보이는 것도

제4화

부정할 수 없는 사실이었다.

 이상한 건 다른 천사들 또한 그녀가 받는 특별대우를 당연하게 인식하고 있다는 사실이었다. 지금처럼 철없이 굴거나 버릇없이 나설 때에도 화가 나는 게 아니라 혼이 날까 걱정이 더 앞섰다. 엘뤼엔의 궁처에 있는 천사들이라면 모두 나드엘을 딸처럼 예뻐했다. 마치 무언가에 홀리기라도 한 것처럼 말이다.

 '아, 그러고 보니 나드엘은…….'

 그 순간 천사들은 모두 머릿속에 똑같은 생각을 떠올렸다.

 신족의 성격은 첫 탄생 때 관여한 존재의 영향을 받아 형성이 된다. 때문에 일반적으로는 그들을 '불러낸' 신의 성격을 닮는 것이 보통이었다. 그러나 우연스럽게도 나드엘의 탄생 때는 그 자리에 엘뤼엔 외에 한 사람이 더 있었다. 요즘 신계 전체에 파다한 소문의 주인공, 바로 그가 얼마 전에 양자로 맞아들인 물의 정령왕 엘퀴네스 말이다.

 매일 산더미처럼 서류가 쏟아지는 피 말리는 일정 속에서도 그가 틈틈이 양자의 일정을 살핀다는 건 궁처 내에서 모르는 천사들이 없었다. 그때가 바로 얼어붙은 가면처럼 무표정한 그의 얼굴에서 희미한 미소라도 볼 수 있는 유일한 순간이기도 했다.

 주위에선 단순히 변덕을 부린 것뿐이라고 술렁거렸지만 궁처의 누구도 그렇게 생각하지 않았다. 아들을 맞이하기 위해 친히 신탁을 내릴 정도이니 여기서 더 무슨 말이 필요하겠는가. 심지어 그가 그런 결정을 한 이유 또한 매우 간단했다.

내 아들이 인간들에게 무시당하면 안 되니까.

그렇게 귀애하는 아들의 성향을 받은 소녀다. 이제야 엘뤼엔이 그녀에게 관대한 이유를 알 것 같았다. 그리고 또한 그녀들이 나드엘에게 한없이 약한 이유 역시.

결국 팔불출도 유전인 것이다.

1.

 마수의 토벌은 성공했지만 마을의 분위기는 썰렁했다. 희생자의 숫자가 너무 많았기 때문이다. 약 스무 명에 해당하는 일꾼 중에서 살아남은 것은 처음 도망쳐서 소식을 알린 대여섯 명뿐. 나머지는 모두 싸늘한 시신이 되거나, 그마저도 수습을 하지 못하는 처지가 되었다.

 아무리 규모가 큰 마을이라 해도 이 세계는 지구에 비해 인구 자체가 많지 않았다. 특히 지난 가뭄 이후로 그나마 있던 숫자마저 현저히 줄어든 상태였고, 그것은 곧 한 집 건너 한 집끼리 아는 사이라는 말과도 같았다. 마을은 전체가 장례 분위기에 빠졌다.

"……그렇게 됐구나."

이사나는 침울한 얼굴로 고개를 끄덕였다. 마을로 돌아오자마자 정신을 차린 그에게 나는 그사이에 있었던 일들을 전부 알려 준 참이었다. 그는 모든 일이 잘 해결된 것을 기뻐하면서도 그 순간을 함께하지 못했다는 것을 매우 아쉬워했다.

"그런데 엘, 다른 사람들은?"

"헤롤은 아직 의식이 없는 상태고, 나머지 사람들은 다른 용병단들과 함께 다음 일정을 의논하고 있어. 상단주가 계약을 해지하지 않은 모양이야. 오히려 의협심에 감동했다며 추가 수당을 주겠다고 했대."

"와, 그게 정말이야?"

"응. 정말 굉장하지?"

그건 휴센조차 계산하지 못했던 일이었다. 구두쇠라는 별명이 있을 정도로 돈에 관련된 일에 인색한 상단주다. 그런 그가 멋대로 계약을 해지하려고 한 책임을 묻기는커녕 오히려 추가 수당을 내줄 줄이야. 심지어 마수의 시체를 시세보다 더 비싼 값에 매입해 주기까지 했다. 이름 높은 대상이라고 하더니, 다 그럴 만한 이유가 있다는 생각이 들었다.

"다행히 네가 정령사라는 사실은 크게 주목을 받지 않는 것 같아. 마수를 잡을 때 큰 활약을 한 것도 내가 알리지 말아 달라고 했어. 눈에 띄어서 좋을 건 없으니까."

"으응, 그러고 보니 미안해, 엘. 내 맘대로 결정하고 멋대로 밝혀 버려서……."

"아냐, 어차피 이번 여정은 너를 위한 거잖아. 앞으로도 하고 싶은 일이 있으면 뭐든 결정해도 괜찮아. 굳이 내 의견은 묻지 않아도 돼."

"그치만……."

"괜찮다니까. 그보다 반가운 소식이 있어. 이사나, 너한테 좋은 소식이야."

"응? 나한테 좋은 소식?"

어리둥절해하는 그에게 나는 웃으며 고개를 끄덕였다.

"지금 여기서 시큐엘을 소환해 볼래?"

"시, 시큐엘? 상급 정령 말이야?"

"응, 이제 할 수 있을 거야."

정령사로서 큰 체험을 한 덕분일까. 아직 본인은 의식하지 못하는 듯했지만 기절한 이후로 이사나가 다룰 수 있는 마나량이 한층 풍부해져 있었다. 잠시간 주저하던 그는 내 시선에 용기를 얻었는지 차분히 심호흡을 하고 정신을 집중했다.

"시큐엘 소환!"

쏴아아—

그 순간 청량한 바닷가의 내음과 함께 허공에서 물결이 파도처럼 일기 시작했다. 방 안이 온통 물에 잠긴 것 같은 착각이 들 정도였다. 사납게 몰아치던 파도는 이윽고 점차 한곳으로 뭉치더니 고아한 늑대의 모습으로 화했다.

―온 세상의 물을 주관하시는 분, 나의 군주, 물의 왕을 뵙습니다.

시큐엘은 바닥에 내려앉자마자 내게 인사부터 건넸다. 그러자 이사나의 눈이 휘둥그레졌다.

"어, 어? 엘, 나한테 시큐엘의 목소리가 들려!"

"응, 그럴 거야. 상급 정령부터는 의사소통이 가능하거든."

"헤에, 그렇구나."

상급 정령을 소환한 여파인지 이사나의 얼굴은 조금 전보다 하얗게 질려 있었다. 그럼에도 의식을 놓지 않는 걸 보면 다행히 견딜 만한 수준인 듯했다.

이윽고 시큐엘의 시선이 자신에게 이르자 그는 무척 긴장한 표정을 지었다. 시큐엘은 그에게도 정중하게 고개 숙여 인사를 건넸다. 약간의 웃음기를 담은 다정한 목소리였다.

―처음 뵙겠습니다, 왕의 계약자시여.

"아, 마, 만나서 반가워. 나는 이사나라고 해."

―정식으로 인사를 드려 기쁩니다. 당신의 힘이 제게 닿는 순간을 기다려 왔습니다.

"나, 나를 기다렸다고?"

―물론입니다. 당신의 성장은 곧 왕의 기쁨, 그것은 모든 물의 정령들의 바람이기도 합니다. 그러므로 이 사실을 잊지 마시길. 세상의 모든 물의 정령들이 당신을 축복하고 있습니다.

"나를…… 축복한다고……."

생각지 못한 이야기를 전해 들은 사람처럼, 이사나는 한동안 말을 잇지 못했다. 먹먹하게 잠겨든 목소리와 더불어 눈동자에는 어느새 물기가 서려 있었다.

"이사나?"

"아, 괜찮아, 엘. 아무것도 아니야. 그냥…… 너무 기뻐서…… 그래서 그래."

걱정스럽게 응시하는 내게 그는 억지로 웃으며 고개를 흔들었다. 하지만 터져 나오는 울음을 감추긴 힘들었는지 그는 결국 눈물을 흘리기 시작했다.

아마도 지금까지 누군가에 따스한 위로 한마디, 축언의 말을 들어 본 적이 없었겠지. 황제가 된 이후로는 특히 더 그랬을 것이다. 나는 고개를 숙이고 있는 그의 어깨를 차분히 두드려 줬다. 그때 시큐엘이 천천히 다가오더니 이사나의 얼굴을 핥기 시작했다. 갑작스러운 행동에 당황하던 이사나는 그의 집요한 애정 공세에 밀려 곧 웃음을 터뜨렸다. 지켜보는 것만으로 훈훈해지는 광경이었다. 나는 그 모습을 웃으며 바라보다가 문득 한 가지 사실을 상기하고 말했다.

"아참, 시큐엘, 지금은 괜찮지만 다음번에 소환될 땐 나한테 그렇게 인사하지 마. 물의 왕이니 뭐니, 대놓고 그런 식으로 부르면 어떡해?"

―저, 저는 억울합니다. 왕께 인사를 드리는 것은 저희 모든 물의 정령들의 당연한 의무…….

"그래도 안 돼. 네 목소리는 다른 사람들한테도 들려서 내가 정령왕이라는 걸 들킨단 말이야."

―큥, 알겠습니다.

시큐엘은 시무룩하게 고개를 숙였다. 그러자 그 모습이 안타까웠는지 이사나가 위로하듯 그의 털을 쓰다듬었다. 시큐엘 역시 거절하지 않고 냉큼 그의 손길에 머리를 맡겼다. 벌써부터 매우 손발이 잘 맞는 두 종족이었다.

문 밖에서 노크 소리가 들려온 건 바로 그때였다.

똑똑―

"엘, 안에 계십니까?"

차분한 음성은 카이테인의 것이었다. 나와 이사나는 동시에 서로를 바라보았다. 그 뒤의 행동은 정하지 않아도 일사천리였다. 내가 문 앞으로 다가가는 동안 이사나는 얼른 시큐엘을 돌려보내고 후드를 찾아 뒤집어썼다. 나는 그가 완전히 모습을 가린 것을 확인한 다음, 문을 살짝 열어 찾아온 상대를 확인했다. 예상했던 대로 카이테인이 서있었다.

"카이 씨, 무슨 일이세요?"

"아, 늦은 시간에 갑자기 죄송합니다. 제가 쉬시는 걸 방해한 건 아닌지 모르겠네요."

"아니에요, 괜찮아요."

"혹시 잠시 시간 괜찮으십니까? 드려야 할 말씀이 있어서요."

"아, 네. 그럼 안으로 들어오시겠어요?"

"으음, 그게…… 가급적 사람이 없는 장소가 좋겠습니다."

그건 즉, 나와 단둘이서만 얘기하고 싶다는 말인가? 카이테인의 표정은 여느 때처럼 평온했지만 나는 갑자기 불길한 기분이 들기 시작했다. 아무래도 낮의 일도 있다 보니 그 의미가 그저 단순하게만 여겨지지는 않았던 것이다.

생각해 보면 내가 멋대로 급조했던 변명이 우연히 맞아떨어졌다는 게 아무래도 이상하긴 했었다. 오죽하면 코웰 역시 대놓고 감싸 준다고 의심했을까. 그 뒤 신탁에 대한 것이 공개되면서 흐지부지 넘어가긴 했지만 나 역시 그 점이 내심 찝찝했던 상태였다.

할 수 없이 나는 이사나에게 양해를 구한 다음 카이테인을 따라 문을 나섰다. 그가 향한 곳은 여관 뒤편에 마련된 작은 공터였다. 본래도 그렇게 눈에 띄는 장소는 아니었지만 시간이 꽤 늦은 탓인지 근처에도 오가는 사람이 없었다. 카이테인은 잠시간 주위를 살핀 다음 나를 향해 돌아섰다. 그리곤 부드럽게 웃으며 말했다.

"죄송합니다. 이런 곳까지 오시게 해서 좀 놀라셨지요?"

"아하하, 뭐……."

그는 어색하게 웃는 나를 가만히 응시했다. 그 시선엔 여전히 호의가 담겨있었다. 당황스러운 건 그의 다음 행동이었다. 그가 갑자기 내게 정중히 허리를 굽힌 것이다. 그 순간 귓가에 청천벽력 같은 소리가 들려왔다.

"한 세계의 흐름을 관장하는 존재. 물의 왕, 엘퀴네스 님을 뵙게 되어 영광입니다."

"……!"

지금, 날 엘퀴네스라고 부른 거 맞지?

머리부터 발끝까지 싸늘하게 식어 가는 기분이었다. 도대체 어떻게 안 것일까. 설마 조금 전 시큐엘이 소환된 걸 보기라도 한 걸까? 얼굴이 굳는 것이 느껴졌지만 표정이 도무지 수습되지 않았다. 나는 억지로 침착하려고 노력하며 간신히 입을 열었다. 뭐가 어떻게 된 건지는 모르겠지만 지금은 돌아가는 상황을 파악하는 게 우선이었다.

"어떻게……."

다행히 꺼질 듯 작게 흘러나온 목소리를 카이테인은 용케 알아들었다. 그는 차분하게 대답했다.

"신탁입니다."

"……신탁?"

"제가 사람들 앞에서 공개한 신탁은 사실은 전체 내용 중 일부였을 뿐입니다. 엘뤼엔께서 제게 내리신 자세한 내용은 이러했습니다."

일부였다고?

내가 의아하게 바라보자 카이테인은 눈을 감고 호흡을 정돈했다. 이윽고 그의 입에서 낮은 음성이 흘러나왔다.

"바다의 머리색을 지닌 소년을 보필하여 내 곁으로 인도하라. 내 종에게 내리는 특별한 소명이니. 이는 거짓을 진실로, 진실을 거짓으로 만들기 위함이라. 그는 곧 신의 아들이자 물의 왕이라."

말을 마친 후 카이테인은 감고 있던 눈을 떴다. 동시에 나는 멈췄던 숨을 길게 내쉬었다. 그는 떨떠름해하는 나를 향해 빙긋 웃었다.

"처음엔 물의 왕이라는 것이 무슨 의미인가 굉장히 많이 생각했습니다. 그것을 묻기 위해 당신을 찾아가려고 했었지요. 그러다 당신이 사람을 치료했다는 말을 듣고 그제야 깨달았습니다. 물의 정령왕에게 치료의 능력이 있다는 사실을 말입니다."

"……아하하, 역시 너무 억지였죠. 문장도 받지 않은 신관이 성력을 쓴다는 거짓말 따위……."

"그렇기도 합니다만, 사실 눈에 띄는 건 엘퀴네스 님의 치료 능력 자체입니다. 아무리 대단한 신관이라도 그만한 부상을 완전하게 치료하긴 어렵거든요. 설령 가능하다 해도 상당한 성력을 써야 하기 때문에 치료 직후엔 탈진하는 것이 정상이지요. 하지만 당신은 그렇지 않으시더군요."

"그, 그렇군요."

예상은 했지만 그렇게 대놓고 허점을 드러내고 있었을 줄이야. 유희를 처음 해 본다고 광고하는 것도 아니고, 남의 눈에 내가 어떻게 비쳤을까 싶으니 민망해서 고개를 들 수가 없었다. 마치 실수만 연발하는 사회 초년생이라도 된 심정이었다.

"그럼 혹시 신전 쪽에서도 절 알고 있나요?"

"아아, 그건 아닙니다. 엘퀴네스 님의 정체는 제게만 따로 알려 주신 것 같았습니다. 제가 감히 신의 뜻을 헤아리긴 힘들지만, 짐작건대 아마도 이번 사건을 수습하시기 위한 것이 아니셨나 싶습니다."

그래, 역시 그렇겠지.

만약 내 정체를 알지 못했다면 신관인 카이테인이 성력에 관계된 일을 그렇게 쉽게 수습해 주진 않았을 것이다. 그건 엘뤼엔의 이름을 파는 일이기도 했으니까. 그렇기에 그가 직접 그런 신탁을 내린 것이다.

거짓을 진실로, 진실을 거짓으로.

지금 내 상황과 참으로 잘 어울리는 말이 아닌가.

일단 카이테인만이 알고 있다고 생각하니 안도감이 들었다. 적어도 그러면 누군가에게 함부로 내 정체를 발설할 사람으로는 보이지 않았으니까. 엘뤼엔도 생각이 있을 테니 아무한테나 진실을 알려 주진 않았을 것이다. 하지만 그렇다고 착잡한 심정까지 나아지는 건 아니었다.

"으음, 우선 일을 이렇게 만들어서 미안해요. 제가 민폐를 끼쳤네요."

"아닙니다. 곤란한 상황이셨으니 이해합니다. 오히려 저로서는 감격스럽기만 합니다. 간혹 문헌을 통해 정령왕들께서 인간들의 세상을 유람한다는 이야기는 읽었지만 설마 이렇게 직접 뵙게 될 줄은 몰랐습니다. 함께하시는 라이라는 소년이 계약자이신 겁니까?"

"네, 맞아요."

내가 고개를 끄덕이자 카이테인은 그럴 줄 알았다는 표정을 지었다. 그리고 잠시 후 그가 잠시 주저하며 입을 열었다.

"외람되지만 한 가지만 더 여쭤 봐도 되겠습니까?"

"네? 무엇을……."

"혹시 라이라는 분의 정체가…… 이 제국 스왈트의 황제 폐하는 아니신지요."

"……!"

이번에도 나는 소리 없이 굳었다. 정직한 반응을 본 카이테인은 씁쓸히 웃으며 고개를 끄덕였다.

"그럴 거라 생각했습니다. 그렇다면 삼 일의 기적 역시 엘퀴네스 님의 작품이겠군요."

"으음, 그게요……."

"염려하지 마십시오. 다른 사람에게는 절대 이 사실을 발설하지 않겠습니다."

내 표정이 급격히 흐려진 탓인지 그는 서둘러 말을 이었다. 나는 복잡한 기분으로 그를 바라보다 푹 한숨을 내쉬었다. 어차피 이제 와선 그를 믿는 것 외에는 방법이 없었다.

"카이 씨의 성품을 믿어요. 그 말을 지켜 주시길 바랄게요."

"물론입니다. 엘뤼엔 님의 이름을 걸고 약속드리겠습니다."

강직한 대답에 나는 안심했다. 성직자가 하는 약속은 그 자체만으로 의미가 있다. 특히 이 세계에서는 신의 영향이 강한 만큼 이름을 걸고 하는 약속을 함부로 내뱉지 못했다. 어길 경우 그대로 저주가 되어 자신에게 돌아오기 때문이다. 최악으로는 모든 성력을 잃고 교단에서 파면당할 수도 있었다. 그런 위험부담을 감수한 만큼, 그는 반드시 자신이 한 말을 지켜 낼 터였다. 왠지 든든한 아군을 얻은 기분이었다.

이후 나와 카이테인은 공터에 앉아 한동안 편하게 대화를 나눴다. 그러던 중 나는 그로부터 뜻밖의 이야기를 전해 들을 수 있었다.
"그러고 보니 엘퀴네스 님, 혹시 이전에도 엘뤼엔의 사제라고 말씀하신 적이 있으십니까?"
"음, 그랬던 것 같기도 하네요. 하지만 제가 직접 꾸민 건 아니에요. 아픈 아이가 있어서 치료를 해 줬더니 저를 사제로 오해하더라고요."
"그렇군요. 그럼 헤어진 기사들도 그 사건을 알고 있습니까?"
나는 그때의 일을 회상하며 고개를 끄덕였다. 이름이 레이라고 했던가? 훗날 그 아이가 목걸이를 가지고 황성으로 찾아올 때를 대비해 기사들에게도 어느 정도의 사정은 설명해 둔 터였다. 카이테인은 납득한 표정을 지으며 매끄러운 자신의 턱을 쓰다듬었다.
"아아, 역시. 그 소문은 그것 때문이었군요."

"네? 무슨 소문이요?"

"모르고 계셨습니까? 실은 삼 일의 기적 이후로 제국에 여러 가지 소문들이 파다합니다. 그중 하나가 현 황제의 뒤를 지키고 있는 신이 형벌의 신 엘뤼엔이라는 것이었지요."

"엑? 그, 그게 정말이에요?"

당황해서 바라보자 카이테인은 아무렇지 않게 고개를 끄덕였다.

"예, 그것 역시 삼 일의 기적을 소문낸 의적단에게서 나온 말이었죠. 국교신인 마신이 있는데도 불구하고 저희 같은 작은 교단이 언급되는 것이 조금 이상했는데, 이제야 의문이 해소되었네요."

"자, 잠깐만요. 설마 그로 인해 피해를 입은 건……."

"아아, 아뇨, 그건 아닙니다. 어차피 확인되지 않은 소문일 뿐이니까요."

"그래도 괜찮은 건가요? 여긴 마신을 최고신으로 섬긴다면서요. 교황조차 황제를 찾는 수배령을 내릴 정도인데, 그런 소문을 듣는다면 거기서 시비를 걸어올 수도 있지 않을까요?"

"음, 그렇진 않을 거라 생각합니다."

"하지만……."

"정말 괜찮습니다. 저도 자세한 연유는 모르겠지만, 마신교에선 저희 교단을 조금 꺼리는 성향이 있더군요. 아마 소문을 낸 기사들도 그것을 알기 때문에 괜찮을 거라 생각했던 것 같습니다."

"꺼린다고요?"

"네, 확실히 꺼립니다. 보통 작은 교단은 큰 세를 지닌 신전 측에서 내정 간섭을 하는 편인데, 저희들은 한 번도 그런 일을 겪은 적이 없었습니다. 오히려 편의를 봐주려고 했을 정도지요. 지금도 소문이 파다한 상황인데 아직 본교 쪽에 연락이 왔다는 이야기는 한 번도 듣지 못했습니다. 보통은 기실을 확인하기 위한 서신이라도 보내는 것이 정상인데 말입니다. 이 모든 것이 엘뤼엔 님의 은혜가 아닌가 싶습니다."

……그게 아니라 엘뤼엔의 더러운 성질머리 때문이겠지.

나는 목까지 치밀어 오른 말을 삼키며 억지로 웃었다. 그 악명이 얼마나 높은지, 마족은 물론 다른 신들조차 두려워하는 존재라고 했던가. 설마 그것이 인간들 세계에서 이런 식으로 영향을 보일 줄은 몰랐다.

이 순간, 이 가련하고도 순진한 어린양에게 차마 진실을 알리지 못하는 것이 애달플 뿐이었다.

2.

헤롤이 의식을 차린 것은 이튿날 늦은 오후였다. 오랫동안 피로가 누적된 탓인지, 상처가 완전히 나았음에도 불구하고 그는 좀처럼 잠에서 깨어나지 못했다. 그 탓에 일행들은 온종일 그의 곁을 떠나지 못하고 한 자리를 맴돌고 있는 상태였다.

"으음……."

"헤롤!"

"나야, 헤롤! 정신이 들어?"

그의 의식이 돌아오기 시작하자 일행들은 모두 환해진 얼굴로 침대 앞에 몰려들었다. 그러나 정작 헤롤은 이것이 현실인지 아닌지조차 구분하지 못하는 듯했다. 그는 한참이나 멍하니 눈을 껌뻑거리며 일행들을 천천히 바라보았다. 무언가 납득하지 못한 듯, 의아한 표정이었다.

"……이거, 혹시 꿈?"

부르튼 입술 사이에서 잔뜩 잠긴 목소리가 흘러나왔다. 하지만 그 질문엔 누구도 대답을 잇지 못했다. 그 순간 벌떡 몸을 일으킨 그가 눈을 부릅뜬 채 소리쳤기 때문이었다.

"아, 이런 젠장! 뭐야, 너희들! 설마 그깟 마수 하나를 못 이겨서 죄다 죽은 거야?"

"엥? 그게 무슨 헛소리야?"

"그런 게 아니라면 너희들이 어떻게 이곳에 와 있는 거야! 난 죽었잖아! 죽은 사람과 같은 장소에 있다면 너희들도 당연히 죽은 거 아니야?"

당당한 외침에 일행들은 모두 황당한 표정을 지었다. 겨우 깨어났나 했더니 설마 일어나자마자 헛소리를 늘어놓을 줄이야. 다만 그가 아직 정상이 아니라는 것, 그것만은 확실해 보였다.

"……으음, 잠깐 기다려, 헤롤. 지금 네가 막 일어나서 뭔가 혼동이 온 모양인데……."

"아아, 됐어. 변명은 하지 말아 줘. 하긴, 그 마수가 좀 강하긴 했어. 이 헤롤 님을 돌아가시게 만든 녀석인데 너희들 정도는 당연히 손쉽게 해치웠겠지. 나 참, 정말 어쩔 수 없다니까."

"그러니까 그게 아니라……."

"됐어. 내가 다 이해한다니까 그러네. 설마 죽어서까지 너희들과 부대끼며 살게 될 줄 몰랐지만 이게 내 운명이라면 받아들여야지. 아무튼 이렇게 되면 이제 가장 중요한 문제가 남았군. 자, 그래서 여긴 천국이냐, 지옥이냐?"

"……."

진지한 질문을 마지막으로 방 안엔 무거운 침묵이 흘렀다. 그러나 헤롤은 주변의 기묘하게 굳어진 분위기를 전혀 감지하지 못하는 것 같았다. 그는 나와 눈이 마주치자 환한 표정을 지었다가, 다음으로 이릴을 발견하고는 바로 실망한 얼굴을 했다.

"쳇, 엘이 있어서 천국인가 했더니, 역시 지옥이었던 거냐."

"……죽을래?"

이릴은 험악하게 얼굴을 찌푸렸다. 두 사람 사이에 잦은 다툼은 이제 일상이나 다름없었지만, 이번은 다른 때보다 한층 눈빛이 살벌했다. 애틋한 고백을 할 때는 언제고 이제 와서 완전히 태도가 달라졌으니 아무래도 더 화가 날 만도 했다. 그러자 헤롤이 다급히 두 손을 흔들었다.

"아, 잠깐. 그런 뜻 아니야. 그러니까 뭐랄까…… 이왕이면 너는 살았으면 했거든."

"……뭐?"

"바보냐, 너? 이왕이면 사랑하는 사람은 살아 주는 편이 행복하잖아. 너까지 여기로 와 버리면 내가 지켜 준 보람도 없고, 그게 뭐냐? 볼 때마다 가슴이 아플 텐데 그게 지옥이 아니면 뭐겠냐고."

"자, 잠깐! 지금 무슨 소리를!"

그 순간 이릴의 얼굴이 새빨갛게 달아올랐다. 언제나 도도하던 그녀도 이럴 땐 당황하는구나 싶으니 재밌었다. 다른 일행들 역시 키득거리며 웃기 시작했다. 그러자 이릴이 여전히 빨간 얼굴로 버럭 소리쳤다.

"우, 웃지 마, 너희들! 헤롤, 너도 이상한 소리 좀 그만해! 사람들 앞에서 민망하지도 않니?"

"이미 죽었는데 여기서 체면 차릴 게 뭐가 있겠어? 그리고 난 더 이상 내 진심을 숨기지 않기로 했거든."

"뭐, 뭐?"

경직된 이릴이 말을 잇지 못하자 헤롤은 천천히 몸을 내밀어 그녀의 양팔을 붙잡았다. 점차 다가오는 그의 얼굴에 이릴은 두 눈을 부릅뜬 채 얼어붙었다. 숨을 쉬는 것조차 잊은 듯했다. 두 사람의 얼굴은 곧 코앞까지 가까워졌다.

"이릴, 난 진심으로 너를……."

퍼억!

그러나 달콤한 분위기는 그리 오래가지 못했다. 지켜보다 못한 마이티가 그의 뒤통수를 후려쳤기 때문이다.

"큽! 이게 무슨 짓이야, 이 자식! 아프잖아!"

앞으로 고꾸라진 헤롤은 이를 갈며 마이티의 멱살을 움켜쥐었다. 마이티는 한심하다는 시선으로 그를 바라보았다.

"호오? 아프냐? 이미 죽은 주제에 챙기는 것도 많다, 너?"

"에엥? 어라? 그, 그러고 보니 그러네? 이거 뭐지? 영혼도 아픔을 느끼나?"

경험자로서 대답하는 거지만 정답은 '아니'다. 애초에 영혼은 무언가에 부딪히거나 닿을 일이 존재하지 않았다. 그냥 통과해 버리기 일쑤였으니까. 아, 그래도 같은 영혼들끼리는 접촉이 가능했던가? 그럼 부딪힐 때 아플지도?

내가 별로 중요하지도 않은 사실로 고민하고 있는 동안 일행들은 헤롤을 마구 구박하기 시작했다.

"아까부터 보자 보자 했더니…… 아주 소설을 써라, 이놈아! 네가 죽긴 왜 죽어?"

"엥? 그럼, 설마…… 내가 안 죽었다고?"

"그래, 보면 모르냐? 몸 하나 다친 곳 없이 멀쩡하잖아!"

"에엥?"

그제야 부상에 생각이 미쳤는지 헤롤은 급히 자신의 몸을 내려다보았다. 당연한 일이었지만 벌어진 셔츠 사이로 드러난 맨살은 흔한 흉터 하나 없이 매끈했다. 그는 두 손으로 몸을 더듬으며 믿을 수 없다는 듯이 중얼거렸다.

"뭐야, 이거 왜 이래? 나 분명히 다쳤는데? 근데 왜 상처가 하나도 없지? 게다가 아프지도 않잖아. 잠깐, 그럼 설마…… 내가 마수랑 싸운 것이 꿈?"

"……정신 차려, 인마. 어떻게 된 게 네 머리는 죄다 그런 쪽으로밖에 생각이 안 돌아가냐? 치료를 했다는 생각은 도무지 못 하겠든?"

"에? 치료? 아! 그러고 보니 성수가 있었지!"

이제야 상황 판단이 되었다는 듯 그는 납득한 표정을 지었다. 그러자 푹 한숨을 내쉰 쉐리가 말했다.

"그 머리로 거기까지 생각한 것만으로 대단하긴 한데, 아쉽지만 틀렸어. 그 성수, 마이티가 자기 치료할 때 이미 거의 다 써 버렸거든?"

"뭐? 으음…… 맞아, 그건 나도 기억나. 뭐야, 그럼 대체 뭐가 어떻게 된 거야?"

헤롤은 혼란스러운 표정을 지으며 두 손으로 머리를 감쌌다. 그러자 쉐리가 대뜸 나를 가리켰다.

"생명의 은인은 여기 이쪽에 있는 엘이야. 자, 어서 고맙다고 해, 헤롤."

"엥? 그게 무슨 소리야? 엘이 생명의 은인이라니?"

"당연히 치료해 준 사람이 엘이니까 그렇지. 운 좋은 줄 알아,

헤롤. 알고 봤더니 엘이 그냥 단순히 신관 지망생인 정도가 아닌 거 있지? 엄청난 성력을 쓸 수 있더라고."

"뭐? 그런 게 가능해?"

"잘 몰랐는데 이 교단에선 가능하다나 봐. 이건 카이테인 신관님이 직접 증명해 주신 거니까 틀림없는 사실이야. 심지어 신탁까지 받았다더라니까? 신관님 말로는 신이 엘을 너무 사랑한대. 그래서 아직 정식 신관이 아닌데도 성력을 쓸 수 있는 거래."

"헤에에……."

나는 뚫어지게 바라보는 헤롤을 향해 어색하게 웃었다. 마음 같아선 그게 아니라고 변명하고 싶었지만 알아서 잘 흘러가는 분위기를 일부러 망칠 순 없었다. 오히려 지금은 엘뤼엔에게 백번을 감사해도 부족했다. 창피하고 민망하긴 해도, 그가 나서 준 덕분에 자칫 골치 아파졌을 상황을 면한 것만은 사실이었으니까.

"아직 뭐가 뭔지는 모르겠는데, 날 치료해 줬다니 정말 고맙다, 엘."

"아니에요. 그보다 무사히 깨어나셔서 다행이에요. 기분은 좀 어떠세요?"

"응, 완전 상쾌해. 마치 푹 자고 일어난 기분이야."

"그건 그럴 만도 하지. 이틀이나 잤으니까."

불쑥 끼어든 목소리의 주인은 마이티였다. 그 말에 헤롤이 느긋하게 팔을 주무르다 말고 경악했다.

"헉, 이틀? 내가 그렇게나 오래 잤다고?"

"그래, 인마. 그래서 얼마나 걱정했는지 알아? 상처가 다 나았는데도 깨질 않으니까 혹시 다른 어딘가 잘못된 건 아닌가 싶어서 다들 노심초사했다고. 특히 이릴이 얼마나 초조해했는지……."

"마, 마이티! 지금 무슨 말을 하는 거야? 내가 언제 그랬다고!"

"그랬잖아. 하루에도 몇 번씩 카이테인 신관님과 엘을 번갈아 가며 추궁하지 않았던가? 대체 언제쯤 깨어나냐고 계속 귀찮게 묻고 채근했으면서."

"윽! 나, 나는 그저……!"

그때 변명하려던 이릴의 시선과 헤롤의 시선이 마주쳤다. 그러자 이릴은 꿀 먹은 벙어리처럼 입을 꾹 다물었다.

"나 걱정했어, 이릴?"

"……."

"정말?"

간신히 가라앉았던 이릴의 얼굴이 다시 붉게 타오르기 시작했다. 지켜보는 사람이 더 민망해질 정도로 노골적인 반응이었다. 일행들은 모두 혀를 차며 고개를 설레설레 흔들었다. 상황을 수습한 건 트로웰의 한마디였다.

"자, 아무래도 서로 할 말이 많을 것 같은데요. 불청객은 이쯤에서 자리를 비켜 주죠."

"아아, 역시 그래야 할 것 같군."

"어머, 그러고 보니 우리가 너무 눈치가 없었네? 호호, 두 사람

잘해 봐!"

"너, 너희들 대체 무슨 생각을 하는 거야! 하, 할 말은 무슨! 그런 거 없어! 없다고!"

일행들이 방에서 나가려고 하자 이릴이 기겁해서 소리쳤다. 하지만 돌아가는 상황은 그녀의 편이 아니었다. 특히, 헤롤은 전혀 도와줄 마음이 없는 것 같았다.

"난 있어, 이릴."

"……!"

"그냥 내보내는 게 나을 거야. 난 괜찮아도 너는 꽤 민망할 테니까."

원래 헤롤이 저런 식으로 말하는 사람이었던가? 늘 구박당하고 발끈하는 모습밖에 보지 않았기 때문에 진지한 그의 모습이 왠지 낯설었다. 다른 일행들 역시 마찬가지였는지 낮게 휘파람을 불었다. 그러니 이 상황에 직면한 당사자인 이릴은 더 당황할 수밖에 없을 것이다. 그녀는 평소답지 않게 우물쭈물하며 우리가 방을 나설 때까지 꼼짝도 하지 못했다.

이윽고 방 안엔 온전히 두 사람만 남게 되었다. 그리고 우리는 그대로 뿔뿔이 흩어졌다…… 고 했으면 좋았을 뻔했으나, 그런 일은 일어나지 않았다. 장난기가 발동한 사람들이 살짝 문틈을 내어 방 안을 염탐하기 시작했던 것이다. 전투에 뼈가 굵은 사람들답게, 그들은 매우 능숙하게 기척을 숨겼다.

"이, 이래도 될까요? 두 사람이 알면……."

"쉿! 글쎄, 괜찮다니까. 이렇게 된 이상 결과가 어떻게 되는지 끝까지 지켜봐 주는 게 예의지."

'……저 안의 사람들은 그렇게 생각하지 않을 것 같은데…….'

하지만 헤롤도 그렇고 이릴도 역시 이쪽의 상황은 눈치채지 못한 듯했다. 아마 너무 긴장한 나머지 다른 주변에는 신경을 쓰지 못하고 있는 것 같았다.

방 안에선 한동안 아무 소리도 들려오지 않았다. 헤롤은 무언가 생각에 잠긴 표정이었고, 이릴은 그런 그의 눈치를 보며 애먼 입술만 악무는 중이었다. 두 사람 사이에 줄을 타듯 아슬아슬한 긴장감이 흘렀다. 그때 헤롤이 번쩍 고개를 들더니 주위의 침묵을 단번에 깨트렸다.

"에잇! 이왕 이렇게 된 거, 우리 그냥 사귀자, 이릴."

단순한 헤롤답게 시작부터 바로 정공법이었다. 이릴의 얼굴에 황당한 표정이 떠올랐다.

"뭐, 뭐야? 너 미쳤니?"

"뭐, 어떠냐? 지금 우리가 서로 애인이 있는 것도 아닌데. 젊고 혼기도 꽉 찬 남녀가 만나는 게 이상한 일은 아니잖아."

"아무리 그래도 어떻게 그런 소리를 대놓고……!"

"그럼 어떤 식으로 말해야 하는데? 너도 복잡하게 생각하지 말고 그냥 받아들여. 솔직히 나 아니면 누가 너 같은 마녀를 바라보겠냐? 제 목숨 부지하기도 힘든 세상, 여자를 위해 마수 앞에 뛰어드는 용병이 어디 흔한 줄 알아? 넌 봉 잡은 거라고."

"우, 웃기지 마!"

이릴은 불쾌한 얼굴로 소리쳤다. 솔직히 내가 생각해도 상당히 멋없는(아니, 오히려 시비를 거는 것에 가깝지 않을까) 프러포즈를 그녀인들 기쁘게 받아들일 리가 없었다. 대화는 자연스럽게 두 사람의 다툼으로 번지기 시작했다.

"대체 내 어디가 부족한데?"

"그럼 너의 어디가 완벽하다고 생각하는데? 너, 꿈이 너무 큰 거 아니니? 아니면 날 만만히 보는 거야? 목숨 바쳐서 구해 주면 기겁하며 사귀어 줄 여자로 보여?"

"누가 그렇대? 그만큼 내 사랑이 지고지순하단 뜻이잖아. 말귀를 그렇게 못 알아먹어?"

"그래! 못 알아먹겠다! 내가 너와 사귀어야 할 이유를 대 봐! 그럼 생각이라도 한번 해 볼 테니까. 대체 무슨 심보야? 이제까지 그런 낌새는 전혀 없었던 주제에!"

앙칼지게 맞받아치는 말에 헤롤은 신경질이 난 듯 머리를 벅벅 긁었다. 원하던 분위기는 이런 게 아니었을 텐데, 마음먹은 대로 흘러가지 않는 상황에 짜증이 난 것 같았다.

"그럼 어떡하냐? 네가 날 그렇게 싫어하는데."

"하아?"

"나라고 자존심도 없는 줄 아냐? 싫어하는 사람한테 일방적으로 열 낼 수는 없잖아. 그나마 동료 취급이라도 받으려면 얌전히 있어야겠다고 생각한 것뿐이야."

"호오, 그러셔? 그러던 마음이 왜 갑자기 변하셨나? 막상 죽을 것 같으니까 아까워졌나 보지? 그래서 이때가 기회라고 고백한 거야? 그렇다면 넌 대단히 이기적인 놈이야, 헤롤. 만약 그때 네가 그런 식으로 죽었으면 나는 뭐가 되니? 평생을 죄책감에 시달리며 살라는 거냐고!"

"우씨! 그래! 그렇게라도 날 기억해 주길 바랐다. 왜, 그럼 안 되냐?"

"뭐, 뭐라고?"

쏟아지는 비난을 더 이상 참기 힘들었는지 헤롤이 지지 않고 소리쳤다. 그는 당황한 이릴을 노려보다시피 응시하며 입술을 악물었다.

"내가 이기적인 놈인 거 이제 알았어? 그동안 좋아한 세월이 아까워서라도 네가 날 알아주길 바랐다고. 그게 그렇게 큰 잘못이냐? 마지막인데 좋아한단 고백도 못 해? 사실 나도 무지 고민했어. 과연 해도 좋은 말인지 어떨지! 근데 네가 막상 딴 놈이랑 행복하게 살 미래를 생각하니까 속이 뒤집어지는 걸 어쩌라고!"

"……."

"그래도 살았잖냐? 살았으니까 이제 기회를 버리지 않으려고 발악하는 거잖아! 그걸 그렇게 못 봐 주겠냐? 용병이란 게 언제 황천길을 오락가락할지 모르는 직업인데, 그 전에 사랑하는 여자랑 연애 한 번 해 보자는 게 그렇게 어이없냐고!"

"너 그걸 지금 말이라고……!"

하지만 혜롤은 이릴의 말을 기다리지 않았다. 그는 그녀의 말을 가로막으며 다시 소리쳤다.

"사귀어야 할 이유를 대 보라고? 그게 널 사랑한다는 사람에게 할 소리냐? 이릴, 너 정말 그렇게 잔인하게 나오기야? 젠장, 이런 여자를 사랑하는 나도 미쳤지."

"……."

"하, 아무튼 대단한 여자야. 자존심도 강하고 성격도 더럽고, 심지어 포악하기까지. 게다가 그뿐이야? 다가오는 사람은 밀어내기 바쁘면서 무조건 자신에게 맞춰 주기만을 바라지. 네가 그러니까 평생 연애를 못 하는 거야."

"……너 지금 시비 거는 거야?"

"근데 더 미치겠는 게 뭔지 아냐? 그런데도 포기가 안 된다는 거야. 황당하지? 그럴 거다. 나도 지금 내가 황당하니까. 근데 이게 정말 어쩔 수가 없거든. 내 마음인데 내 뜻대로 조종이 안 돼. 뭐, 이런 거지 같은 일이 다 있냐? 안 그래?"

기가 막힌 듯 묻는 말에 이릴은 아무 말도 하지 못했다. 혜롤 역시 대답을 기대하진 않았는지 두 팔 사이에 얼굴을 깊숙이 파묻었다. 그러나 그 상태는 오래 이어지지 않았다. 그는 다시 고개를 들고는 굳어 있는 이릴을 차분히 바라보았다. 그러곤 조금 전보다 한층 가라앉은 목소리로 말했다.

"사귈 이유라고 했지. 그래, 좋아. 이렇게 하자. 앞으로 무슨 일이건 무조건 너한테 전부 맞출게."

"뭐?"

"여왕님 모시듯 하라고 하면 그렇게 하고 굽히라면 굽힐게. 네 짜증이며 신경질, 구박도 전부 다 말없이 받아 준다고. 나 그거 하나만은 정말 잘할 자신 있다. 아마 이 세상에서 널 온전히 감당할 수 있는 남자는 나밖에 없을걸? 그래도 정말 안 되겠냐?"

"……"

"마지막 기회야. 잘 생각해, 이릴. 나 지금 이 시간 이후론 다시는 너 안 잡아. 너 내가 다른 여자하고 결혼해도 괜찮겠어? 나중에 후회하지 말고 내가 매달릴 때 잡으란 말이야."

헤롤은 그대로 한 팔을 내밀었다. 침대에 앉아 반쯤은 이불에 덮인 초라한 모습이었지만 포즈만큼은 개선문에 이른 장군처럼 당당하기 그지없었다.

"이리 와."

"……"

놀라운 것은 이릴의 반응이었다. 언제까지고 꿈쩍도 하지 않을 것 같았던 그녀가 천천히 헤롤에게 다가가기 시작한 것이다.

'……설마 저러다 명치에 어퍼컷을 날리거나 하지는 않겠지?'

조마조마한 기분으로 지켜보는 순간, 기적이 일어났다. 지척에 이른 즉시 그녀가 망설임 없이 헤롤의 목을 끌어안는 것이 아닌가!

전혀 상상하지 못했던 일에 나는 무심코 숨을 멈췄다. 충격을 받은 건 다른 일행들 역시 마찬가지인 듯 모두 그 자리에서 소리

없이 굳어 있었다.

"이거 아무래도…… 이릴도 헤롤에게 마음이 있었던 모양이군."

"허허허, 그러게 말이야. 우와, 이거 미치겠네. 오늘 여러 가지로 진귀한 경험한다. 게다가 헤롤 저 자식, 저걸 지금 프러포즈라고 하는 거야? 저건 암만 봐도 마녀의 머슴 계약이잖아. 아무튼 저놈이 남자 망신은 다 시킨다니까."

"……멋지다……."

마지막으로 중얼거린 사람은 쉐리였다. 그녀의 두 뺨은 상기된 채, 맹렬할 정도로 눈을 반짝거리고 있었다. 확실히 여자애라 그런가, 이런 장면에 더 쉽게 감동하는 것 같았다. 그러자 기회라고 여겼는지 마이티가 눈치 없이 끼어들었다.

"쉐리! 고백할게! 나도 오래전부터 너를……!"

"됐거든?"

물론 호락호락하게 넘어갈 그녀가 아니었다. 쉐리는 눈물을 삼키는 마이티를 무시한 채, 바로 옆에 있던 휴센을 똑바로 바라보았다. 그 시선의 의미가 무엇을 말하는지는 뻔했다. 하지만 그녀의 기대는 오래지 않아 무너졌다. 난처한 표정을 지은 휴센이 바로 눈길을 피한 것이다.

"……."

"……."

잠시간 응시하는 눈빛이 흔들리고, 쉐리는 그럴 줄 알았다는 듯이 쓸쓸한 표정을 지었다. 그리곤 입술을 꾹 악문 채 몸을 돌려 걸어가기 시작했다.

"쉐, 쉐리! 같이 가!"

빠르게 멀어지는 뒷모습을 마이티가 급히 쫓았다. 두 사람의 모습이 완전히 사라질 때까지도 휴센은 계속 고개를 들지 못했다. 그런 그를 향해 트로웰이 살짝 한숨을 내쉬며 중얼거렸다.

"당신도 참 솔직하지 못하네요, 휴센."

"나는……."

"내게 변명할 필요 없어요. 그것이 당신의 정의라면 내가 상관할 일은 아니죠."

"……."

곧 트로웰 역시 먼저 자리를 떠나고, 텅 빈 복도엔 나와 휴센만이 남게 되었다. 나는 착잡한 표정으로 서있는 휴센을 안타깝게 바라보다가 말했다.

"저기요, 휴센. 제가 나설 일은 아닌 것 같긴 하지만요. 어떤 게 더 중요한 일인지 조금 더 생각해 보시는 게 어떨까요?"

"……무슨……?"

"조금 전의 헤롤처럼요. 좋아하는 사람 앞에서는 자존심도 이익도 전부 버렸잖아요. 제가 만약 상대의 입장이라면 주위를 의식하기보다 나를 더 우선으로 생각해 주는 사람에게 감동할 것 같거든요. 사소한 것에 집착하다가 가장 소중한 걸 놓치게 되면 그건 그것대로 억울하지 않을까요?"

"……."

 휴센은 아무 대답도 하지 않았다. 하지만 생각에 빠진 그의 얼굴은 지금까지와는 다른 방향으로 개선될 여지를 보이고 있었다. 나는 빠르게 뒷말을 덧붙였다.

 "그리고 이십 대는 아직 젊어요, 휴센. 마음의 결정을 내릴 거면 조금이라도 서두르는 게 좋을 거예요. 서른 넘어서 장가들면 그때야말로 도둑놈 소리 듣는다구요."

 "……쿨럭."

 아마 휴센은 이 말을 절대로 간과하지 못할 것이다. 지금 그가 고민하고 있을 가장 현실적인 문제일 테니까 말이다.

1.

 다음 날부터 휴센의 고민은 더 깊어졌다. 쉐리가 노골적으로 그를 피하기 시작했기 때문이다. 이전에도 종종 그의 시선을 끌 목적으로 비슷한 일이 있었던 같긴 했지만, 이번엔 분위기가 많이 달랐다. 말을 걸면 아무렇지 않게 대답하고 웃기도 하면서도 그와 단둘이 있는 자리는 피하거나, 똑바로 시선을 맞추는 법이 없었다. 최근 들어 무난히 지내 왔기 때문인지 그 차이가 더 크게 느껴졌다.
 제삼자인 나조차 확연히 느껴지는 차이를 휴센이라고 모를 리가 없었다. 결국 참다 못했는지 그가 얼굴을 찌푸리고 말했다.
 "쉐리, 할 말이 있으면 제대로 얘기를 해."

"으응? 뭐가?"

"아까부터 날 전혀 보고 있지 않잖아. 혹시 어제 일 때문에 아직도 화나 있는 거냐? 그런 거라면……."

"글쎄, 무슨 말을 하는지 모르겠네."

쉐리는 어색하게 웃으며 말하곤 허둥지둥 자리를 떠났다. 이번에도 역시 휴센은 끝까지 바라보지 않은 채였다. 그 모습에 이릴이 살짝 휘파람을 불었다.

"어머나, 이번엔 정말 마음을 단단히 먹은 모양이네. 축하해, 휴센."

"그게 무슨 뜻이지, 이릴?"

"무슨 소리긴. 쉐리의 반응을 보면 몰라? 제대로 마음을 정리하려는 거잖아."

"……뭐?"

"하긴 이제 정말 지칠 때가 됐지. 그동안 혼자서 내내 힘들어하더니 잘 생각했네. 휴센도 계속 바라던 일 아니었어?"

"……."

그 순간 휴센이 자리에서 벌떡 일어나더니 쉐리가 사라진 방향으로 달려 나갔다. 굳어진 얼굴만큼이나 다급한 모습이었다. 빠르게 사라지는 그를 본 일행들은 모두 어안이 벙벙한 표정을 지었다.

"헤에, 뭐야. 마음이 달라진 건 휴센도 마찬가지인가?"

"조만간 저 둘 사이에도 봄바람이 불겠군."

황당해하는 이릴의 옆에서 헤롤이 낮게 키득거렸다. 이미 한 차례 격동의 과정을 지나고 나서인지 두 사람은 매우 여유 있는 모습이었다. 그와 다르게 마이티의 얼굴은 창백해졌다.

"젠장, 그건 안 돼! 나의 쉐리가!"

"어허, 그럼 못써, 마이티. 이럴 때는 그냥 조용히 지켜보는 게 도와주는 거라고."

"뭐야? 왜 내가 도와줘야 하는데!"

"그럼 굳이 이런 순간에 따라가서 훼방을 놔야겠냐? 너 인마, 인생 그렇게 사는 거 아니야."

"그러게 말이야. 심보가 저러니 여자들한테 인기가 없지. 안 그래, 자기?"

"응응, 자기. 우리 자기 말이 다 맞아."

서로 솔직해진 탓일까. 사귀기 전에는 하루에도 몇 번씩 싸우기 바쁘더니, 마음을 확인하고 난 뒤로 그들은 이렇게 손발이 잘 맞는 팀이 있을까 싶을 정도로 호흡이 척척 맞았다. 눈앞에서 적나라하게 펼쳐지는 닭살 행각에 마이티는 질린 표정을 지었다.

"닥쳐! 이 한 쌍의 바퀴벌레 같은 놈들아! 커플이 되더니 눈에 뵈는 게 없냐? 대체 언제부터 그렇게 사이가 좋았다고 붙어 있어?"

"헷, 부럽냐? 그럼 그냥 솔직하게 그렇다고 해."

"내버려 둬, 자기. 불쌍하잖아. 얼마나 배가 아프면 저러겠어?"

"거참, 왜 연애를 안 하고 사나 몰라? 이렇게 좋은 걸. 그치,

자기?"

"우후후, 자기는 바보구나. 저건 안 하는 게 아니라 못 하는 거야."

"그런가? 하하, 역시 우리 자기는 똑똑하다니까."

"으아아! 이 망할 커플 따위! 다 죽어 버려!"

마이티는 두 손으로 머리를 부여잡고 광분을 터뜨렸다. 물론 그것을 신경 쓸 두 사람이 아니었다. 오히려 그들은 보란 듯 그 앞에서 애정을 과시하기 시작했다.

"아악! 그만해! 그만하라고!"

"하하하! 마음껏 부러워해라, 이 패배자!"

나는 점점 더 짙어지는 그들의 애정 행각에서 시선을 돌리며 먼 허공을 훑었다. 이 순간 괜히 가슴이 뜨끔해지는 건 결코 내가 솔로라서 그런 건 아닐 것이다. 암, 그렇고말고.

2.

떠나는 날이 가까워지자 머물고 있는 숙소엔 방문객이 줄을 잇기 시작했다. 모두 샴페인 용병단을 구경하러 온 사람들이었다.

마수를 잡은 활약이 알려지면서, 그들의 이름은 이 일대에 상당히 유명해진 상태였다. 언뜻 들려오는 얘기론 저녁 만찬에 초대한 귀족들도 상당수 있다고 하던데, 휴센은 그에 대해선 아무런 내색도 비치지 않았다. 서신을 받아도 바로 그 자리에서 돌려보내는 것을 보면 애초에 전혀 고려하지도 않는 것 같았다. 다른 용병들은 그런 그들의 모습을 매우 부러워했다.

"햐, 정말 멋있다. 이럴 줄 알았으면 나도 그냥 첨부터 따라가는 건데 그랬어. 그럼 적어도 저분들의 활약을 가까이에서 볼 수 있었을 텐데."

"그러게 말이야. 설마 마수를 그렇게 간단하게 잡을 줄 누가 알았겠어? 정말 알면 알수록 대단한 사람들이라니까."

변화는 나와 이사나의 주변에서도 나타났다. 이전까지는 그저 샴페인 용병단 틈에 묻어가는 덤들로 보는 눈이었다면, 이젠 어느 정도는 제 몫을 하는 사람으로 대하는 시선이 달라진 것이다. 신관이나 정령사나 아무래도 흔한 직업(?)은 아니다 보니 그 자체에 대한 호기심이 생긴 것 같았다. 하지만 우리의 나이가 어린 데다 직접적으로 활약하는 걸 보지 못해서인지 특별히 주목을 받는 느낌은 없었다. 바로 지금처럼, 우리를 바로 옆에 두고서도 아무도 쳐다보지 않는 것만 봐도 그랬다.

이른 아침, 둘러앉은 식탁 위엔 호화로운 음식들이 즐비하게 차려져 있었다. 여관 주인이 특별히 솜씨를 발휘한 것으로, 이 마을에서 즐기는 마지막 만찬이었다.

본래는 샴페인 용병단원들도 이 자리에 함께 있어야 했지만 그들은 일찌감치 식사를 마치고 상단주를 만나러 간 상태였다. 처분한 마수의 값을 수금하기 위해서였다. 그 때문에 지금 식당 안은 그로 인한 화제로 달아올라 있었다.

"베히모스가 두 마리나 되니까 값도 엄청나겠지?"

"당연하지. 아마 이번 의뢰를 완수하고 받는 돈보다 그걸로 번 돈이 훨씬 더 많을걸?"

"하루아침에 떼돈을 벌다니 진짜 부럽다. 어쩐지 오늘따라 다들 분위기가 좋아 보이더라니."

"그러게. 아주 화기애애하더라. 특히 휴센 씨 얼굴이 굉장히 밝더라고. 그렇게 좋은 표정은 처음 봤어."

"하긴 나라도 그러겠다. 그 돈이면 몇 달을 호의호식하면서 놀고먹을 수 있을 거 아냐."

수군거리는 소리에 나와 이사나는 피식 웃음을 흘렸다. 휴센이 기분이 좋은 진정한 이유는 따로 있었으니까.

그날 그렇게 나가 버린 두 사람은 한참 만에야 다시 숙소로 돌아왔다. 딱히 정확한 결과를 말해 주지는 않았지만 분위기가 한 층 친밀해져 있었고, 조금은 후련한 듯 밝아진 얼굴이었다. 그것만으로 대충 어떻게 됐는지는 짐작이 가능했다.

"야, 그런데 그 얘기 들었어? 이번 마수한테 당한 희생자들 말이야. 유족들이 보상금을 한 푼도 못 받는 것 같더라."

그 순간 누군가 한 말에 수프를 뜨던 이사나의 손길이 우뚝 멈췄다. 다른 사람들의 시선 역시 모두 말을 꺼낸 용병을 향해 있었다.

"보상을 못 받는다고? 아니, 왜?"

"그게 좀 황당해. 죽은 사람들이 원래 정식으로 고용된 일꾼들이 아니라 잡일을 좀 거들어 주면서 이삭줍기를 하던 사람들이었던 모양이야. 허가받지 않은 농지에 무단으로 들어간 셈이니 보상의 책임도 없다고 했다더라."

"아니, 세상에 그런 법이 어디 있어? 이삭줍기는 원래 작농하는 사람들 사이에선 관례 같은 거잖아. 먹고살기 어려운 사람들이 그거라도 주워서 겨우 끼니 연명하는 건데, 그걸 문제 삼으면 어쩌자는 거야?"

"누가 아니래? 아무튼 그래서 지금 다들 분위기가 안 좋은 모양이야. 이런 와중에 영주의 아들이란 놈은 윤락가에 가서 흥청망청 놀고 있다더라."

"거참, 여기도 단단히 썩었군."

"말하면 뭘 해? 이놈의 나라가 어디 정상인 곳이 있긴 하겠어?"

"유족들만 안 된 거지, 뭐. 하루아침에 가장을 잃었으니 먹고살 길이 막막하겠군."

잠시간 주변을 떠들썩하게 만든 화제는 곧 자연스럽게 다른 쪽으로 넘어가기 시작했다. 아무리 안타깝다고 해도 어차피 남의 사정일 뿐, 당사자가 아닌 이들에겐 그저 지나가는 잡담에 불과한 것이다.

하지만 그때 이후로 이사나는 완전히 스푼을 내려놓은 상태였다. 나는 굳어진 그의 모습을 씁쓸하게 바라보았다.

"조금 전의 이야기가 신경 쓰여?"

"으음, 그냥 좀……."

"입맛이 없어도 그냥 먹어 둬. 앞으로 한동안 또 노숙을 하게 될 텐데 최대한 체력을 비축해야지."

"응, 그럴게. 신경 쓰게 해서 미안해, 엘."

어색하게 답한 그는 느린 속도로 식사를 마저 이어 나갔다. 억지로 먹고는 있지만 영 기운을 차리지 못하는 것 같았다. 그 모습을 보며 나는 속으로 한숨을 내쉬었다. 그렇지 않아도 책임감이 강한 녀석이 조금 전 대화를 듣고 무슨 생각을 했을지 뻔했다. 아마 또 모든 걸 자기 탓으로 돌리고 있겠지.

내가 아무리 위로를 건네도 그의 입장에선 완전한 위안이 되지는 않을 것이다. 어쨌든 나는 정령이고, 인간과는 다른 존재이니까. 그럼에도 나는 말할 수밖에 없었다. 지금 내가 할 수 있는 일이 그것밖에 없었기 때문이다.

"라이."

"응?"

"전부 다 좋아질 거야."

"……고마워, 엘."

짧은 침묵 끝에 이사나는 희미하게 웃었다. 다행히 조금은 기분이 나아진 것 같았다.

그가 이렇게 이 제국을 생각하고 있다는 걸 다른 사람들도 알아준다면 좋을 텐데. 앞으로 한동안 홀로 죄책감에 시달릴 그를 생각하니 마음이 무거웠다. 언젠가는 그의 진심을 알아봐 주는 사람이 나오길 바랄 뿐이었다.

*　　　*　　　*

"자, 이거 받아라."
식사를 마친 후 휴센은 우리에게 큼직한 자루를 하나 내밀었다. 척 보기에도 제법 무게가 나가 보이는 자루였다. 얼결에 받아 든 나는 자루 속을 확인하고 흠칫 놀랐다. 묵직함만큼이나 번쩍이는 금화가 안쪽에 가득했기 때문이다.
"이게 뭐예요, 휴센?"
내 질문에 그는 흐뭇한 얼굴로 대꾸했다.
"마수를 매입하고 받은 금액의 반이다. 너희도 마수를 잡는 일을 도왔으니 수익은 함께 나눠야지."
"그렇다고 절반씩이나 주시는 건……."
"한 마리는 라이가 혼자 잡은 거나 다름없으니 당연한 일이지. 부담 가질 필요 없다. 정당한 몫을 받는 거니까."
누가 강직한 휴센 아니랄까 봐 배분하는 방식도 지극히 그다웠다. 경비는 충분했지만 거절하는 것도 예의는 아닌 것 같아 나는 난처한 기분으로 이사나를 돌아보았다. 그 역시 당황한 기색으로 나를 바라보고 있었다.
'그러고 보니 이사나도 개인 비상금은 필요할 텐데…….'

생각해 보면 지금까지 그에게 용돈을 따로 챙겨 준 적이 없었다. 돈을 줘도 받을 리도 없고, 필요한 건 내가 알아서 충당해 주면 된다고 생각했으니까. 이사나도 딱히 그것을 불편해하는 기색은 아니었지만 아무리 그래도 한창 갖고 싶은 게 많을 시기니만큼 신경이 쓰였다. 그의 성격상 내가 권하기까지 먼저 요구하지는 못할 테니까.

고민은 그다지 길지 않았다. 나는 그에게 결정권을 주기로 했다.

"자, 라이. 받아."

"으응? 왜 내게?"

"너한테 주시는 거잖아. 네가 하고 싶은 대로 해."

"……"

금화가 든 자루를 넘기자 이사나는 멍한 얼굴로 받아 들었다. 아마 그로서는 생애 처음으로 가져 보는 '자신만의 돈'이 아닐까? 황성에서는 물론이고 나를 만나기 전에도 기사들이 다 알아서 했을 테니 직접 돈을 관리할 기회는 가져 본 적이 없을 것이다.

나는 그가 그 돈을 어떻게 사용할지 궁금했다. 이사나는 한참 동안 생각에 잠긴 표정으로 자루를 바라보고 있었다. 다시 고개를 들었을 때, 그는 무언가 결심을 굳힌 얼굴이 되어 있었다.

"저…… 이 돈, 정말 제가 마음대로 써도 되는 겁니까?"

"그래, 네 몫이다."

"그럼 부탁을 한 가지 드려도 되겠습니까?"

"부탁?"

뜻밖의 말이었는지 휴센이 눈을 가늘게 뜨고 그를 응시했다. 이사나는 차분히 고개를 끄덕인 다음 그를 향해 자루를 내밀었다.

"이 돈은 제 대신 유족들에게 전해 주십시오. 마수로 인해 가족을 잃은 사람들 말입니다."

"……!"

설마 이런 결정을 내릴 줄이야. 생각지 못한 선택에 나는 속으로 매우 감탄했다. 하지만 무엇보다 크게 놀란 건 샴페인 용병단원들인 것 같았다. 그들은 당황한 얼굴로 서로를 바라보았다.

"……진심이냐?"

"네, 그렇게 하고 싶습니다."

"왜 그런 생각을 한 거지?"

"이번 일에 가장 큰 피해를 입은 사람들은 유족들일 겁니다. 하지만 그들 모두 아무런 보상을 받지 못했다고 들었습니다. 부족하지만 조금이라도 도움을 주고 싶습니다."

진지한 대답에 말문을 잃은 것일까. 휴센은 한동안 혼란스러운 표정으로 그를 응시했다. 진위를 의심하는 것 같기도 했고, 한편으로는 감동하는 것 같기도 했다.

"라이, 너는…… 으음, 아니다. 그래, 그러고 보니 내 생각이 짧았군. 유족들은 미처 생각하지 못했다. 그들이 보상을 받지 못했다는 건 어떻게 안 거지?"

"사람들이 하는 말을 들었습니다."

"흠, 그렇구나."

휴센은 고개를 끄덕이며 다시금 이사나의 모습을 훑었다. 그를 향한 시선이 이전보다 한층 부드러워져 있었다.

"좋아, 그럼 이렇게 하자, 라이. 네 몫만이 아니라 마수를 팔아 받은 금액 전부를 그들에게 보내는 것으로 말이야."

"네? 그, 그러셔도 됩니까?"

파격적인 결정에 이사나는 잠시 숨을 멈췄다. 절반의 금액만으로도 한 자루를 묵직하게 채울 수 있을 정도다. 선뜻 내놓기에는 엄청난 금액일 터였다. 당황한 그에게 휴센은 빙긋 웃으며 고개를 끄덕였다.

"아직 어린 네가 하는 일을 어른인 우리들이 하지 않는다면 그거야말로 신 앞에서 부끄러운 일이지."

"하지만……."

"괜찮다. 오히려 이런 결정을 내려 줘서 고맙다. 덕분에 시야가 한층 넓어진 것 같아서 기분이 좋구나."

머뭇거리는 그를 향해 휴센은 다시금 기분 좋은 미소를 지었다. 왠지 묘하게 후련한 표정이었다.

"엑? 전부 다 준다고? 그럼 우리 몫은?"

그때 뒤늦게 사태를 파악한 마이티가 경악하는 소리가 들렸다. 하지만 그건 그의 실수였다. 그 즉시 사방에서 구박하는 소리가 쏟아져 나오기 시작했기 때문이다.

"멍청아! 눈치 좀 있어라! 넌 지금 이 상황에서 그런 말이 나오냐?"

"그러게 말이야. 감동할 시간을 안 주네."

"그, 그치만 저게 다 얼만데! 적어도 성수 값은 남겨야……!"

"됐거든? 쪽팔리니까 앞으로 어디 가서 우리 동료라고 하지 마. 알았어?"

"아무튼 수전노는 이래서 문제라니까."

마이티는 억울한 표정을 지었지만 이미 의기투합한 일행들은 아무도 그를 돌아보지 않았다. 결국 그는 본전도 찾지 못하고 물러날 수밖에 없었다.

그리고 그날로부터 마이티의 별명은 수전노가 되었다.

3.

다음 날 샴페인 용병단은 직접 유족들을 찾아가 마수를 처분한 돈을 전했다. 그렇지 않아도 주목을 받고 있었던 사람들의 이 같은 결정은 주민들을 온통 흥분 상태로 만들었고, 소문은 꼬리에 꼬리를 물고 금세 마을 전체로 퍼져 나갔다. 덕분에 휴센 일행은 이곳 사람들에게 거의 영웅이나 다름없는 존재가 된 상태였다.

그것뿐이면 상관이 없겠지만 문제는 전혀 엉뚱한 곳에서 불거졌다. 마을의 영주가 저택의 만찬에 초대해 온 것이다. 이미 숱한 초대를 사양해 온 참인 데다 그렇지 않아도 일정이 늦춰진 상태였기 때문에 일행들은 처음엔 정중히 거절하려 했다. 하지만 상대가 너무 막무가내였다. 매 시간마다 시종을 보내 쫓아다니면서 권하는가 하면, 초대에 응하지 않으면 성문을 통과시키지 않겠다는 유치한 협박까지 해 올 정도였다. 그렇다 보니 평민인 휴센 일행으로서도 완강히 거부할 수가 없었다.

다행히 상단주가 배려해 준 덕분에 만찬 후에 바로 출발하는 것으로 상황을 겨우 마무리 지을 수 있었다. 그리고 영주의 저택에는 휴센 일행만 다녀오기로 했다. 초대받은 자리에서 아무래도 후드를 벗어야 할 테니 나와 이사나의 입장에선 어쩔 수 없는 결정이었다.

"갈 길이 바쁘다는데 굳이 붙잡다니. 여기 영주는 참 이상한 사람이네요."

"자기들이 해야 할 일을 우리가 대신했으니 뜨끔한 거겠지. 어떻게든 영주로서의 위신을 세우려는 걸 거야. 아무튼 우리는 다녀오마."

"조심하세요."

"그냥 저녁만 먹는 건데 뭐, 설마 별일이 있겠어?"

염려하는 말에 휴센 일행은 느긋하게 웃으며 대꾸했다.

그러나 그날 저녁, 숙소에서 그들을 기다리고 있던 우리에게 돌아온 건 청천벽력 같은 소식이었다.

"뭐? 그게 무슨 소리야! 휴센 씨 일행이 지하 감옥에 갇혔다니!?"

침통한 표정으로 소식을 전해 온 건 칵테일 용병단의 단장 빌트였다. 사람들이 모두 놀란 표정으로 바라보자 그는 일그러진 얼굴로 말했다.

"나도 방금 저택에서 일하는 사람들에게 들은 거야. 만찬 자리에서 굉장히 무례한 행동을 했다고 하더군."

"말도 안 돼. 그들이 그럴 리도 없지만 설령 그렇다 하더라도 손님을 지하 감옥에 가두다니? 자기들이 먼저 초대한 거잖아! 세상에 이런 경우가 어디 있어?"

"정말 어처구니가 없군. 대체 무슨 있었기에 그래?"

사람들은 모두 황당해했지만 아무도 정확한 이유를 알지 못했다. 그러던 중에 들려온 또 다른 소식은 모두를 기함하게 만들었다. 만찬 자리에서 망나니로 불리는 영주의 큰아들이 이릴과 쉐리를 희롱했다는 것이다.

흔치 않은 여자 용병인 데다가 미모가 출중한 두 사람이 난봉꾼으로 알려진 그의 흥미를 산 것 같았다. 그러자 불같은 성정의 헤롤이 바로 격분하여 덤벼들었고, 그 결과 영주의 아들에게 작은 자상을 남겼다. 바로 그것이 휴센 일행이 지하 감옥에 갇힌 이유였다.

원인을 알게 되자 사람들은 모두 허탈한 표정을 지었다. 너무

기가 막혀서 화낼 기운도 잃은 것 같았다.

"그럼 이제 어떻게 되는 거예요?"

내 질문에 빌트는 괴로운 표정으로 대답했다.

"글쎄, 지하 감옥에 갇힌 죄수들의 처분은 영주의 맘에 달린 거라서…… 아마도 보석금을 요구하겠지."

"보석금?"

"씁쓸한 일이긴 하다만 요즘 세상에선 웬만한 범법은 돈으로 다 해결되거든."

그러고 보니 예전에도 비슷한 말을 들었던 것 같다. 돈만 있으면 살인마도 풀려난다고 했던가. 그때도 꽤 충격이었는데 새삼 다시 들으니 마음이 매우 무거웠다.

"아마 영주는 처음부터 이런 걸 노린 걸지도 몰라. 마수를 처분한 돈을 전부 유족들에게 줬으니 돈이 많다고 생각했겠지."

"어떻게 그럴 수가…… 자기 영지민들이잖아요. 그들을 도운 사람들에게 돈을 뜯어내려고 이런 일을 꾸몄다고요?"

"참 더럽지만, 그게 바로 현실이지."

대꾸한 사람은 코웰이었다. 그는 퉁명스러운 얼굴로 시근덕거렸다.

"내가 살던 마을의 영주 놈도 그랬어. 어느 농부가 자기 밭에서 고대 유물을 발견해서 하루아침에 벼락부자가 됐거든. 그랬더니 있지도 않은 세금이며 말도 안 되는 법률을 들먹여서 돈을 계속 뜯어 가더라고. 그러다 나중엔 사람을 시켜 농부의 외동딸을

납치하고는 몸값으로 목돈을 바치게 했어. 겉으로는 산적에게 당한 것처럼 꾸며 놨는데, 기실 그들 배후에 영주가 있었다는 건 아는 사람들은 다 아는 얘기였지."

"그걸 아무도 뭐라고 하지 않았나요?"

"하고야 싶지. 근데 증거도 없는 걸 괜히 언급했다가 도리어 덤터기나 쓰지 않겠어? 아무리 분해도 남의 일에 그렇게까지 용기를 낼 수 있는 사람은 세상에 그리 많지 않아. 나도 그렇고······."

그는 급격히 흐려진 얼굴로 우물거렸다. 시선을 내리까는 모습에서 옅은 죄책감이 드러나 있었다. 민주주의가 확립된 나라에서도 부정부패는 떼어 낼 수 없는 빛과 그림자다. 하물며 신분제가 존재하는 이곳에선 두말할 필요도 없을 것이다.

황실은 내분으로 인해 제 기능을 상실한 지 오래고, 백성들은 소리 높이는 법을 잊는 대신 체념을 배웠다. 그들의 비참한 심경이, 억울한 기분이 느껴져 가슴이 답답했다.

그나마 유일한 위안은 이 제국의 미래가 그다지 어둡지는 않다는 것이다. 누구보다 이 나라를 사랑하는 이사나가 곧 본래의 자리로 되돌아갈 테니까. 가벼운 기분으로 시작한 여정이 이제는 마치 사명처럼 느껴졌다.

"영주관에 찾아가 봐야겠어요."

"아서라, 너희들이 찾아가 봤자 별로 소용없을 거야."

"그렇다고 이대로 가만히 있을 순 없잖아요. 어떻게 되어 가는지 돌아가는 상황만이라도 알아봐야겠어요. 라이, 넌 여기에 있

"어. 나 혼자 다녀올게."

"뭐? 하지만……."

"괜찮아. 금방 다녀올게."

걱정하는 사람들을 물리친 나는 그 길로 여관을 나와 영주관으로 향했다. 그리고 그곳에서 뜻밖의 광경을 목도할 수 있었다. 후줄근한 차림의 사람들이 영주관 앞에 몰려나와 있었던 것이다. 소식을 듣고 달려온 유족들이었다. 그들은 영주관 앞에 서있는 한 남자를 향해 애원을 하고 있었다.

"부탁드립니다, 나리. 제발 그분들을 사면해 주십시오."

"좋은 분들입니다. 결코 나쁜 마음을 품고 죄를 지은 건 아닐 겁니다. 그분들이 저희들에게 베푼 은혜를 봐서 제발 이번 일을 용서해 주십시오."

"흥, 주제를 모르는 놈들이구나! 네놈들에게 은혜를 베풀면 귀족에게 상해를 입힌 죄가 사해진단 말이냐!"

"그, 그런 뜻이 아닙니다! 저희는 그저……."

"시끄럽다! 아무튼 그 일은 아버님께서 결정하신 일이다. 애원이라면 아버님께 가서 하거라. 나는 갈 길이 바쁘다. 어서 비키지 못할까!"

그 한마디를 통해 나는 남자의 정체를 어렵지 않게 깨달을 수 있었다. 바로 그가 이번 사태의 발단이 된 영주의 큰아들인 모양이다. 아니나 다를까, 그의 뺨에 작은 흉터가 새겨진 것이 보였다. 실수로 부딪혀 스친 축에도 들지 못할 것 같은 작은 생채기였다.

'겨우 저런 상처 때문에 그 사람들을 감옥에 보냈단 말이지?'

황당함을 감추지 못하고 있는데 유족들 사이에서 누군가 묵직한 자루를 들고 나섰다. 이미 눈에 익은 것이라 나는 단번에 그 자루의 정체를 눈치챘다. 휴센 일행이 그들에게 준 금화 자루였다. 영주의 아들 역시 무언가를 짐작한 듯 눈을 빛냈다.

"이게 뭐지?"

"저희들이 바치는 것입니다. 약소하지만 이것을 바칠 테니 제발 그분들을……."

그러자 말을 채 마치기도 전에 옆에 있던 병사가 자루를 낚아채듯 받아들었다. 그가 자루 안을 펼쳐 보이자, 영주의 아들에게서 잠시간 탐욕스러운 표정이 스쳤다.

"흠흠, 그래. 이것을 그 무례한 용병들의 보석금으로 바친다, 이 말이지?"

"그, 그렇습니다."

"뭐, 좋아. 아버지께 내가 잘 말씀드려 보지."

"그게 정말이십니까? 감사합니다, 나리! 감사합니다!"

"알았으니까 그만 돌아가 보도록 해. 아까부터 내 갈 길을 방해하고 있잖아."

"예, 예, 알겠습니다! 감사합니다, 나리!"

사람들이 넙죽 절을 하자 영주의 아들은 귀찮다는 듯이 손짓을 했다. 그러나 돌아서는 그들 뒤로 그가 병사들과 나누는 대화 소리가 똑똑히 들려왔다.

"도련님, 정말 그놈들을 풀어 주실 겁니까?"

"그럴 리가 있나. 감히 내 몸에 상처를 낸 놈들을 이렇게 간단히 풀어 줄 것 같으냐?"

"그럼 돈은……."

"흥, 난 말씀을 드려 본다고 했지 풀어 준다곤 하지 않았어. 다저 무지한 놈들이 멋대로 착각한 거지. 거기까진 내가 책임질 일이 아니잖아?"

"과연, 역시 명석한 도련님다우십니다."

내가 정령이 아니었다면 들리지 않았을 작은 소리였다. 설마 저런 식으로 돈을 가로챌 생각을 할 줄이야. 눈앞에서 뻔히 일어난 사기 행각에 나는 기가 막혀 주먹을 꾹 말아 쥐었다. 영주의 아들과 그 일당들은 내가 듣고 있다는 건 까맣게 모른 채 저들끼리 희희낙락했다.

"그보다 늦겠습니다, 도련님. 어서 가시지요. 오늘은 어제보다 더 좋은 곳으로 모시겠습니다. 로즈마담이라는 가게에 새 아이가 들어왔는데 정말 기가 막힌 미색이랍니다."

"호오, 그래? 그거 정말 기대되는군."

"저도 몇 번 가 봤지만 정말 그만한 곳이 없습지요. 절대 후회하시지 않을 겁니다."

"좋아! 기분도 좋은데 오늘 마시는 술은 전부 내가 사겠다. 다들 마음껏 취해 보자고."

"헤헤, 역시 도련님밖에 없으십니다."

대화의 내용으로 보아 지금 그들이 향하는 장소는 뻔했다. 나는 더 이상 참지 못하고 그 앞으로 척척 걸어갔다.

"이봐요."

그러자 갑자기 나타난 내 모습에 놀랐는지 영주의 아들이 당황한 표정을 지었다.

"뭐, 뭐야, 네놈은."

"아까 받은 그 돈, 그냥 돌려주세요."

"뭐라고?"

"없는 사람들에게서 돈을 받는 것도 모자라 착복할 생각을 하다니 부끄럽지도 않아요? 영주의 아들쯤 되면 천벌이 무섭지도 않은가 보죠?"

"무, 무슨 소리를!"

그 순간 영주의 아들 곁을 있던 병사들이 내 앞을 가로막았다. 그중 몇 사람은 이미 낯이 익은 자들이었다. 이 마을에 온 첫날, 신고를 핑계 삼아 수배 벽보를 들고 찾아왔던 바로 그 병사들이었던 것이다. 그들 역시 나를 알아봤는지 잠시간 놀란 표정을 지었다.

"도련님, 그 아이입니다."

"뭐?"

"그 왜, 제가 전에 말씀드렸던……."

한 병사가 넌지시 운을 떼자 영주의 아들 역시 묘한 시선으로 나를 바라보았다. 사전에 어떤 얘기가 오간 건지는 몰라도 그다지 유쾌한 의미가 아닌 것만은 분명했다.

"호오, 네가 바로 그 수상한 녀석이란 말이지?"

"……네?"

"너에 관한 얘기는 이미 들었지. 상당히 수상한 자가 있는데 유명한 용병들이 비호하고 있어서 제대로 살피질 못했다고 말이야. 과연 한눈에 보기에도 수상한 차림이군."

그 말에 나는 무심코 다시금 내 차림을 점검했다. 하지만 그저 평범한 여행복에 후드를 쓰고 있을 뿐이었다. 지나가는 여행객 중 백이면 백이 대게 이 차림과 크게 다르지 않았다. 누가 보더라도 억지스러운 트집이었지만 영주의 아들은 당당했다.

"이미 지나간 일이니 다 끝났다고 여겼겠지. 하지만 너도 알다시피 이제는 사정이 달라졌다. 지금은 널 숨겨 줄 용병들이 없으니 이번에야말로 제대로 검문을 받고 신분을 분명히 밝혀야 할 거야. 그런 의미에서 그 너저분한 후드를 벗어라. 네놈의 얼굴을 확인해야겠다."

"얼굴은 이미 보였는데요?"

"흠흠, 영주의 아들인 내가 직접 확인하겠다는 거잖아! 감히 내 말을 거역하겠다는 거냐?!"

여기 사람들은 얼굴을 못 봐서 죽은 귀신이 붙었나? 왜 툭하면 후드를 벗으라고 난리람.

나는 나직이 혀를 차며 보란 듯이 후드를 벗었다. 이미 얼굴을 보인 만큼 새삼 다시 드러내는 게 굳이 어려운 일은 아니었으니까. 지금은 이사나도 옆에 없겠다, 공개를 망설일 필요도 없었다.

나를 본 영주의 아들은 잠시간 매우 놀란 표정을 지었다. 그 얼굴이 야비한 표정으로 바뀌는 것은 그리 오래 걸리지 않았다.

"……이거, 정말 생각지도 못한 수확이군."

"그렇죠, 도련님? 그러게 제가 진즉 말씀드렸잖습니까."

이해할 수 없는 말에 병사들이 얼른 끼어들었다. 영주의 아들은 윗입술을 혀로 훑으며 기분 나쁜 시선으로 나를 바라보았다.

"그 용병 계집들도 그렇고, 요즘은 평민들 수준이 제법 나쁘지 않단 말이야. 안 그래도 일이 잘 안 풀려서 짜증이 났는데 이렇게 되려고 했던 모양이군. 난 정말 운이 좋아."

"무슨 소리를……."

"다들 뭐 하고 있어? 다들 저 계집을 잡아."

"예, 도련님!"

"……!"

뭐야, 나 또 여자로 오해받은 거야?

뒤늦게 사태를 파악했을 땐 나는 꼼짝도 못 하는 처지가 되었다. 어느새 다가온 병사들이 양옆에서 어깨를 붙잡았기 때문이다.

다짜고짜 여자라고 오해한 상황, 그런데 갑자기 결박을 명했다? 이건 아무리 봐도 좋은 의도로는 느껴지지 않았다. 나는 점차 식어 가는 머리를 느끼며 눈앞의 남자를 노려보았다. 그는 자신의 계산대로 돌아가는 것이 즐거운지 히죽 이를 드러내며 웃고 있었다.

"……지금 뭐하는 거예요?"

"고분고분 구는 게 좋을 거다, 계집. 감옥에 있는 네 일행들이 무사하길 바란다면 말이야."

"뭐라고요?"

"그 용병 계집들이 탐났지만 사내놈들이 드세서 어디 손을 댈 수가 있어야 말이지. 네가 그 계집들 못만큼 만족을 시켜 준다면 그놈들도 전부 방면해 주도록 하겠다. 어때? 이만하면 나쁜 거래는 아닐 테지? 너도 일행들이 걱정이 돼서 찾아온 것일 테니 말이야."

그 말에 간신히 참고 있던 분노가 확 솟구쳤다. 한다 한다 했더니 이렇게 끝까지 추악할 줄이야. 처음부터 알아봤지만 인성부터 마인드까지 전부 썩어 빠진 놈이 분명했다.

"넌 눈을 장식으로 달고 있냐? 내가 어딜 봐서 여자야?"

"뭣? 이년이 감히 누구에게 하대를…… 응? 그런데 방금 뭐라고 했지?"

"나 여자 아니라고. 좋은 말로 할 때 이 팔 놓으시지?"

나는 최대한 화가 난 어조로 협박했다. 사실 이 정도 제압을 뿌리치는 것 쯤, 내게 그리 어려운 일도 아니다. 마음 같아선 정체가 드러나든 말든 지금 당장이라도 날려 버리고 싶은 기분이었다. 하지만 그런 사정을 알 리가 없는 영주의 아들이나 병사들은 모두 코웃음을 쳤다.

"흥, 누가 그런 거짓말을 믿을 것 같으냐? 거짓말을 해도 그럴듯하게 해야지."

"아, 씨! 나 진짜 여자 아니라니까!"

"하하, 정말 재밌는 계집이구나. 뭐, 그거야 벗겨 보면 확실해질 테지."

"뭐야?"

"그렇게까지 증명하고 싶다면 지금 이 자리에서 확인을 해 주겠다는 거다. 다들 뭐 하고 있어? 당장 저 계집의 옷을 벗기지 않고."

명령을 받은 즉시 병사들이 내 몸에 손을 댔다. 익숙한 손짓을 보니 이런 일을 해 보는 것이 한두 번이 아닌 것 같았다.

'이것들이 진짜!'

그런데 그 순간 뜻밖의 일이 벌어졌다. 촤아악, 물줄기가 솟구치더니 내게 손을 댄 병사들의 팔에서 피가 뿜어져 나온 것이다.

"으, 으아아악!"

비명이 울려 퍼지고 한 발짝 물러난 병사들 사이로 새파란 형체가 우아하게 내려앉았다. 그것은 물로 이뤄진 거대한 늑대의 모습이었다. 푸르른 색의 투명한 눈동자가 흘끗 나를 훑더니 병사들을 향해 커다란 송곳니를 드러냈다. 빠르게 스쳐 가는 갈기 속에서 옅은 물기가 느껴졌다.

'시큐엘?'

나는 반사적으로 고개를 돌렸다. 그러자 멀찍이서 숨을 몰아쉬고 있는 한 소년을 발견할 수 있었다. 후드를 푹 눌러쓴 이사나였다. 아무래도 내 뒤를 쫓아 나온 모양이었다.

"괴, 괴물이다!"

갑작스러운 늑대의 등장에 병사들은 혼비백산했다. 정령의 존재가 익숙하지 않기 때문일까. 다들 시큐엘의 정체를 알아보지 못하고 피하기에 급급한 모습이었다.

"저건 대체 뭐지? 처음 보는 몬스터인데!"

"마수일지도 모릅니다! 어서 피하십시오, 도련님!"

"마, 마수라고!"

이미 한 차례 두 마리의 마수가 나타난 전적이 있는 곳이다. 덩치가 매우 큰 만큼 시큐엘 역시 충분히 마수로 오해할 만했다. 하지만 내 입장에선 매우 기분이 나쁜 말이었다.

'괴물이라니! 시큐엘의 어디가 괴물 같이 생겼단 거야? 완전 멋지기만 하구만!'

"크르르르!"

그러자 내 기분이 전염됐는지 시큐엘 역시 이를 드러내고 분노를 표현했다. 그것을 본 사람들이 더욱 기겁한 건 당연한 일이었다. 그사이 근처로 다가온 이사나가 헉헉 숨을 몰아쉬며 물었다.

"엘, 괜찮아?"

"이사나, 어떻게 된 거야?"

"미안, 아무래도 가만히 있을 수가 없어서 따라왔어. 뭔가 곤란한 일을 겪는 것 같기에 시큐엘을 불렀는데…… 혹시 내가 괜한 관여를 한 건 아니지?"

"아냐, 잘했어. 귀찮았었는데 덕분에 살았어."

내 대답에 이사나는 환한 표정을 지었다. 그 순간 우르릉 거대한 울림과 함께 영주관의 방벽 한 부분이 무너져 내렸다. 시큐엘이 달려들어 깨부순 것이다.

"도련님! 이쪽으로!"

"어, 어서 아버지께 알려라! 어서!"

영주의 아들이 외치자 병사들 중 몇몇이 급히 저택 안으로 뛰어들어갔다. 그것을 본 이사나가 내게 조용히 속삭였다.

"이 틈에 얼른 달아나자. 곧 사람들이 더 몰려나올 거야."

이사나는 급히 내 팔을 붙잡고 뛰어가려 했다. 하지만 나는 그를 따라가는 대신 고개를 저었다.

"엘?"

도망가기에도 바쁜 시간에 가만히 있는 내가 이상했는지 이사나가 어리둥절한 표정을 지었다. 영주관 앞에선 여전히 시큐엘이 포효하고 있는 중이었다. 그때마다 기겁한 병사들이 엉거주춤 바닥에 엎드려졌다. 그 모습에서 전의 따위는 전혀 찾아볼 수도 없었다. 나는 그것을 보며 회심의 미소를 지었다.

"……방금 좋은 생각이 떠올랐어."

4.

"으아아악! 사람 살려!"

요란한 고함이 마을 전체에 울려 퍼졌다. 우렁찬 비명의 주인은 바로 영주의 큰아들이었다.

현재 그는 시큐엘에게 뒷덜미를 잡힌 채, 영주관의 지붕 위에 대롱대롱 매달려 있는 상태였다. 퉁퉁 부은 얼굴은 눈물과 콧물로 얼룩져 있었고 멀끔했던 비단옷은 시큐엘의 이빨에 물리고 찢긴 흔적으로 온통 너덜너덜해진 지 오래였다.

쿠웅! 거대한 발톱이 찍힐 때마다 지붕을 덮은 장식들이 가루가 되어 떨어져 내렸다. 허물어진 벽과 뭉개진 철문으로 인해 이미 저택을 비롯한 근방은 마치 폭격이라도 당한 듯 엉망으로 변해 있었다. 모두 시큐엘이 조금 전까지 날뛴 결과물이었다.

"알키노!"

쩔쩔매는 병사들 사이에서 한 사람이 크게 소리쳤다. 고급스러운 정장을 걸친 채 투박한 보석이 박힌 지팡이를 들고 있는 노령의 남자였다. 지붕에서 비명이 터져 나올 때마다 남자의 얼굴 또한 새파랗게 질려갔다. 그가 바로 저 망나니의 부친이자 이 마을을 다스리는 할버크의 영주였다.

"다들 뭘 하는 거냐! 어서 알키노를 구하지 않고!"

소식을 받고 달려온 그는 눈앞에서 벌어지고 있는 참상에 입을 다물지 못했다. 하지만 무작정 재촉한다고 해서 지붕 위의 마수

(실제론 정령이지만)를 공격할 방법이 있을 리 없었다. 게다가 다른 사람도 아니고 영주의 큰아들을 인질로 삼은 상태다. 자칫 잘못했다간 그까지 다칠 우려가 있는 만큼 병사들은 누구하나 섣불리 나서지 못하고 있었다.

"엘, 정말 이래도 괜찮은 걸까?"

나는 옆에서 속삭이는 이사나를 향해 씩 웃었다.

"괜찮아, 그냥 겁만 주는 건데, 뭐. 저 사람들은 좀 당해 봐야 해."

"하지만 그러다 들키면 어떡해."

"안 들켜. 시큐엘의 정체도 못 알아보는 사람들이잖아. 어쩌다 운 좋게 정령인 걸 알게 된다고 해도 여기 사람들 수준으로는 정령사의 위치까지 파악하는 건 불가능해. 그러니까 걱정하지 말고 편하게 있어. 솔직히 속 시원하지 않아?"

내 질문에 이사나는 잠시간 머뭇거렸다. 하지만 그리 오래지 않아 천천히 고개가 끄덕여지는 것이 보였다. 사실 혼쭐을 내 주고 싶은 마음은 나보다 그가 더 굴뚝같았을 터, 이 순간이 통쾌한 것이 당연했다.

시선이 마주치자 우리는 동시에 풋 하고 웃음을 터뜨렸다. 십 년 묵은 체증이 싹 사라지는 것 같았다.

지금 우리들은 현장에서 조금 떨어진 장소에서 시큐엘의 활약을 구경하고 있는 중이었다. 주위엔 우리만이 아니라 다른 사람들도 함께 있었다. 어슴푸레 날이 저물어 가는 시각, 갑자기 일어난 소동을 느끼고 몰려나온 마을 사람들이었다.

어리둥절해서 나온 사람들은 지붕 위에서 비명을 지르고 있는 영주의 아들을 발견하고 모두 황망한 기색을 감추지 못했다. 하지만 두려워하는 사람에 비해 대부분은 영화를 관람하듯 즐거운 시선이었다. 사상자가 나왔다면 결과가 달랐겠지만 사태가 그 정도로는 심각하지 않은 데다, 오직 영주관만 집중적으로 공격받고 있는 상황이라 그런 듯했다. 전부 나와 이사나가 계획한 일들이었다.

"영주님! 지붕 가까이 접근할 수가 없습니다!"

"에이잇! 활을 쏴라! 당장 저 마수를 쏘아 맞히란 말이다!"

"도련님이 화살에 맞으실 수도 있습니다!"

"그렇다고 그냥 이대로 수수방관하고 있을 거냐! 저러다 내 아들이 죽기라도 하면 어쩔 거야! 대책을 세우란 말이다, 대책을!"

영주의 노호성이 울려 퍼질 때마다 병사들은 어찌할 바를 모르고 쩔쩔맸다. 나는 느긋하게 팔짱을 끼고 진행 과정을 지켜보았다. 어차피 그들 선에서는 무슨 수를 쓰든 시큐엘을 당해 내지 못할 것이다. 상급 정령이란 타이틀은 폼으로 달고 있는 게 아니니까. 이대로 계속 궁지에 몰린다면 영주가 선택할 수 있는 건 한 가지밖에 없었다.

아니나 다를까. 잠시 후 영주가 옆에 있던 병사들을 향해 무어라 지시를 내리는 것이 보였다. 그러자 어디론가 사라진 병사들이 곧 누군가를 데리고 나왔다. 바로 샴페인 용병단, 휸센 일행이었다.

"와아아!"

이미 유명 인사인 만큼 마을 사람들은 모두 한눈에 그들을 알아보았다. 마치 경기 시작 전 선수의 입장을 보는 것처럼 곳곳에서 환호성과 뜨거운 박수 소리가 터져 나왔다. 그에 비해 휸센 일행은 그저 어리둥절한 모습이었다. 전후 설명 없이 무작정 데리고 나온 것인지 아직 사태를 파악하지 못한 것 같았다.

"내 아들을 살려 주시오!"

다짜고짜 내뱉은 영주의 요청에 휸센 일행은 얼굴을 잔뜩 찌푸렸다. 시큐엘이 지붕에서 날뛰고 있는 현장을 그제야 발견한 것이다.

"뭐야, 저건."

황당해하는 휸센 일행을 향해 영주는 다급히 애원했다.

"제발 도와주시오! 마수가 내 아들을 공격하고 있소!"

"⋯⋯마수?"

"아들을 무사히 구출만 해 준다면 오늘 만찬에서의 일은 더 이상 묻지 않고 방면할 것이오! 뿐만이 아니라 충분한 포상도 지급하겠소!"

영주의 말에 휸센 일행은 서로 잠시간 바라보았다. 그들의 입장에선 얌전히 감옥에 갇혀 있다가 느닷없이 이상한 상황에 휘말렸으니 당황스러울 만도 했다.

"대체 저게 뭡니까?"
"보면 모르오? 마수잖소!"
"하지만 저건……."
휴센은 난처한 얼굴로 중얼거렸다. 다른 사람은 몰라도 그만은 마수를 구분하지 못할 리가 없었다.
그때 휴센의 옆에 서있던 트로웰이 그의 어깨를 툭툭 두드렸다. 휴센이 의아한 표정을 짓자 그는 영주의 시선을 피해 슬쩍 내 쪽을 가리켰다. 그제야 나와 이사나를 발견한 휴센이 입을 꾹 다물었다. 드디어 모든 상황을 파악한 것이다.
"……흠, 알겠습니다. 아드님을 구해 드리지요."
"하, 할 수 있겠소?"
"솔직히 자신하긴 어렵습니다. 굉장히 위험한 마수라서요."
"그, 그렇게 흉포한 놈이오?"
기겁한 영주를 향해 휴센은 있지도 않은 이야기를 그럴듯하게 늘어놓기 시작했다. 사람을 산 채로 하나씩 끊어 먹는 식성을 가진 마수라는 둥, 지금까지 몰살시킨 영지만 몇 개라는 둥, 대부분 잔뜩 겁을 집어먹게 하는 내용이었다. 그리하여 한순간에 시큐엘은 식인을 즐기는 데다, 마계를 마음대로 오가는 것이 가능하고, 툭하면 마을을 전멸시키는 세상에서 가장 강력하고 잔인한 마수가 됐다. 설명을 전부 들은 영주가 하얗게 질리자, 휴센은 매우 안타깝다는 듯이 말했다.
"아무튼 저희들의 힘만으로는 저 마수를 죽이는 건 아무래도 불가능할 것 같습니다."

"그, 그럼 어떻게 되는 것이오! 설마 전혀 방법이 없겠소?"

"말씀드렸다시피 죽이는 건 불가능합니다. 거의 불사신이나 다름없는 마수라서 죽지도 않을 것이고, 오히려 공격을 하면 더 흉포해질 공산만 큽니다. 하지만 그냥 쫓아내는 정도라면 가능할지도 모르겠군요."

"그, 그럼 마수가 다시 돌아오진 않겠소?"

"아아, 그 부분은 걱정하지 않으셔도 됩니다. 저 마수의 유일한 특성이 바로 같은 장소에는 두 번 다시 관심을 갖지 않는다는 것이거든요. 일단 한번 돌려보내면, 이 마을에는 다시 찾아오지 않을 겁니다."

혹시 천부적인 사기꾼 기질이 있는 게 아닐까. 마치 처음부터 짜 맞춘 사람처럼 휴센은 능숙하게 거짓말을 했다. 그동안 알지 못했던 그의 새로운 일면을 발견한 기분이었다.

"그렇다면 정말 다행이로군! 그럼 그렇게라도 해 주시오. 내 모든 걸 그대들에게 맡기리다."

"알겠습니다. 하지만 그 전에 한 가지 조건이 있습니다."

"조, 조건?"

영주가 눈을 휘둥그렇게 뜨자 휴센은 단호하게 고개를 끄덕였다.

"포상금은 필요 없습니다. 그 대신 저희에게 이번 일을 사과해 주십시오."

"무슨……!"

"비록 저희 측에서 소란을 일으켰다고는 하나 원인은 분명 아드님께서 제 일행들을 희롱한 탓이었습니다. 그 부분에 대한 사과를 받아야겠습니다."

"무, 무엄하군! 감히 귀족인 내게……!"

"한낱 용병이라 해도 지켜야 할 자긍심과 명예가 있습니다. 할버크의 영주께선 이런 기본적인 것조차 무시하시는 분이셨습니까?"

싸늘하게 쏘아붙인 말에 영주는 아무런 대답을 하지 못했다. 잠시간 굳어진 얼굴로 휴센을 응시하던 영주는 이내 시선을 땅으로 떨어트렸다. 망설이듯 한참을 벌어지지 않던 입매가 곧 결심을 굳혔는지 단호하게 열리는 것이 보였다.

"……끄응, 알겠소. 그건 내 아들이 잘못한 일이 분명하오. 내 이렇게 사과하겠소."

물론 기대했던 것만큼 정중하고 진중한 사과는 아니었다. 하지만 그것만으로도 휴센 일행은 충분히 만족한 표정이었다. 아마 귀족에게서 사과를 받았다는 자체에 의의를 둔 것 같았다. 매섭던 분위기가 한층 풀어지며 그들의 입가에 미소가 감도는 것이 보였다.

"어려운 결단이셨을 텐데 말씀해 주셔서 감사합니다. 아드님을 생각하시는 영주님의 마음에 깊은 감명을 받았습니다."

"그, 그럼 이제 내 아들을 구해 주는 것이오?"

"물론입니다. 지금 바로 구출해 드리겠습니다."

"고맙소. 내 아들만 무사히 살아난다면 이 은혜는 평생 잊지 않겠소."

"걱정 마십시오. 최선을 다하겠습니다."

진지하게 답하는 휴센의 얼굴에선 그 어느 때보다 비장함이 느껴졌다. 누가 보기에도 크나큰 전투를 앞두고 긴장한 모습이었다. 그는 그 상태에서 심각하게 일행들을 돌아보았다.

"자, 다들 시작하지."

"으음, 알겠어. 근데 단장, 저거 진짜 마수 맞아? 아무리 봐도 처음 보는 건데."

아직 진실을 알지 못하는 단원들은 여전히 어리둥절한 표정이었다. 휴센은 시치미를 떼고 말했다.

"내 말을 못 믿는 거냐?"

"아니, 그게 아니라……."

"아무튼 시간이 없으니 바로 진행하자. 매튜, 네가 제일 몸이 빠르니까 지붕으로 올라가서 마수를 유인하도록 해."

"네."

태연한 반응은 트로웰 역시 마찬가지였다. 잠시간 몸을 푸는 시늉을 한 그는 단 두 번의 도약만으로 가볍게 지붕으로 뛰어올랐다. 사다리를 가져오기 위해 밑에서 아등바등하고 있던 병사들이 모두 멍한 표정을 짓는 순간이었다.

하지만 무엇보다 가장 움찔한 건 바로 시큐엘이었다. 아무리 유희 중이라곤 해도 정령왕은 정령왕. 설마 트로웰과 직접 마주하게 될 줄은 몰랐는지 눈동자가 안쓰러울 만큼 떨리고 있었다. 축 늘어지지 않기 위해 억지로 곧추세운 귀에서 식은땀이 뚝뚝 떨어지고 있는 것 같았다. 그것을 본 트로웰이 장난스럽게 웃었다.
"자, 덤벼 봐, 마수 씨."
"……."
'미안하다, 시큐엘.'
그 뒤의 일은 당연히 일사천리였다.
연기이긴 하지만 트로웰은 봐주지 않고 시큐엘을 몰아붙였다. 빠르게 쏟아지는 그의 공격에 시큐엘은 거의 농락당하다시피 굴러다녀야 했다. 물론 강한 마수라는 설정답게, 그 와중에도 건물의 일부분을 의도적으로 파괴하며 틈틈이 괴력을 과시하는 건 잊지 않았다. 그사이 놓아 버린 영주의 아들은 밑에서 대기하고 있던 병사들이 무사히 받아 낸 뒤였다.
나는 조마조마한 시선으로 휴센 일행과 전투(를 빙자한 도망) 중인 시큐엘을 바라보았다. 지금부터는 돌려보낼 타이밍을 재는 것이 관건이었다. 자칫 틀어지기라도 했다간 필요 이상의 힘이 들어갈 것이고, 그렇게 되면 소환자인 이사나가 고스란히 타격을 받게 된다.
사실 지금까지 소환을 유지하고 있는 것만으로 이미 이사나는 한계에 다다른 상태였다. 더 늦기 전에 시큐엘을 무사히 돌려보내야 했다.

"으랏차!"

바로 그때 헤롤이 휘두른 도끼가 정면으로 시큐엘에게 쏘아져 들어갔다. 그대로 가만히 있다간 고스란히 꿰뚫릴 위기였다.

"지금이야, 이사나!"

신호가 떨어진 즉시 이사나는 심호흡을 하고 시큐엘의 소환을 해지했다. 그러자 그 순간 시큐엘이 목을 뒤로 젖히며 하늘을 향해 크게 포효했다. 그 상태에서 천천히 사라지는 모습이 마치 괴롭힘에 시달리다 못해 결국 도망가는 것처럼 보였다. 주인의 뜻을 누구보다 제대로 이해한, 진정 마지막까지 투철한 연기력이었다(아니, 실제로도 시달리긴 했지만).

"샴페인 용병단이 또 마수를 물리쳤다!"

"와아아!"

사방은 순식간에 함성으로 가득 차올랐다. 그와 동시에 이사나가 풀썩 앞으로 고꾸라졌다. 결국 극심한 마나 소모를 이기지 못하고 탈진하고 만 것이다.

"괜찮아, 이사나?"

"으응······."

나는 그를 얼른 부축한 다음 생기가 고갈된 육체에 천천히 물의 기운을 불어 넣었다. 그러자 조금은 나아졌는지 창백하던 안색에 조금씩 혈색이 감돌기 시작했다.

"정말 수고했어."

"엘, 너도."

우리들은 다시금 서로 마주 보며 웃었다.

사기 행각이면 아무렴 어떤가. 이 순간만은 동료를 지켜 냈다는 충족감이 가슴속을 가득 채웠다.

5.

약속대로 할버크의 영주는 휴센 일행을 전원 무사히 방면했다. 더불어 사과로 대신하기로 한 포상금마저 든든히 챙겨 주기까지 했다. 비록 아들은 망나니일지언정 영주 자체는 비교적 양심이 있는 사람이었던 모양이다.

"뭐야, 그게 라이가 불러낸 정령이었어?"

풀려난 직후 뒤늦게 배후 상황을 알게 된 일행들은 모두 황당해했다. 특히 영주만이 아니라 감쪽같이 일행들 전부를 속인 휴센의 연기력에 배신감을 느낀 얼굴이었다.

"어쩐지 아무리 봐도 이상하다 했어. 마주치곤 마기가 전혀 느껴지지 않았거든. 하지만 처음 보는 건데다가 굉장히 신비하기도 해서 그냥 철석같이 믿었지 뭐야. 그런데 그게 전부 거짓말이었다니."

"정말 너무했다, 단장. 어떻게 우리까지 속일 수가 있어?"

"그 상황에서 일일이 상황을 설명할 순 없잖아. 엘과 라이에게 고맙다고나 해. 우리가 무사히 풀려난 건 다 두 사람 덕분이니까."

 불만을 토로하는 동료들을 향해 휴센은 무심히 대답했다. 그에 일행들은 잠시간 샐쭉한 표정을 지었지만 우리를 향해선 웃으며 인사를 건넸다.

 "정말 고맙다. 너희들 덕분에 살았어. 안 그래도 어떻게 빠져나가야 하나 걱정하고 있었거든."

 "운이 좋았던 것 같아요. 다행히 끝까지 아무도 정령인 걸 눈치채지 못하더라고요."

 "아, 맞아. 나도 그렇게 거대하고 아름다운 늑대는 태어나서 처음 봤어. 그게 물의 정령이라는 거지?"

 "네, 상급 정령인 시큐엘이에요."

 "헉! 사, 상급 정령? 그럼 라이가 상급 정령사란 말이야?"

 쏟아지는 눈길이 부담스러웠는지 이사나는 어색하게 웃었다. 상급 정령사는 대륙 전체를 통틀어도 손에 꼽을 만큼 드문 존재다. 모두가 놀라는 것이 당연했다.

 '사실은 정령왕의 계약자지만.'

 나는 차마 밝힐 수 없는 사실을 속으로 삼켰다. 아마 이것이 알려지면 세상이 들썩일 정도로 엄청난 파장이 일 것이 뻔했다. 아직은 조용히 숨죽이고 감춰야 할 때였다.

 "굉장하다, 라이! 상급 정령사라니! 그건 그냥 조금 하는 정도가 아니잖아?"

 "그러게 말이야. 마스터 마법사보다 귀하다는 상급 정령사가 설마 이렇게 우리 가까이에 있었을 줄이야."

"어떻게 보면 그 영주 아들놈은 운이 좋은 거네. 상급 정령에게 공격을 받고도 살아 있는 거니까."

"하하, 그러고 보니 그렇네. 아무튼 그 녀석은 한동안은 꼼짝도 못 한다는 것 같아. 듣자니 갈비뼈에 금이 갔다고 하더라고."

"흥, 꼴좋다. 그러게 감히 누구 여자를 넘봐? 그냥 확 거세를 시켰어야 했는데."

마지막 헤롤의 말은 그 언젠가의 일을 떠올리게 만들기 충분했다. 쉐리의 강간을 모의했던 용병들에게 휴센이 친절히 복수했던 사건 말이다. 다른 사람들도 모두 같은 장면을 상기했는지 낮게 웃음을 터뜨렸다. 그때 불현듯 잊고 있던 한 가지 사실이 떠올랐다.

"아차, 그러고 보니 영주 아들이 돈을 가져갔는데……!"

"응? 돈이라니?"

"여러분이 유족들에게 전달한 돈이요. 그 사람들이 여러분을 방면하려고 그 돈을 영주 아들에게 바쳤거든요."

"이런…… 그게 정말이야?"

"그럴 필요는 없었는데……."

휴센 일행은 모두 낭패한 표정을 지었다. 나와 이사나 역시 침울해지기는 마찬가지였다. 기껏 말끔하게 해결된 일이 뜻밖의 부분에서 찝찝하게 끝나 버리고 만 것이다.

그러나 무거운 분위기는 그리 오래가지 않았다. 가만히 서 있던 트로웰이 품을 뒤지더니 그 안에서 묵직한 자루를 꺼내 보이는 게 아닌가.

"돈이라면, 이거 말이야?"

"어? 그, 그거 뭐야, 매튜?"

대체 왜 저걸 트로웰이 가지고 있는 거지?

착각이 아니었다. 그가 들고 있는 것은 분명 유족들 손에서 영주의 아들에게 건네졌던 바로 그 금화 자루가 틀림없었다. 당황해서 바라보자 그는 자루를 가볍게 허공으로 던졌다 받으며 웃었다.

"아까 구하러 갔을 때 품속에 있는 게 보였거든. 그래서 슬쩍 했지."

"……!"

즉, 훔쳤다는 말이었다.

정령왕이 소매치기를 하다니! 하지만 황당한 기분은 잠시에 지나지 않았다. 그것보다는 폐부까지 상쾌하리만치 유쾌한 느낌이 더 컸다. 한동안 멍해져 있던 다른 일행들도 모두 박장대소를 터뜨렸다.

"푸하하하! 역시 매튜다! 정말 잘했어!"

"아, 진짜 통쾌하다! 이거 완전 엄청난 반전 아냐?"

"나중에 영주 아들이 이 사실을 알게 되면 어떤 표정을 지을지 볼만하겠네."

"아이고, 배야! 웃겨 죽을 것 같아!"

시끌벅적한 분위기는 어느 정도 시간이 지나고 나서야 겨우 진정될 기미를 보였다. 그러나 그 순간 이후로 찾아온 것은 더 이상 즐겁지도 유쾌하지도 않았다. 점차 잔웃음이 그치고, 다시금 고요한 공기가 주변을 장악하기 시작했다. 침묵이 내려앉은 공간은 조금 전까지 있던 곳과 완전히 다른 장소가 된 것 같았다.

"……"

"……."

갑자기 달라진 분위기에 나는 조심스럽게 일행들의 모습을 살폈다. 그들 모두 무언가 생각에 잠긴 얼굴이었다.

"어차피 이런 일은 또 반복되겠지?"

씁쓸한 얼굴로 입을 연 사람은 쉐리였다. 그녀의 말에 이릴 역시 어두운 얼굴로 고개를 끄덕였다.

"아마도 그렇지 않을까. 그 영주의 아들이 변할 리는 없으니까. 비단 이곳만이 아니라 다른 영지에서도 이런 일들은 비일비재할 거야. 이제 딱히 새삼스러울 것도 없지 않나?"

"젠장, 호의로 베푼 것도 빼앗기지는 않을까 전전긍긍해야 하는 상황이라니. 정말 거지 같은 세상이야."

중얼거리는 그들의 얼굴은 저마다 삶에 대한 짙은 회의감을 드러내고 있었다. 코웰이나 다른 용병들이 그랬던 것처럼, 늘 활기차고 밝아보이던 그들 또한 이 세상을 개탄하고 있는 건 마찬가지였던 것이다. 그 한없이 우울해진 분위기를 달래기 시작한 사람은 뜻밖에도 헤롤이었다.

"자자, 모두 기운들 내라고. 지금은 시국이 어려우니까 할 수 없잖아. 그래도 언젠가는 좋아지지 않겠어?"

"뭐야, 헤롤. 너야말로 맨날 투덜거렸으면서. 앞장서서 불만을 토로할 땐 언제고 왜 갑자기 낙관적이 된 거야?"

일행들에게도 그의 행동은 의외였는지 바라보는 눈길이 의아했다. 헤롤은 머쓱한 얼굴로 어깨를 으쓱해 보였다.

"그런 게 아니라, 전에 엘이 그러더라고. 갑자기 세상이 좋아질 수도 있지 않겠냐고. 높은 사람 중에서도 분명 괜찮은 사람이 있을 거라고 말이지. 그 말을 듣고 나니 또 그럴 법도 한 것 같아서."

"헤에, 엘이 그렇게 말했어?"

그 즉시 쏟아지는 시선들에 나는 어색하게 웃었다. 언젠가 이 사나를 두둔하기 위해 주장했던 말인데 그걸 계속 기억하고 있었던 모양이다.

"하긴, 엘은 신관 지망생이니까. 사람들에게 희망적인 메시지를 심어 주려고 노력할 것 같아."

"으음, 딱히 그렇기 때문만은 아니에요. 무엇이든 좋게 생각해서 나쁠 건 없잖아요. 언젠가는 다 좋아진다고 여기고 살아야죠."

"하지만 정말 그렇게 될까?"

"될 겁니다."

차분하게 울린 음성은 내가 아닌 다른 쪽에서 울렸다. 바로 이 사나였다.

휴센 일행은 멍하니 고개를 들고 이사나를 바라보았다. 그는 어느 때보다 결연한 모습으로 서있었다.

"반드시 좋아지는 날이 올 겁니다. 부패하지 않은 관리가 나라를 다스리고, 백성들은 관리를 믿고 따를 수 있는 세상이. 그래서 억울한 죽음을 당하는 사람이 없는 세상이…… 분명히 올 겁니다."

'제가 그렇게 만들 겁니다.'

말하지 않아도 그가 삼킨 뒷말이 귓가에 선연히 들리는 듯했다.

너무 허황된 이야기라고 여긴 걸까. 이사나가 말을 마친 후에도 한동안 누구도 입을 열지 않았다. 너무 고요해서 모처럼 용기를 낸 이사나가 무안해지지는 않을까 걱정이 될 정도였다. 그때 휴센이 차분한 어조로 말했다.

"억울한 죽음을 당하지 않는 세상이라…… 정말 그런 날이 온다면 좋겠군."

"오, 올 겁니다."

"좋아, 그렇다면 한 가지만 묻자. 라이, 넌 군주에게 가장 필요한 것이 뭐라고 생각하지?"

"군주에게 필요한 것?"

"그래."

뜻밖의 질문이었는지 이사나는 잠시간 우물거렸다. 하지만 이내 생각을 정리한 듯 단호하게 말했다.

"힘입니다."

"……힘?"

"내가 사랑하는 사람들을 지킬 수 있는 힘. 또한 이 나라와 백성을 사랑하는 마음을, 지킬 수 있는 힘 말입니다."

사랑하는 마음을 지킬 수 있는 힘이라…….

아마 그것이야말로 세상에서 가장 갖기 어려운 힘이 아닐까? 지금의 이사나이기 때문에 가능한 대답이란 생각이 들었다. 다른 사람은 몰라도 나만은 그가 겪어 온 번민과 진심을 알고 있었으니까.

그리고 그 대답이 마음에 든 건 휴센 역시 마찬가지인 듯했다. 그는 굳어 있던 얼굴을 펴고 희미하게 미소 지었다.

"그거 정말 멋진 대답이구나."

이후 이사나는 순식간에 일행들과 친해졌다. 지금까지는 내 뒤에 숨어 얼굴을 가리고 다니는 데다 조용하기만 한 그를 눈여겨보는 사람이 아무도 없었다. 일행들은 내성적인 그를 묘하게 꺼렸고, 이사나 역시 그것을 바랐다.

하지만 지금은 분명히 달라져 있었다. 그를 대하는 샴페인 용병단의 태도도 그랬지만, 이사나 자체도 이전보다는 한층 적극적인 자세가 된 것 같았다.

나는 조금 멀찍이 떨어진 상태에서 그가 사람들과 웃으며 대화를 나누는 모습을 구경했다. 처음엔 인사조차 제대로 건네지 못했던 것 같은데, 어느새 아무렇지 않게 대화를 나누고 있는 모습을 보니 감개가 무량했다.

그때 누군가 내 옆에 팔짱을 끼고 서는 것이 느껴졌다. 바로 트로웰이었다.

『네 계약자, 표정이 점점 쓸 만해지고 있네.』

『정말?』

『응. 처음보다는 확실히 좋아졌어.』

『헤헤, 역시 황제는 황제인가 봐. 평범한 것 같다가도 가만 보면 생각이 남다르다니까.』

계약자이기 때문일까. 내가 칭찬을 받은 것도 아닌데 괜히 마음이 붕 뜨는 것 같았다. 누구에게든 마음껏 자랑하고 싶은 기분이었다. 그러자 트로웰이 나를 지그시 응시했다.

『엘, 네 영향인 것 같은데?』

『응? 그치만 난 아무것도 안 했는데?』

『아니, 분명히 네 영향이야.』

『그, 그래?』

머쓱해하는 내게 그는 빙긋 웃으며 고개를 끄덕였다.

『인간은, 의지할 수 있는 존재가 생기면 강해지거든.』

　　　　　　＊　　　＊　　　＊

"아까 분명히 봤지, 데르온?"

"그래."

"어떻게 생각해?"

건네 온 질문에 데르온은 선뜻 대답을 잇지 못했다. 초조해하는 세르피스만큼이나 그 역시 조금 전의 상황이 믿어지지 않기는 마찬가지였기 때문이다.

모든 일은 갑자기 나타난 세르피스가 자신을 억지로 끌고 갈 때부터 시작됐다. 그녀는 몹시 흥분되어 있었고, 직접 보지 않으면 알 수 없을 거란 모호한 말만 되풀이했다.

그때까지만 해도 데르온은 그저 세르피스가 귀찮기만 했다. 매번 남모르게 사고를 치고 다니는 여인이다 보니 이번엔 또 무슨 말도 안 되는 일을 벌이고 온 건가 싶었던 것이다. 하지만 직접 현장을 지켜보고 난 지금, 그는 이제야 그녀의 기분을 이해할 수 있을 것 같았다.

"황제가 정령사라는 얘기는 듣지 못했는데."

"그것도 제법 강해. 내가 보낸 베히모스를 일격에 죽였다고."

"그럴 수밖에. 그가 조금 전에 소환한 건 시큐엘이었다. 물의 최상위 정령이지."

"뭐야, 그럼 상급 정령사란 말이야?"

경악하는 반응에 데르온은 성의 없이 고개를 끄덕였다. 황제의 능력도 놀랍긴 했지만 지금 그의 신경을 온통 사로잡고 있는 건 다른 부분이었다. 그는 초조한 표정으로 세르피스를 돌아보았다.

"세르피스, 아까 그 푸른 머리칼을 가진 소년 말이야. 네가 마수를 보냈을 때 그 소년도 그 자리에 함께 있었나?"

"소년? 아, 그 신관을 말하는 거야?"

"신관?"

"치료 능력을 가지고 있더라고. 덕분에 정말 아쉬웠지, 뭐야. 한 녀석 정도는 죽일 수 있었는데."

투덜거리는 말에 데르온은 나직이 한숨을 내쉬었다. 이로써 그의 가정이 확실해졌기 때문이었다.

"……물의 정령왕이로군."

"……뭐?"

급격히 낮아진 상대의 호흡을 느끼며 데르온은 씁쓸히 말했다.

"물의 정령왕 엘퀴네스. 그가 가진 고유의 치료 능력은 치유의 신만큼이나 강력한 것으로 유명하지. 조금 전 그 소년의 모습을 보았나? 물색의 머리칼과 눈동자, 그런 외형적인 특징은 인간에게서는 흔치 않아. 게다가 황제가 탈진하자 물의 기운을 직접 움직이더군. 정령왕이 아니고선 불가능한 일이지."

"마, 말도 안 돼! 정령왕이 황제를 돕고 있다고?"

"나로선 치료하는 모습까지 보았으면서 그의 정체를 깨닫지 못한 네가 더 놀라운데. 신관이 쓰는 성력과는 분명 달랐을 텐데 말이야."

"아, 아냐! 비슷했어! 신관처럼 똑같이 기분 나쁜 기운이었단 말이야!"

"……실례, 네 구분 기준이 상당히 단순하다는 걸 잊었군."

노골적으로 비꼬는 말에 세르피스의 얼굴이 붉어졌다. 사실 그녀도 이상하다고 여기고 있긴 했었다. 신관의 것치고는 드물게 강력한 데다가, 그것이 발현했을 때 묘하게 두려움이 엄습했기 때문이다. 아무리 신관이라 하나 고작 인간 따위에게서 느낄 수 있는 감정은 아니었다.

그럼에도 그것을 크게 염두에 두지 않았던 건 그가 엘뤼엔의 사제라고 했기 때문이다. 마족들에게 마신 다음으로 악명이 높은 형벌의 신. 그 이름으로부터 파생한 본능적인 거부감이라고 여겼던 것이다.

"도대체 어떻게 된 거야? 왜 정령왕이 황제를 돕고 있는 거지? 설마 황제가 정령왕을 소환한 걸까?"

"그것까진 알 수가 없지. 다만 우리로서는 일이 더 재미있게 되었군."

묘한 어조의 대답이었다. 세르피스는 눈을 가늘게 뜨고 데르온을 바라보았다.

"······뭐야, 설마 이것도 보고하지 않을 생각?"

"굳이 그럴 필요는 없지 않나? 어차피 멀리서 지켜보는 건 마찬가지인데 말이야."

"흐응······."

긴장감이 흐르던 공기가 나른하게 바뀌는 건 한순간이었다. 세르피스는 농염하게 웃으며 데르온의 옆에 바짝 몸을 밀착시켰다.

"난 용감한 남자가 매력 있더라. 혹시 나한테 잘 보이고 싶은 거야?"

"무슨 헛소리야."

"데르온 공작께서 요즘 들어 너무 무모한 모험을 즐기시는 것 같아서 하는 말이야. 정말 괜찮겠어? 이번에야말로 마왕 전하가 알게 되면 정말 화내실 거야."

희고 가는 손가락이 그의 어깨와 팔을 천천히 쓸어내렸다. 노골적인 유혹의 손길이었지만 데르온은 전혀 신경 쓰지 않고 대꾸했다.

"우리의 마왕께서 잊은 것이 하나 있지."

"……?"

의아하게 바라보는 세르피스의 시선을 무시한 채, 데르온은 차갑게 웃었다.

"마계에서 내가 섬기는 존재는 오직 마신뿐이라는 것 말이야."

1.

 클모어에 가까워질수록 날씨는 점차 혹한으로 변했다. 나무마다 앙상한 가지를 드러내고, 바람의 세기도 강해졌다. 아직 이름만 가을일 뿐, 이미 겨울이나 마찬가지였다.
 클모어 공작령은 삼면이 바다로 둘러싸인 구조로, 이국 상인들이 자주 오가는 흔히 말하는 자유 무역 도시였다. 항로를 이용한 모든 교역 품목은 반드시라고 해도 좋을 만큼 모두 이곳을 거쳤다. 다른 대륙으로 향하는 가장 가까운 지름길이자 유통망이었기 때문이다. 또한 동시에 클모어는 가장 안전한 교역로이기도 했다.
 황제의 치세가 흐트러진 나라는 안팎으로 시달리기 마련, 현재 스왈트 제국은 각지마다 해적들의 출몰에 골머리를 앓고 있는 상태였다. 타국으로 향하는 항로는 여럿이지만 대부분이 해적들에게 점령당한 것이나 다름이 없었고, 유일하게 소탕에 성공한 것은 클모어밖에 없다고 해도 과언이 아니었다.

전해 듣기로는 클모어의 영주이자 이사나의 사촌인 카웰 드 클모어 공작은 해군 출신으로, 현역 시절 수많은 전투를 승전으로 이끈 경험이 있는 사람이었다. 그가 중앙 귀족에서 물러나 고향으로 돌아갔을 때, 그의 무위를 잊지 못해 그를 따라 낙향을 한 기사와 병사들도 셀 수 없이 많았다고 했다.

그런 사람이 다스리고 있는 영지인 만큼 엄청난 군사력을 갖춘 것은 당연한 일. 보유하고 있는 해군의 병력만 2만이 넘었고, 도시 안의 치안도 다른 곳에 비해 월등히 높았다. 그 덕분에 상인들에게는 가장 안전한 도시이자 가장 큰 상권을 보전한 도시이기도 했다.

그러나 클모어에 다다른 현재. 우리들은 바로 그러한 점 때문에 난감한 상황에 빠질 수밖에 없었다. 성문 앞 검문이 다른 그 어느 도시보다 철저했기 때문이다.

이곳의 경비대는 단순히 신분증만 보는 것이 아니라 하나하나 일일이 얼굴을 확인했다. 더불어 대공의 병사들까지 감시의 눈을 켜고 행렬을 주시하고 있는 중이었다. 이제까지 해 오던 방식으로는 결코 통과할 수 없을 것 같았다.

"검문이 굉장히 엄격하네. 왠지 예전보다 더 심해진 것 같지 않아?"

"최근 들어 난민이 늘었다더군. 그 틈에 수배자들이 섞여 들어올지 모르니 예의 주시하는 모양이야."

"쩝, 아무튼 엄청 느리네. 이러단 오늘 안에 들어가지도 못하겠는데?"

성문 앞은 하염없이 이어진 줄로 인산인해를 이루고 있었다. 좀처럼 줄어들지 않는 행렬에 사람들은 저마다 지루함을 토로했다. 하지만 나는 반대로 앞으로 나아갈수록 점점 더 초조해졌다. 이대로 가만히 있으면 정체가 발각되는 건 불을 보듯 뻔했기 때문이다. 이사나 역시 불안한지 잔뜩 긴장한 모습이었다.

'어떻게 하지? 이쯤에서 헤어지는 게 좋을까?'

어차피 휴센 일행과는 클모어까지만 함께하기로 한 관계다. 목적지가 코앞이니 이쯤에서 제 갈 길을 간다고 해도 아무도 이상하게 볼 사람은 없을 것이다. 헤어진 후에도 검문을 뚫을 방법은 다시 고민해 봐야겠지만, 다 함께 있는 자리에서 발각이 되는 것보다는 나았다.

결심을 굳힌 나는 고개를 들고 휴센을 바라보았다. 그러나 운을 떼려는 순간 그가 우리를 향해 돌아서며 입을 열었다.

"저어, 휴센……."

"엘, 라이. 너희들에게 할 얘기가 있는데, 잠시 시간 좀 내줄 수 있을까?"

"네? 무슨 얘기요?"

갑자기 건네 온 말에 나는 당황해서 본래 하려던 말을 삼켰다. 휴센은 진지한 표정으로 말했다.

"너희가 꼭 알아야 할 중요한 얘기다. 여긴 듣는 사람들이 많으니 장소를 옮기는 게 좋을 것 같군."

그는 내가 무어라 반응을 보이기도 전에 먼저 걸음을 옮겼다. 그러자 사전에 미리 약속된 일이었는지 다른 샴페인 용병단원들 역시 그의 뒤를 따라가기 시작했다. 나와 이사나는 어리둥절해하면서 천천히 그들을 따라갔다.

잠시 후 도착한 곳은 성벽 옆쪽으로 자리 잡은 숲 안이었다. 한낮임에도 울창한 나무 그늘 때문에 근방은 전체적으로 어두침침했고, 오가는 사람의 기척은 느껴지지 않았다. 숲과 맞닿아 있는 벽면은 무성한 덤불에 덮여 을씨년스럽기까지 했다.

"휴센, 대체 무슨 일이에요?"

왠지 평소와는 다른 분위기에 나는 조금 경계하면서 물었다. 휴센은 아무런 대답 없이 벽면 쪽으로 걸어가더니 몸을 굽히고 덤불 사이를 파헤쳤다. 그러자 그 안에서 이끼가 잔뜩 낀 담이 드러났다. 놀랍게도 그 사이엔 구멍이 하나 뚫려 있었다. 그다지 큰 편은 아니었지만 체구가 작은 사람이라면 충분히 들어갈 수 있을 만한 크기였다.

"이건……."

"보다시피 성 안쪽으로 들어갈 수 있는 통로다. 몇 사람을 제외하면 잘 모르는 곳이지."

"이걸 왜……."

"여기로 들어가면 검문을 피할 수 있을 거다."

"……네?"

나는 한순간 내 귀를 의심했다.

검문을 피할 수 있을 거라니, 설마 우리가 숨어 다니는 처지라는 걸 이미 알고 있었던 건가?

멍하니 바라보자 그들은 따스한 눈빛으로 우리를 응시했다. 지금까지 아무런 내색도 없었던 사람들이라 더 당혹감이 일었다. 왜 아무것도 묻지 않고 이런 호의를 베푸는 건지 이해가 되지 않았다.

바로 그때 휴센이 바닥에 한쪽 무릎을 꿇었다. 그러자 다른 사람들도 모두 일제히 그를 따라 무릎을 꿇기 시작했다.

"휴, 휴센? 다들 왜 이러세요?"

느닷없이 벌어진 상황에 나는 깜짝 놀라 주춤거렸다. 이사나 역시 크게 당황한 모습이었다. 하지만 우리를 경악하게 만든 건 다음으로 이어진 휴센의 말이었다.

"예우를 제대로 갖추지 못하는 것을 용서하십시오, 황제 폐하. 부디 무사히 환궁하십시오."

"……!"

잠시간 정적이 흐르고 싸늘한 공기가 흘렀다. 마치 세상의 모든 시간이 멈추기라도 한 것처럼 작은 호흡 하나, 바람 소리조차 들려오지 않았다.

이사나는 마치 못이 박힌 것처럼 자리에서 움직이지 못했다. 굳어진 그의 입술이 숨을 토해 낸 건 그로부터 한참 만의 일이었다.

"어떻게……."

힘겹게 내뱉어진 목소리는 가늘게 떨리고 있었다. 휴센은 고개를 들지 않은 채로 대답했다.

"처음부터 알았던 것은 아닙니다. 다만, 수배지에 공개된 폐하의 연령과 비슷하다는 것, 그리고 어떤 경우에도 얼굴을 보이지 않으시려는 것을 보고 어렴풋이 짐작하고 있었습니다."

"그런데…… 어째서 고발하지 않은 겁니까? 왜 지금까지 나를……."

"저희는 황제 폐하의 백성입니다."

"……."

막힘없이 이어진 대답에 이사나는 다시 숨을 멈췄다. 휴센은 결연한 얼굴로 말했다.

"저는 배운 것 없이 미천한 용병일 뿐이라 높으신 분들의 일은 잘 모릅니다. 그러나 어릴 때부터 제가 배운 건 황제는 인간이 만드는 것이 아니라 신이 내리는 존재라는 것이었습니다. 지금 이 땅의 황제는 바로 폐하이십니다. 저희가 어찌 감히 황제를 고발할 수 있겠습니까?"

"허나…… 그대들이 위험해질 수 있었습니다."

"이 제국의 근본을 지키는 일입니다. 설령 목숨을 잃는다 해도 기꺼이 임하는 것이 당연합니다."

"……."

이사나는 이번에도 말을 잇지 못했다. 잠시간 굳어 있던 그는 이내 천천히 떨리는 손을 들어 머리를 덮었던 후드를 젖혔다. 지난 시간 동안 많이 길어버린 금색의 머리칼과 차분한 푸른 눈동자가 모습을 드러냈다. 여정을 시작한 이후 처음으로 드러내는 얼굴이었다.

"폐, 폐하의 용안을 뵙습니다!"

휴센 일행은 거의 엎드리다시피 몸을 굽히고 소리쳤다. 이미 정체를 알고 있음에도 실제로 본모습을 본 충격이 큰 것 같았다. 그런 그들을 향해 이사나가 살짝 참았던 숨을 내뱉었다.

"모두 고개를 드십시오."

"……."

"괜찮습니다. 모두 고개를 들고 나를 보십시오."

망설이던 휴센 일행은 재차 거듭된 말에 천천히 얼굴을 들었다. 이사나는 조금은 벅찬 듯, 숨이 가쁜 표정으로 그들의 모습을 하나하나 눈에 담았다.

"나는, 지금까지 형편없는 황제였습니다."

"폐하……."

"이름뿐인 황제의 지위 안에 갇힌, 그저 무력하고 아무것도 할 줄 모르는 어린아이였을 뿐입니다. 그리고 아마 앞으로도 그대들이 기대하는 것을 이루지 못할지도 모릅니다. 그래도 그대들은 나를 도운 걸 후회하지 않겠습니까?"

나직하게 질문을 건네는 목소리는 금방이라도 꺼질 듯 위태로웠다. 휴센 일행은 한동안 아무 대답도 하지 않은 채 서로 조심스레 시선을 교환했다. 잠시간의 침묵을 깨고 입을 연 건 헤롤이었다.

"일전에 폐하께서 하신 말씀을 기억합니다. 부패하지 않은 관리가 다스리는 세상, 아무도 억울한 죽음을 당하지 않는 나라가 올 거라고 하셨지요. 저는 그 말씀을 믿습니다."

"……."

"설령 그런 세상이 이루어지지 않는다 해도 상관없습니다. 가슴속에 그 같은 마음을 품었던 황제가 계셨다는 것만으로 저희는 충분합니다. 폐하, 감히 아뢰옵건대 부디 자신을 잃지 말아 주십시오. 폐하께서 가시는 길이 곧 만백성이 향하는 길입니다. 그 방향이 어디를 가리키든 저희는 당신이 가시는 길을 따를 겁니다."

"나의 길이라……."

한동안 이사나는 각인하듯이 그의 말을 조용히 읊조렸다. 휴센 일행은 그런 그의 모습을 조마조마한 시선으로 응시했다. 이윽고 이사나는 생각을 정리한 듯 맑은 눈동자를 들었다.

"신은 백성을 위해 황제를 내리고, 황제는 백성을 비추는 거울이라고 하지요. 아직 보인 것이 아무것도 없는데도 그대들은 나를 믿어 주는군요. 부끄럽게도."

"폐하……."

"이것만은 약속하지요. 앞으로 무슨 일이 일어나건 내가 스스로 포기하는 일은 없을 겁니다. 날 믿는다고 해 준 그대들을 실망시키지 않기 위해서라도, 결코 내가 먼저 좌절하거나 물러나지 않겠습니다."

"폐하!"

휴센 일행은 모두 감격에 휩싸인 표정을 지었다. 이사나는 그들의 몸을 하나하나 손수 일으킨 다음, 두 손을 꼭 붙잡으며 말했다.

"비록 용병의 신분이라 하나 그대들이 내게 보여 준 정신은 제국을 지키는 기사에 못지않았습니다. 이 숨이 끊어지는 날까지, 그대들의 용기와 충정을 잊지 않겠습니다."

"짧은 시간이나마 모실 수 있게 되어 영광이었습니다, 폐하! 부디 가시는 앞길에 신의 축복이 함께하시길."

정중한 인사에 이사나는 흐릿하게 웃었다. 새빨개진 눈동자엔 금방이라도 쏟아질 듯 눈물이 가득한 채였다.

페리스들과 헤어질 때도 그는 저런 식으로 울고 싶은 표정을 지었다. 그때와 달라진 것이 있다면 지금은 훨씬 의연하게 미소 짓고 있다는 것이다. 이별에 아쉬움을 느끼긴 해도 그 사실을 아파하거나 미련을 두지는 않는다. 그의 시선은 더 이상 과거에 머물지 않고 미래를 바라보고 있었다. 짧은 시간, 그가 몰라볼 만큼 성장했다는 것이 느껴졌다. 그의 기사들이 지금 이 모습을 본다면 감격이 차오르지 않을까. 보지 않아도 그들이 눈시울을 붉히는 모습이 눈에 선했다. 이사나의 성장은 그들의 가장 큰 바람이자 염원이었으니까.

그렇게 이사나와 휴센 일행이 마지막 인사를 나누는 동안, 나 역시 트로웰과 작별 인사를 했다. 눈이 마주치자 그는 특유의 장난스러운 미소를 지었다.

『이제 당분간 작별이네.』

『그러게. 근데 너무해, 트로웰. 넌 처음부터 다 알고 있었지? 왜 휴센 일행이 알고 있다는 걸 미리 말해 주지 않았어? 나한테만이라도 귀띔 좀 해 주지. 정말 놀랐단 말이야.』

『미안, 미안. 미리 알고 있으면 부담스러워할 것 같았거든. 게다가 엘, 너는 생각이 그대로 얼굴에 드러나잖아.』

『윽, 그거야 그렇지만……..』

딱히 반박할 수가 없었기에 나는 말을 흐렸다. 하긴 스스로 판단하기에도 내가 모든 사실을 알았다면 지금과 똑같은 기분으로 편안히 휴센 일행을 대하지는 못했을 것이다. 아니면 너무 방심한 나머지 사람들 앞에서 이사나의 본명을 부르는 실수를 저지른다거나. 그런 의미에서 트로웰은 나를 너무 잘 알았다.

『트로웰은 이제 어디로 가는 거야?』

『글쎄, 아마 수도에 있는 용병 길드 본사로 가게 될 것 같아. 승급 시험을 받아야 하거든.』

아아, 그러고 보니 '매튜'가 이번 겨울이 지나면 금패를 받게 된다고 그랬던가? 영영 헤어지는 것도 아닌데 앞으로 한동안 볼 수 없을 거라 생각하니 서운한 마음이 들었다. 트로웰 역시 내 기분을 읽은 듯 아쉬운 표정을 지었다.

『사실은 좀 더 같이하고 싶었는데. 내가 끝까지 돕지 못해서 미안해, 엘.』

『아냐, 지금까지도 너무 많은 도움을 받았는걸. 그동안 정말 고마웠어.』

『우리 사이에 뭘 그 정도 가지고. 앞으로도 종종 연락할게. 유희에 빠져 있는 것도 좋지만 가끔씩은 정령계로 돌아가서 주위도 돌아보고 휴식도 즐기도록 해. 엘, 너는 처음부터 너무 험난한 유희라 특히 신경 쓰여.』

『왜, 물가에 내놓은 아이 같아서 불안해?』

『응? 물의 정령왕인 네가 물가에 있는 게 왜 불안한데?』

"……."

아무렇지 않게 되묻는 말에 나는 일순 대답을 찾을 수 없었다. 그래, 그러고 보니 난 물의 정령왕이지. 생각해 보니 그리 적절하지 않은 예시이긴 했다. 그렇다 해도 설마 이렇게 되받아칠 줄은 몰랐지만.

『너무한다, 트로웰.』

『하하, 미안. 엘이 먼저 내 마음을 떠보려고 했으니까 그렇지. 내가 걱정하는 건 당연한 거 아니야? 물가에 내어놓은 아이 같지는 않더라도 그 비슷한 심정은 가지고 있어. 그러니까 그런 날 생각해서라도 난 엘이 좀 더 몸을 아꼈으면 좋겠어. 내 말, 무슨 뜻인지 알지?』

『응, 알았어. 조심할게.』

조만간 이 제국엔 전운이 감돌 것이다. 용병인 휴센 일행은 가장 먼저 격동의 날에 휘말리게 될 터. 다음에 그들을 만나는 건 전장의 한가운데일지도 몰랐다. 하지만 나도 트로웰도 그 부분에 대해선 암묵적으로 침묵했다. 아직 다가오지 않은 일을 구태여 미리 끌어와 전전긍긍하고 싶지는 않았으니까.

"행운이 함께하길, 엘."

"매튜, 너도."

그럴듯한 인사를 마지막으로 우리는 서로 마주 보며 웃었다.

그때 문득 뺨에 축축한 느낌이 와 닿았다. 고개를 들자 하늘 위에 절경이 펼쳐져 있었다. 수많은 물의 나이아스들이 실프들과 함께 손을 잡고 춤을 추고 있었던 것이다. 그들이 팔랑팔랑 몸을 움직일 때마다 새하얀 얼음 가루가 바람을 타고 두둥실 떠내려오고 있었다.

나는 손을 뻗어 떨어지는 얼음 가루를 받았다. 뭉친 얼음 알갱이가 마치 꽃송이처럼 선명한 문양을 이루며 은은하게 반짝거렸다.

올해의 첫눈이었다.

2.

휴센 일행과 헤어진 후 우리는 그들이 가르쳐준 비밀 통로를 이용해 곧장 내성으로 진입했다. 무역 도시라는 이름답게, 성 안엔 가지각색의 복식을 갖춘 사람들로 가득했다.

가장 먼저 눈에 들어온 건 물건을 가득 실은 수레와 그 사이를 바삐 오가는 짐꾼들의 모습이었다. 활기차고 역동적인 공기가 흐르는 거리는 어디를 둘러보아도 마치 시장 안처럼 번잡했다.

그러나 전체적으로 화려한 분위기에 비해 오가는 사람들의 얼굴엔 경계심이 가득했다. 수시로 돌아다니며 불시 검문을 하는 병사들 때문인 것 같았다.

지금 이 순간에도 상인들 사이를 살피며 감시의 눈길을 보내는 병사들을 쉽게 발견할 수 있었다. 그나마 다행인 건 때마침 내리기 시작한 눈으로 인해 슬슬 철수하는 분위기라는 점이었다. 하지만 그런 것과는 상관없이 이사나는 눈이 내리는 것 자체를 반겼다.

"이것 봐, 엘. 포악한 성자가 쥐고 있는 창에서 드디어 그 첫 번째 얼음 가루가 떨어지고 있어. 이제 정말 그의 휴식이 시작되나 봐."

……해석하자면 '와, 첫눈이다. 이제 정말 겨울인가 봐.'라는 뜻이다.

어린아이처럼 좋아하는 그를 보며 나는 피식 웃었다. 아마도 지금 그가 들뜬 건 비단 눈 때문만은 아닐 것이다. 지난 두 달간 이어 온 기나긴 여정이 드디어 끝을 보이고 있었으니까. 저 멀찍이 우뚝 선 본성의 모습을 보니 나 역시 가슴이 벅차올랐다.

"드디어 도착했네."

"그러게."

매시간 동고동락하며 의지가 되어 주던 동료들은 사라지고 이제 다시 단둘이 되었다. 그래서일까. 정신없는 일정에 빠져 지내느라 한동안 잊고 있었던 긴장감이 새삼 피부에 와 닿았다. 이사나 역시 결전을 앞 둔 비장한 표정이었다.

"형님이 날 만나 줄까?"

"무슨 소리야. 여기까지 왔는데 당연히 만나야지."

"혹시 싫다고 하면?"

"걱정 마. 그땐 무슨 수를 써서든 강제로 얼굴을 보게 할 테니까."

그 말에 자신감을 얻은 듯 이사나는 밝은 얼굴로 고개를 끄덕였다.

"난 준비됐어, 엘. 이제 출발하자."

"아, 잠깐 기다려. 실은 네 형님에게 가기 전에 먼저 신전에 들를 생각이었거든."

"신전? 아아, 신의 문장을 받아야 한다고 했었지. 그럼 바로 그쪽으로 가면 되는 건가?"

"음, 그렇긴 한데…… 카이테인 씨가 아직 밖에 있어서 말이지."

그제야 문제를 깨달은 듯 의아해하던 이사나의 얼굴에 낭패감이 떠올랐다. 카이테인이 신전까지 안내하기로 한 것을 뒤늦게 상기한 것이다.

우리가 먼저 출발한 탓에 그는 성문 밖 행렬 속에 여전히 남아 있는 상태였다. 트로웰을 통해 안에서 기다리고 있겠다는 말을 전해 두긴 했지만, 워낙 줄이 길었던 만큼 앞으로 얼마나 더 시간이 걸릴지 예상할 수가 없었다.

"그럼 어떡하지?"

"일단 어디 건물 안에라도 들어가 있자. 눈이 더 많이 내릴 것 같아."

"응."

나는 그와 함께 갈 만한 곳을 찾아 주위를 두리번거렸다. 이대로 적당한 장소에서 카이테인을 기다리며 앞으로의 계획을 구상할 생각이었다.

"여어—."

그런데 그때 걸음을 옮기려는 우리 앞으로 낯선 남자 세 명이 다가왔다. 한눈에 보기에도 자질이 불량해 보이는 사람들이었다.

"……누구세요?"

내가 경계하며 묻자 그들은 서로 의미심장한 눈빛을 주고받으며 히죽 웃었다. 왠지 기분 나쁜 예감이 강하게 들었다.

"아까 다 봤다."

"네?"

"너희들, 숨겨진 구멍을 통해 들어왔지?"

"……!"

설마, 그걸 목격한 건가?

예상하지 못했던 일에 나는 얼굴을 굳혔다. 분명 구멍을 통과하기 전에 주위에 아무도 없는 것을 미리 확인했었다. 아마 멀찍이 숨어서 지켜보다가 누군가 걸리기를 기다리고 있었던 것이 틀림없었다.

"그쪽에 비밀 통로가 있다는 건 아는 사람이 별로 없거든. 검문을 피해 몰래 들어오다니, 수상한 녀석들이네."

"그러고 보니 둘 다 시커먼 후드로 얼굴을 가리고 있잖아. 혹시 너희들 수배자들이냐?"

"어이쿠, 무서워라. 우리 영지에 범죄자가 숨어들다니, 그러면 큰일이지."

낄낄 웃는 사내들은 명백히 이 상황을 즐기고 있었다. 나는 점차 가까이 다가오는 그들에게서 보호하기 위해 이사나를 내 뒤쪽으로 보냈다.

"뭔가 오해가 있는 것 같은데요. 저흰 그냥 구멍이 보이기에 들어온 것뿐이에요. 수배자도 아니고, 딱히 검문을 피하려고 했던 건 아닙니다."

"흐흐, 코흘리개 어린애도 속지 않을 말을 우리더러 믿으라고?"

"정말이거든요?"

"그래? 그럼 지금 당장 검문소로 같이 가 볼까? 네가 말한 것처럼 그렇게 떳떳하다면 말이야."

"……."

물론 대답할 말이 있을 리 없었다. 내가 입을 다물자 그들은 이 겼다고 생각했는지 더 야비한 표정을 지었다.

시작부터 이렇게 일이 꼬일 줄이야. 이 상황을 어떻게 해결해야 할지 생각하니 절로 한숨이 흘러나왔다. 당장 이 자리에서 도망을 치는 건 간단했지만 그들이 신고를 하면 그 즉시 수많은 병사들의 추격이 따라붙을 것이다. 최대한 일이 크게 불거지지 않는 선에서 마무리를 지어야 했다.

"자아, 어떻게 할까? 저기 지나가는 병사 아저씨들을 부를까? 우리는 그래도 상관이 없는데 말이야."

"……원하는 게 뭐예요?"

"흐흐, 이제야 말이 좀 통하는군."

불량배들은 이빨을 드러내고 웃었다. 그중 가운데 남자가 두툼한 손을 내 앞에 펼쳐보였다.

"한 사람당 10실버씩, 총 20실버."

"네?"

"그 정도 내놓으면 특별히 눈감아 주지."

"미, 미쳤어요?"

뻔뻔하다 못해 황망한 요구에 나는 헛숨을 삼켰다. 그 정도면 이곳에서의 평민 가족 기준으로 한 달은 족히 먹고살 수 있는 돈이다. 누구나 쉽게 지니고 다닐 리도 없고, 설령 소지하고 있다고 해도 불량배 따위에게 쉽게 넘겨줄 만한 금액은 아니었다. 기껏해야 푼돈이나 뜯는 양아치라고 생각했는데, 그게 아니었던 건가? 대체 무슨 생각으로 이러는 건지 그들의 뇌 구조가 의심스러울 정도였다.

"이래 봬도 사정 많이 봐준 거라고. 설마 그만한 돈도 없이 넘어갈 거라 생각했어?"

"말이 되는 걸 요구해야죠. 저희한테 그렇게 큰돈이 있을 것 같아요?"

"뭐야, 정말 없어?"

"당연하죠!"

사실은 거짓말이었지만 나는 당당하게 대꾸했다. 만약 순순히 내준다고 해도 이런 심보를 지닌 자들이라면 또 다른 문제로 이어질 게 분명했다. 그러자 당장 화를 낼 거란 예상과는 다르게 불량배들은 저들끼리 묘한 시선을 주고받았다. 마치 이런 순간을 기다리고 있었던 것 같았다.

"뭐, 정히 안 되면 몸으로 갚는 방법도 있지."

"뭐라고요?"

그 순간 나는 배 쪽에 와 닿는 딱딱한 감촉을 느꼈다. 내려다보니 예리하게 날이 선 단검이 보였다. 그 옆에서 다른 녀석이 이 사나에게도 칼을 들이밀고 있었다.

"조용히 입 다물고 순순히 우리를 따라와."

"무슨……"

"쉿, 병사들에게 고발당하고 싶어?"

나직한 협박에 입을 다물자 그들은 흐뭇한 표정을 지었다. 모든 것이 계획대로 이루어진 사람의 얼굴이었다. 바로 그때 그들끼리 나직하게 속삭이는 소리가 들려왔다.

"흐흐, 오늘은 운이 좋네. 두 놈이나 잡다니."

"그러게 말야. 나이들도 어려 보이는데, 좀 더 받아먹을 수 있겠어."

"……!"

뭐야. 설마 이 녀석들, 인신매매를 하는 건가?

그제야 나는 불량배들의 진정한 목적을 깨닫고 경악했다. 어쩐지 말도 안 되는 억지를 부리더라니, 처음부터 팔아먹을 생각으로 접근했던 것이다.

의도를 알게 된 이상 그들의 장단에 맞춰 줄 생각은 없었다. 나는 잡아끄는 손길에 저항하며 움직이지 않았다. 그러자 불량배들의 시선이 대번에 험악해졌다.

"뭐야? 순순히 따라오라는 말 안 들려?"

"당신들, 인신매매범이에요?"

"뭐, 뭐?"

"지금 우리를 협박해서 끌고 가는 거, 어디론가 팔아넘기려고 하는 거잖아요. 이거야말로 범죄 아닌가요?"

"이 자식, 그 입 다물지 못해?"

정곡을 찔린 탓인지 불량배들은 바로 본색을 드러냈다. 거칠게 붙잡는 손길과 함께, 두꺼운 손바닥이 빠르게 내 얼굴 쪽으로 날아들었다. 폭력을 행사하려는 것이다.

"엘!"

뒤쪽에서 기겁한 이사나의 외침이 울려 퍼졌다. 물론 나 역시 얌전히 당해 줄 마음은 없었다. 소란이 커질 땐 커지더라도 이 괘씸한 놈들에겐 응징을 가해 줄 생각이었다.

그런데 바로 그 순간, 뜻밖의 일이 벌어졌다.

퍼억!

"꾸웩!"

날아든 손이 내게 채 닿기도 전에 멀찍이 나가떨어졌다. 누군가 그를 걷어찬 것이다.

"뭐, 뭐야!"

"어떤 놈이 감히……!"

갑자기 일어난 일에 크게 놀란 듯 다른 두 사람이 당황하여 돌아보았다. 하지만 그들 역시 이어진 공격에 얻어맞아 속수무책으로 굴러떨어졌다.

퍽! 콰악! 콰직!

듣기만 해도 움찔할 정도로 거친 소리가 연이어 울려 퍼졌다. 얼마나 강한 일격이었는지 단숨에 나가떨어진 사람들은 비명조차 지르지 못하고 그대로 의식을 잃었다. 모두 순식간에 벌어진 일이었다.

정신을 차렸을 때, 나는 사방에 시체처럼 너부러진 불량배들의 모습을 확인할 수 있었다. 그런 그들 앞으로 무심히 서 있는 한 남자의 뒷모습이 보였다. 훤칠한 키에 날렵한 체구, 곧게 뻗은 다리가 마치 그린 듯이 완벽한 비율을 지닌 사람이었다. 허리 아래로 가볍게 묶어 내린 머리칼은 짙은 붉은색을 띠었는데, 바람이 스칠 때마다 빛이 닿는 자리가 루비 가루를 뿌린 듯이 반짝거렸다.

"한심하군."

그 순간 들려온 목소리에 나는 멍하니 입을 벌렸다. 분명 어디선가 들어 본 목소리였기 때문이다. 더불어 이런 곳에서 들을 리가 없는 목소리이기도 했다.

굳어진 나를 향해 등지고 서 있던 남자가 천천히 돌아섰다. 찬란한 햇빛 아래, 정신이 사나울 정도로 아름다운 이목구비가 가볍게 찌푸려진 상태로 나를 곧게 응시했다.

"이런 조무래기들을 상대로 뭘 쩔쩔매고 있는 거야?"

"라…… 피스?"

레드 일족의 드래곤 라피스라즐리.

내 삶을 송두리째 흔들어 버릴, 그와의 예상치 못한 재회였다.

『정령왕 엘퀴네스』 4권에서 계속

1.

 내딛는 걸음마다 먼지 섞인 바람이 일었다. 눈을 들면 보이는 광경은 온통 메마른 바위와 황량한 모래 언덕뿐이었다. 이곳이 얼마 전까지만 해도 울창한 숲이었다는 사실은 이제 기억하는 사람이 그리 많지 않았다.
 바짝 말라 버린 강줄기는 이미 흔적도 찾아보기 힘들었다. 어디까지가 땅이고 어디까지가 물이었는지 구분하던 경계선마저 모호해져 버렸다. 작은 돌덩이조차 부서지고 마른 흙과 먼지로 뒤덮인 땅은 저편의 사막과 다를 것이 하나 없었다. 소년은 바로 그 자리 위에 서 있었다.
 소년은 천천히 몸을 굽혀 손으로 바닥을 훑었다. 움켜쥔 흙이 아무런 저항 없이 그의 손가락 사이에서 허무하게 새어 나갔다. 건조한 모래가 서서히 바람에 흩어지는 것을 그는 무감한 눈으로 응시했다. 이제 와서는 특별이랄 것도 없는 광경이었다.

7년째 지속된 가뭄은 많은 것들을 변하게 만들었다. 풍요롭던 대지는 더 이상 과실을 생산하지 않았고, 태어나는 것들은 모두 죽거나 병에 들었다. 멀쩡히 남은 것은 먼저 태어나 아등바등 버티고 있거나 남을 희생하여 제 목숨을 구한 것들뿐이다.

소년은 씁쓸히 한숨을 내쉬었다.

바로 어제, 마지막 남은 나이아스가 죽었다.

"신들은 도대체 뭘 하고 있는 거야."

소년은 푸념하듯이 중얼거리며 자신의 손을 내려다보았다. 바로 그 손 위에서 여리고 작은 나이아스가 마지막 숨을 토해 냈다. 안타까운 듯 바라보던 얼굴로 조심스럽게 그의 손바닥에 키스를 건네고, 그대로 사그라졌다.

벌써 한참 전에 대부분의 물의 정령이 소멸한 것을 생각하면 홀로 정말 오래 버틴 것이었다. 이 땅에 본격적인 가뭄이 도래한 건 7년 남짓이었지만 실제 물의 정령이 사라지기 시작한 건 그보다 훨씬 더 오래전부터였다.

물의 정령왕 엘퀴네스, 그가 소멸했던 바로 그 이후로부터. 마치 그의 뒤를 따르기라도 하듯 남은 물의 정령들도 점차 소멸의 과정을 밟았다.

새로운 물의 탄생은 없었다. 어떻게 된 건지 알아보려는 시도가 계속됐지만 아직 그 원인조차 불분명한 상태였다. 그날로부터 대륙은 차츰차츰 죽음이라는 좀에 먹혀들어 가고 있었다. 아마도 그리 오래지 않아 한계에 다다를 것이다. 아니, 어쩌면 이미 한계인지도 몰랐다.

어제 소멸한 나이아스는 이 대륙에 남은 유일한 희망이었다. 그러나 지금은 그 희망마저 사라져 버렸다. 이제 앞으로는 인공 우(雨)를 내리는 것조차 어려워지리라.

또다시 수많은 생명들이 죽어 가는 소리가 들렸다. 지난 십수 년 동안 지긋하리만치 들어온 아우성은 그럼에도 여전히 익숙해지지 않았다. 언제까지 이렇게 계속 지켜봐야만 하는 걸까. 소년은 모든 것을 알고 있었지만, 그것을 막을 힘은 갖지 못했다.

    땅의 왕이시여, 부디 괴로워하지 마세요. 분명히 물의 왕이 오
  실 겁니다.

소멸의 순간 나이아스가 내뱉은 말 역시, 그저 허황된 꿈일 뿐이라는 것도 알고 있다.

소년, 트로웰은 쓸쓸한 얼굴로 두 눈을 감았다. 뒤집어쓴 후드 아래 드리운 새카만 흑발이 바람에 조금 흩어졌.

언제부터인가 아무것도 보이지 않게 되었다. 거울을 보는 것처럼 선명하던 미래는 어느덧 뿌연 먼지가 낀 것처럼 갑갑한 것으로

변한 지 오래였다. 마치 지금 눈앞에 펼쳐져 있는 황량한 사막을 보는 것 같았다.

"이렇게 끝나는 건가."

나직이 중얼거린 목소리가 허공에서 공허하게 흩어졌다.

균형이 무너진 세계는 어떤 방법으로도 유지할 수가 없다. 말은 하지 않았지만 다들 본능적으로 느끼고 있었다.

이 땅의 수명은 이제 얼마 남지 않았다.

기실 정령왕이라는 의무 아래 지켜온 땅일 뿐, 그에게 이 대륙은 큰 의미가 없었다. 한때는 그 손으로 모든 것을 끝내고 싶은 적도 있었다. 하지만 막상 이렇게 종말을 고하는 대륙을 돌아보고 있으니 마음이 그리 편하지만은 않았다. 스스로 이런 기분이 든다는 것이 놀라울 정도였다.

'……지나고서야 깨닫는 것은 나도 인간과 똑같구나.'

어쩌면 그리 싫었던 게 아닐지도 모른다.

트로웰은 속으로 쓰게 자조했다.

2.

한동안 트로웰은 대륙 이곳저곳을 정처 없이 돌아다녔다. 딱히 별다른 목적이 있어서가 아니라 그저 발길이 닿는 대로 걷는 중이었다.

빠르게 진행되는 사막화로 인해 이제 사람들이 모인 곳도 점차 버려진 땅이 되어 가고 있었다. 하루에도 수십 개의 마을이 폐허로 변하고, 오가는 길목마다 난민이 넘쳤다. 마을은 어디를 가도 이방인을 매우 경계했다. 새로운 사람이 생기면 그들 중 누군가의 몫이 줄어들기 때문이다.

그나마 도심의 경우엔 사정이 좀 나았다. 매우 비싼 값을 치러야 했지만 먹을 수 있는 물이 있었고, 작은 숲과 농경지도 볼 수 있었다. 수도로 가면 아직도 멀쩡히 흐르는 강과 간간이 호수도 찾아볼 수 있다고 들었다. 마법사들이 곳곳에 걸어 둔 현상 유지 마법 덕분이다.

인간들은 전부 그들의 노력으로 알고 있었지만, 사실 대부분은 이 땅의 멸망을 조금이라도 늦추기 위한 목적으로 정령왕들에게 협력한 드래곤들의 작품이었다. 물론 어디까지나 임시적인 방편일 뿐 그것 역시 완벽한 대처는 되지 않았다. 정령이 없이 인공으로만 유지하고 있는 물은 살아 숨 쉬지 않으니까. 정령들의 시선에서 보기엔 죽은 시체를 끌어안고 돌보는 것과 다름이 없었다. 당장 얼마간은 버틸 수 있겠지만 장기적으로는 독이 될 것이 분명했다.

그사이 어느 제국에서는 기나긴 가뭄의 책임을 황제에게 떠넘기려는 물결이 일었다. 연이어지는 고난을 견디지 못한 인간들이 끝내 희생양을 찾아 잔혹한 이빨을 들이민 것이다. 그것이 얼마나 무의미한 일인지도 알지 못하고서.

'그래 봤자 어차피 모두 다 죽을 텐데.'

트로웰은 속으로 중얼거리며 보이는 아무 자리에나 걸터앉았다. 이미 한참 전에 말라 버린 분수대 앞이었다. 주위는 온통 타는 듯이 뜨거운 태양의 열기로 가득했다. 점점 강해지는 햇살은 현재 이 대륙의 사막화를 가속화시키고 있는 가장 큰 원인이기도 했다. 이프리트가 이 문제로 고심이 크다는 건 그 역시 누구보다 잘 알고 있었다.

"이 녀석들! 저리 썩 꺼지지 못해!"

그때 가까운 곳에서 노호성이 울려 퍼졌다. 고개를 든 트로웰의 시야에 어느 식당 앞에 서 있는 한 남자가 보였다. 그가 고함을 치자 그 앞에 몰려 있던 것들이 우르르 달아났다. 거칠고 후줄근한 차림을 한 거지 아이들이었다. 아마도 배고픔을 이기지 못하고 식당을 기웃거리는 것을 주인이 발견하고 쫓아내는 모양이었다.

그 모습을 바라보는 트로웰의 시선이 차게 식었다.

삶이 황폐해지면 인간들 사이에서 가장 먼저 버려지는 건 언제나 아이들이다. 이번 가뭄 동안 가장 많이 죽은 것도 바로 인간 아이들이었다.

전 종족이 합심하여 단 하나의 아이라도 구하려던 엘프들은 오히려 성인이 더 많이 죽었다. 심지어 몬스터들조차 제 살을 내주며 새끼를 살리는 쪽을 택했다. 애초부터 헤슬링을 가장 최우선으로 하는 드래곤은 말할 것도 없다. 똑같은 시기를 지내면서도 그들이 내놓은 결과는 이렇듯 판이하게 다르다. 그래서 트로웰은 인간이 싫었다.

"어휴, 휴센! 지금 바쁘단 말이야!"

"미안, 잠깐만 기다려."

무심히 주변을 훑던 그의 눈에 한 사람의 모습이 들어온 건 우연이었다. 가죽으로 된 갑옷을 입고, 허리에 장검을 찬 용병이었다. 그는 누더기나 다름없는 배낭을 걸친 채 어디론가 급히 달려갔다. 조금 전 식당 앞에서 쫓겨난 거지 아이들 앞이었다.

"자, 애들아, 이리 와. 이거 받아라."

갑자기 다가온 어른을 향해 경계하던 아이들은 그의 말에 당황한 표정을 지었다. 하지만 이내 그가 배낭에서 꺼내 드는 것을 발견하고는 두 눈을 함지박처럼 떴다. 그의 손에 들린 것이 큼지막한 빵이었기 때문이다.

"괜찮아. 어서 받으래도?"

서로 눈치를 보는 아이들을 향해 용병이 선하게 웃으며 다시 권했다. 그러자 이번엔 기다렸다는 듯이 아이들이 앞다투어 손을 내밀기 시작했다. 모르는 사람이 주는 음식이라고 거절하기엔 그들은 매우 굶주려 있었고, 이성적인 판단을 할 수 있는 나이가 아니었다.

"더 있으니까 천천히 먹으렴. 그러다 체하겠다."

급하게 빵을 삼키는 아이들을 향해 남자는 차분히 말했다. 드문드문 아이들의 얼굴에 묻은 검댕을 지워 주거나 입가에 묻은 것들을 털어 주기도 했다. 손과 옷에 더러운 오물이 묻어나도 전혀 개의치 않는 모습이었다.

'저런 인간도 있었군.'

트로웰은 흥미로운 시선으로 용병의 모습을 관찰했다. 그에게선 악의가 전혀 느껴지지 않았다. 진심으로 아이들을 위하고 안타까워하는 심정이 고스란히 전해져 왔다. 조금 더 깊게 심성을 살피자 지나간 그의 과거들이 그린 듯이 눈앞에 펼쳐졌다. 딱히 가난하고 불우하던 가정환경을 거친 것도 아니고, 부모에게 버림받은 기억이 있는 것이 아니었다. 그저 천성이 동정심이 많은 성격인 것 같았다.

"저 바보. 아무튼 애들만 보면 그냥 지나치질 못한다니까."

문득 옆에서 들려온 목소리에 트로웰은 고개를 들었다. 예쁘장한 외모의 소녀가 뾰로통한 얼굴로 서 있었다. 트로웰은 조금 전 그 소녀가 용병 남자에게 소리쳤던 것을 기억해 냈다. 아마도 두 사람이 일행인 것 같았다.

아이들을 향해 환하게 웃는 남자를 보며 소녀는 어쩔 수 없다는 듯이 한숨을 쉬었다. 이런 일이 한두 번이 아닌 듯 이미 이골이 난 눈치였다.

나한테도 저랬었는데.

서서히 흥미가 식으려는 찰나 소녀의 마음속 소리가 들려왔다.

마치 금방이라도 꺼질 것처럼 지친 음성이었다. 그래서일까. 다른 때라면 크게 관심을 두지 않았을 타인의 감정에 호기심이 일었다.

아직도 휴센의 눈에는 나도 저 아이들처럼 보일까?

그녀가 말하는 휴센이 바로 용병 남자의 이름인 듯했다. 소녀의 복잡한 눈빛이 그의 뒷모습을 원망스럽게 훑었다.

바보. 이렇게 좋아하는데.

'아아, 그런 건가.'

대강 돌아가는 정황을 알 것 같아 트로웰은 가볍게 웃었다.

때마침 용건을 모두 마쳤는지 용병 남자가 소녀에게 걸어왔다. 소녀가 새침하게 눈을 흘기자 그는 미안한 표정을 지으며 웃었다.

"미안하다, 쉐리. 오래 기다렸지?"

"그게 문제가 아니야. 도대체 이게 몇 번째야? 사 놓은 비상식량은 또 전부 다 줘 버리고. 내가 정말 못 살아. 그게 어떻게 번 돈으로 산 건데!"

"돈이야 또 벌면 되지."

"벌자마자 다 탕진하니까 문제인 거잖아! 하루 벌어서 하루 먹고 살 거야?"

"무슨 말인지는 알겠다. 그래도 불쌍한 애들을 못 본 척할 순 없어. 어려울 땐 다 돕고 살아야지."

"어휴, 하여간 말이나 못하면!"

답답한 듯 가슴을 두드리는 소녀의 모습을 뒤로하며 트로웰은 천천히 몸을 일으켰다. 이제 슬슬 다른 마을로 이동해 볼 생각이었다.

"음?"

그런데 그때 용병 남자의 시선이 그에게 닿았다. 무시하고 지나가려는데 그의 손이 재빠르게 어깨를 붙잡았다.

"이봐, 너. 잠깐 기다려."

"……뭐죠?"

충분히 피할 수 있었지만 트로웰은 일부러 그렇게 하지 않았다. 무슨 용건인지 궁금하기도 하고, 무엇보다 귀찮았기 때문이다.

인간 세상을 돌아다닐 때면 간혹 뜻하지 않게 무심코 한 행동이 이상한 쪽으로 확대될 때가 많았다. 특히 기사나 용병처럼 무위를 갖춘 사람을 상대할 때 그런 일이 더 잦은 편이었다. 그들을 대할 땐 차라리 피하지 않고 정면으로 대응하는 것이 더 편했다.

용병 남자, 휴센의 시선이 빠르게 그의 위아래를 훑었다.

"이곳에선 처음 보는 녀석인데, 너 몇 살이지?"

"그런 건 왜 물으시는지?"

"아아, 그렇게 경계하지 않아도 된다. 난 길드에 정식으로 소속된 용병이고 이름은 휴센이라고 한다. 수상한 사람이 아니야."

"……."

"보아하니 이 지역 사람도 아닌 것 같은데, 혹시 혼자 다니고 있는 거냐?"

"네, 그런데요."

이제 보니 오지랖까지 넓은 모양이다. 진지하게 응시하고 있는 그의 뒤편으로 쉐리라 불린 소녀가 머리를 짚고 있는 것이 보였다. '또 시작이군.' 굳이 읽지 않아도 무슨 생각을 하는지 훤히 들려오는 것 같았다.

"너처럼 어린 애는 혼자 다니는 거 아니다. 어디로 가는 길이지? 그보다 굉장히 말랐군. 끼니는 제때 챙겨 먹고 다니는 거냐?"

"쓸데없는 참견이시네요."

"뭘 모르는군. 세상을 살려면 남의 호의도 받아들일 줄 알아야 하는 거다. 아니, 이럴 게 아니라 장소를 옮기지."

"무슨……."

대답을 채 잇기도 전에 휴센은 막무가내로 그를 잡아끌었다. 그가 향한 곳은 바로 근처에 있던 작은 식당이었다. 목적을 짐작한 트로웰은 한숨을 내쉬며 팔을 뿌리치려고 했다. 그런데 바로 그 순간 눈앞에 새하얀 잔상이 맺혔다.

어?

트로웰……?

"……!"

맑고 청아한 목소리. 눈을 크게 뜬 누군가가 자신을 보고 놀라고 있었다. 동그랗게 모아진 입술을 보는 순간, 그의 가슴도 뛰기

외전: 그들이 처음 만났을 때

시작했다.

숨이 턱 막히는 충격에 트로웰은 자신도 모르게 걸음을 멈췄다. 갑자기 우뚝 멈춰 선 그가 이상했는지 휴센이 의아하게 바라보았다.

"이봐, 왜 그러지?"

"혜안이……."

"뭐라고?"

되묻는 목소리가 들려왔지만 트로웰은 대답하지 않았다. 아니, 대답할 정신이 없었다고 표현하는 것이 옳을 터였다. 지금 그의 생각은 온통 한 가지에 빠져 있었으니까.

버석했던 가슴이 들썩이며 환희가 가득 차올랐다. 지금까지 단 한 번도 겪어 본 적이 없는 감격에 온몸이 전율했다.

누군가 자신을 발견하고 웃었다.

지금까지 아무리 노력해도 보이지 않았던 미래가, 다시 열리고 있었다.

3.

트로웰은 자신의 눈앞에 놓이는 나무잔을 멍하니 바라보았다. 잔 안에는 불투명한 색의 하얀 액체가 담겨 있었다. 코끝까지 밀려드는 고소한 냄새는 우유였다.

"이봐, 괜찮은 거냐?"

방금 전 그 앞에 잔을 내려놓은 휴센이 맞은편에 앉으며 조심스럽게 물었다. 조금 전부터 이상하리만치 반응이 둔한 그가 신경이 쓰였는지 적잖이 걱정하는 눈빛이었다.

트로웰은 천천히 고개를 끄덕였다. 이러면 안 된다는 걸 알고 있었지만 아직도 온몸의 감각이 붕 떠 있는 것 같았다. 근 7년 만에야 처음으로 본 미래였다. 아마도 가까운 시일 내에 일어날, 혹은 먼 훗날에 일어날지도 모를 어느 날의 일.

혜안을 통해 본 상대가 누군지, 자신과 어떤 관계인지 아직 아무것도 짐작하지 못했지만 그런 건 아무래도 상관없었다. 분명한 건 이 세계가 아직 끝나지 않는다는 사실이었다. 적어도 그 잠깐의 순간에 그가 읽었던 미래는 그랬다.

그곳에서 본 사람들은 웃고 있었고, 주위에는 울창한 녹음이 펼쳐져 있었으며, 하늘 위로 정령들이 춤을 추고 있었다. 그들 중엔 이제는 존재할 리 없는 물의 정령의 모습도 보였다. 수많은 나이아스가, 당연하다는 듯이 살아 숨 쉬고 있었다.

그리고 그 장면은 지금 눈앞에 있는 휴센이란 남자와 연결되어 있었다. 그것이 지금 그가 굳이 따라가지 않아도 될 자리에 일부러 함께 앉아 있는 이유였다.

한순간 열렸던 혜안은 다시 언제 그랬냐는 듯이 닫혔지만, 왠지 그와 같이 있으면 또다시 볼 수 있을 거란 예감이 들었다. 가능하다면 다시 한 번 그 미래를 보고 싶었다. 조금 전의 그것이 꿈이 아니라는 확신이 필요했다.

"몸이 안 좋은 것 같은데……."

"아니, 괜찮아요."

"혹시 뭔가 지병이 있는 건 아니지?"

"네."

단호한 대답에 휴센은 잠시간 미심쩍은 표정을 지었지만 더 이상 추궁하지는 않았다. 그의 입장에서 트로웰은 작고 마른 데다 누더기 같은 후드를 쓰고 다니는 소년일 뿐이었다. 게다가 왠지 몸도 약한 것 같았고, 제대로 대답조차 못 할 만큼 경계심이 강한 것처럼 보였다. 세상 물정 모르고 천진난만하게 살아도 부족한 나이인데 험난한 세상이 그렇게 만든 것 같아 전부 안쓰럽게 느껴졌다.

트로웰 역시 그의 시선에 비친 자신의 모습이 어떤지 알고 있었지만 딱히 신경 쓰지 않았다. 그 시간 이후로부터 이어진 건 단조롭고 형식적인 질의뿐이었다.

"고향이 어디지?"

"여기서 멉니다."

"나이는?"

"편하신 대로 생각하세요."

"어디로 가는 길이지? 앞으로 정착할 곳은?"

"글쎄요, 아직 잘 모르겠네요."

"……이 녀석, 좀 성실하게 대답할 순 없는 거냐?"

"전 충분히 성실하게 대답하고 있는데요."

"나 참, 어린 녀석이 정말 많이 꼬였구나."

대화가 길어질수록 트로웰은 따분함을 느꼈다. 기대했던 혜안은 다시 열리지 않았고, 영양가 없는 대화로만 시간을 때우는 일이 즐거울 리가 없었다. 문득 자신이 여기에서 무엇을 하고 있나 싶은 생각이 들었다. 아까 본 것이 미래인 것이 맞기는 한 걸까? 어쩌면 너무 깊은 생각에 골몰한 나머지 잠시간 착각을 한 걸지도 몰랐다.

인간치고는 제법 강해 보였지만 그의 시선에서 휴센은 매우 평범한 사람이었다. 애초에 혜안이 그에게만 통한다는 것도, 그것이 다시 사라진다는 것도 말이 되지 않는 일이다. 그렇게 판단하고 나자 트로웰은 갑자기 이 상황이 매우 한심하게 여겨지기 시작했다.

당장 이곳을 떠나야겠다. 이번엔 누구의 눈에 띄지 않게 정령의 모습으로 다니는 것도 괜찮겠지.

그는 마음속으로 결심을 굳히곤 나직하게 한숨을 내쉬었다. 그 생각을 알 리가 없는 휴센은 자신의 말에 전혀 귀를 기울이지 않는 트로웰의 모습을 불편하게 응시했다.

"너, 지금 내 말 듣고 있는 거냐?"

"이만 가 봐야겠어요."

"뭐라고?"

"뜻은 알겠지만 별로 도움이 필요한 상황도 아니고, 그리 고맙지도 않네요. 그럼 실례했습니다."

트로웰은 일방적으로 말한 뒤 바로 자리에서 일어났다. 휴센과 쉐리가 매우 황당한 표정을 짓고 있다는 걸 알았지만 아무래도 상관없었다.

"야! 기다려!"

식당의 문을 여는 순간 고함이 울렸다. 뒤에서 붙잡는 손길을 느낀 트로웰은 이번에도 피하지 않고 무심히 돌아보았다. 쉐리가 찌푸린 얼굴로 그를 노려보고 있었다.

"너 그렇게 멋대로 가 버리는 게 어딨어? 정말 너무한 거 아니니?"

"아, 그러고 보니 한 가지 잊은 게 있었군요."

"뭐?"

고개를 끄덕인 트로웰은 품 안을 뒤져 보석을 꺼냈다. 혹시나 쓸 일이 있을까 싶어 정령계에서 챙겨 둔 것이었다. 그에게는 흔히 굴러다니는 꽃잎 그 이상의 가치도 없는 것이었지만 이 땅에서는 꽤 쓸모가 있는 편인 것 같았다.

"자, 받아요."

"이, 이게 뭐야?"

"아까 제 몫으로 주문한 음식값이요."

보면 모르냐는 얼굴로 대답하자 쉐리는 잠시간 얼어붙었다. 그녀는 기가 막힌 표정으로 보석과 트로웰의 모습을 번갈아 바라보앉다.

"이, 이걸 음식값으로 준다고? 이거 하나면 이 식당의 모든 음식을 사고도 남을 거야. 이런 작은 도시에 그만한 돈을 거슬러 줄 곳이 있을 것 같아?"

"아아, 그런 문제인가. 그럼 거스름돈은 딱히 안 줘도 상관없는데요."

"뭐, 뭐어?"

"그냥 가져도 된다고요. 그럼 전 이만."

"하! 이제 알겠다. 너 돈이 썩어 넘치는 애구나? 그래서 남의 호의도 막 무시하는 거야?"

고함이 커지자 식당 안의 시선이 모두 그들에게 향했다. 트로웰은 나직이 혀를 찼다. 방금 전 그녀의 말 때문에 쓸데없는 자들의 신경을 끈 것 같았다. 수군거리는 시선 속에 탐욕과 살기가 깃든 것이 느껴졌다.

인간과 엮이면 이래서 피곤하다. 그가 기나긴 시간 속, 숱한 유희를 보내면서도 인간들의 삶에 직접적으로 뛰어들지 않는 이유가 바로 그 때문이었다. 아무리 사람들의 생각을 읽는 것이 가능해도 그들을 이해하고 판단하는 것은 전혀 별개의 일이다. 그는 인간의 감정을 포용하고 싶지도, 그들의 기분을 배려하거나 똑바로 마주하고 싶지도 않았다.

"……정말 최악이군."

나직하게 중얼거린 말에 쉐리의 눈꼬리가 치켜 올라갔다.

"너 지금 뭐라고……!"

하지만 그녀는 그 이상 말을 잇지 못했다. 지저분한 후드 아래, 가려져 있던 황금색 눈동자를 발견했기 때문이었다. 그 시선과 마주한 순간, 머리부터 발끝까지 아찔한 감각이 사로잡았다. 마치 자신의 모든 것이 간파당하는 것 같은 기분이었다.

"쉐리, 그만해. 사람들 다 있는 데서 뭐 하는 거야?"

그때 급히 달려온 휴센이 뒤에서 쉐리의 입을 손으로 막았다. 이미 얼어 버린 소녀는 아무런 저항 없이 그에게 순순히 잡혔다. 잠시 낭패한 표정으로 주위를 돌아본 휴센은 여전히 무심하게 서 있는 트로웰을 바라보고 살짝 한숨을 내쉬었다.

"……나가서 얘기하자."

*　　　*　　　*

이번에 휴센이 향한 곳은 광장 근처에 있는 작은 공터였다. 간신히 남은 나무의 밑동 몇 개가 이곳이 본래는 숲이었음을 알려 주고 있었다. 잠시간 주위를 둘러본 휴센은 주위에 아무도 없다는 것을 확인한 후 조심스레 트로웰의 표정을 살폈다. 그 옆에서 쉐리 역시 찜찜한 얼굴로 트로웰을 노려보았다. 마음 같아선 마음껏 퍼부어 주고 싶었지만 조금 전 겪은 이상한 기분이 자꾸만 마음에 걸렸다. 그저 눈이 마주친 것뿐인데 그 순간에는 마치 거미줄에 사로잡힌 먹이가 된 심정이었다. 행여 섣불리 나섰다가 또 다시 같은 기분을 느끼고 싶지는 않았다.

"음, 일단 사과부터 하마. 무슨 생각을 했는지는 모르겠지만 네가 오해를 한 것 같다. 나는 정말 널 돕고 싶었을 뿐이야. 혹시 내가 기분을 상하게 했다면 미안하다."

"아뇨……."

휴센의 사과에 트로웰은 살짝 말끝을 흐렸다.

사실 그는 여기까지 따라올 생각도 없었다. 그런데 어영부영 휩쓸리고 나니 어느새 이곳에 서 있는 상태였다. 용병으로서의 실력보다 상대의 정신을 빼놓는 것에 더 탁월한 소질이 있는 것 같았다.

"네게 돈이 많다는 건 알겠다. 하지만 오히려 난 그래서 더 걱정이 되는구나. 어디서 그만한 돈을 구한 건지는 몰라도, 너같이 어린아이가 그렇게 큰돈을 가지고 있다는 걸 알면 사람들이 가만히 두지 않을 거야."

"염려해 주시는 건 감사하지만, 괜찮습니다. 제 몸 하나 정도는 스스로 지킬 수 있어요."

"그렇게 간단하게 대답할 문제가……."

"그럼 어떤 대답을 원하시는 거죠?"

"그건……."

"아니, 그전에 제가 왜 당신에게 이런 걸 설명해야 하는지 모르겠네요. 도대체 언제부터 절 보셨다고 이렇게 신경 쓰시는 겁니까. 혹시 그쪽이야말로 제 돈을 탐내고 있는 건가요?"

물론 아니라는 사실은 알고 있었다. 휴센은 단지 천성이 남을 그냥 두고 보지 못하는 것일 뿐, 돈 따위를 탐내는 사람이 아니었다. 설령 마음을 읽지 못했다 해도, 자신의 사비 전부를 털어 산 음식을 아이들에게 나눠 주는 사람이 그런 욕심을 가지고 있다고는 보기 힘들었다. 그럼에도 그렇게 말한 것은 일부러 그를 질리게 만들기 위함이었다.

지금까지 대계의 경우, 아무리 그에게 관심이 많은 사람이라도 심한 말을 들으면 알아서 떨어져 나갔다. 악의와 거부는 오래 경험하고 싶지 않은 탓이다. 그건 사람의 천성에 관계없이 누구나 마찬가지였다.

"뭐라고? 너 지금 말 다 했어?"

예상했던 대로 쉐리는 바로 격분한 반응을 보였다. 그러나 휴센은 여전히 동요하지 않은 모습이었다.

"미안하다. 그렇게 보일 수도 있다는 걸 생각 못 했군. 하지만 신에 맹세코 절대 그런 의미는 아니다. 난 그저 네게 도움을 주고 싶을 뿐이야."

"이해가 되지 않네요. 제가 필요하지 않다고 하는데 대체 뭘 돕고 싶다는 거죠?"

"하다못해 보호자라도 있다면……."

"제 몸은 스스로 지킬 수 있다고 말씀드렸을 텐데요."

"아니, 하지만……."

"지금 당신의 행동이 절 굉장히 피곤하게 만들고 있다는 건 아나요? 오히려 더 방해됩니다."

"……그래도 넌 아직 어린아이니까."

결국 먼저 항복을 선언한 건 트로웰이었다. 예상보다 휴센은 더 집요했고 고집이 강한 성격이었다. 무시하고 그냥 갈 수도 있었지만 그렇게까지 하지 않는 건 그가 드물게 심성이 선한 사람이기 때문이다. 트로웰은 살짝 주위를 둘러보았다. 그런 그의 시선에 굳게 박혀 있는 바위 하나가 보였다.

'저 정도면 되려나.'

"절 지킬 수 있다는 걸 증명해 보이면 되는 거죠?"

"뭐? 아, 그래."

갑작스런 질문에 당황한 휴센이 서둘러 고개를 끄덕였다. 트로웰은 바위 앞으로 걸어간 다음 두 손으로 그 위를 힘주어 잡았다. 그러자 우두둑, 요란한 소리와 함께 바위가 무리 없이 그의 손에 뽑혀 나왔다. 트로웰은 흙덩이로 엉망인 바위를 가볍게 한 손에 받쳐 들고 돌아보았다.

"이러면 된 건가요?"

"……."

"……."

예상과 달랐던 건 휴센과 쉬리의 반응이었다. 두 사람의 표정은 경악을 넘어 기이하리만치 기괴하게 굳어 있었다. 그것을 보고 트로웰은 살짝 혀를 찼다. 아무래도 너무 과하게 증명해 버린 모양이다.

인간들의 힘은 아직 기준이 명확하지 않아서 어느 정도 선이 적당한지 감이 잘 잡히지 않았다. 그가 유독 장정들과 문제가 생기는 이유도 비슷한 맥락 때문이었다. 붙잡은 손을 뿌리치거나 공격을 간단히 회피했을 뿐인데, 그것이 인간들 사이에선 간혹 큰 문제가 됐다. 그들의 기준에선 당연히 힘으로 져야 할 상대가 오히려 이기는 결과가 되는 것이다. 특히 어려 보이는 외형 때문에 더 그런 문제가 크게 불거졌다.

그래서 유희 중일 때는 좀 더 조심하는 편이지만 아무리 주의를 해도 실수가 생기는 건 어쩔 수 없었다. 정령왕인 그의 기준 자체가 인간과 너무 달랐기 때문이다. 일생 유희만을 반복하며 사는 드래곤들은 도대체 이런 차이를 어떻게 극복하는 건지, 트로웰로서는 그 점이 늘 신기하기만 했다.

'어쨌든 증명은 한 거니까.'

그는 대수롭지 않게 중얼거리며 바위를 다시 원래의 자리에 내려놓았다. 그때까지도 휴센과 쉐리는 그 자리에 가만히 얼어붙어 있는 상태였다.

"그럼 이제 가 봐도 되는 거죠?"

"자, 잠깐."

휴센이 돌아서려는 그의 팔을 황급히 붙잡았다. 트로웰은 찌푸린 얼굴로 그를 바라보았다.

"이번엔 또 뭐죠? 증명은 충분히 한 것 같은데요."

"으음, 아니, 그게 아니라……."

휴센은 선뜻 대답을 잇지 못했다. 그는 아직도 자신이 방금 본 장면을 믿을 수가 없었다. 땅에 박혀 있는 바위를 뽑아내는 것만으로도 이미 엄청난 일이건만, 그것도 모자라 그 큰 바위를 한 손으로 가볍게 들다니! 붙잡은 팔목 아래 가는 뼈대가 느껴져 새삼 더 경악스러웠다. 이 작은 체구 어디에 그런 엄청난 힘이 숨겨져 있는 것인지 이해가 되지 않을 정도였다.

"나는 용병단을 만들 생각이다."

"그렇군요."

"흔한 시정잡배 같은 삼류 용병단 따위를 말하는 게 아니다. 정식으로 길드의 인가를 받은 단이 될 거야. 같이 시작하기로 한 놈들이 몇 있는데 모두 실력도 있고, 심성도 좋은 녀석들이다. 딱히 큰 규제는 없을 거고, 수입은 전부 공평하게 나눌 거다."

"……그래서요?"

"너, 용병이 될 생각 없나?"

예상치 못했던 제안에 트로웰은 황당한 표정을 지었다. 하지만 휴센의 얼굴은 그 어느 때보다 진지했다. 오히려 조금 전보다 더 적극적이 된 것 같았다.

"너의 그 힘은 절대 평범하지 않아. 마땅히 정착할 곳이 있는 게 아니라면 내 제안을 한번 진지하게 생각해 줬으면 좋겠다. 넌 분명 훌륭한 용병이 될 수 있을 거야."

"하아, 감사하지만 거절하죠. 딱히 어딘가에 소속이 되는 건 취향이 아니라서요."

"용병일이라는 게 생각보다 그리 나쁘진 않다. 길드에서 신분 보장을 해 주니 허가를 받지 않아도 항시 무기 소지가 가능하고 여행도 자유롭게 다닐 수 있지. 전장에서 공훈을 세우면 명예도 얻을 수 있어. 너 정도의 힘이라면 단련만 잘해도 금패까지 바라볼 수 있을 거다. 내가 그렇게 만들어 주마."

물론 그가 말하는 것들은 전부 트로웰에겐 필요 없는 것들이었다. 그는 감흥 없는 시선으로 휴센을 바라보며 대답했다.

"대답은 이미 했어요. 거절하겠습니다."

"정말 재고할 생각이 없는 거냐?"

"죄송하지만 별로 끌리진 않네요."

"……그래, 그렇다면 할 수 없지. 나도 억지로 권할 생각은 없다."

휴센은 씁쓸한 표정을 지으며 고개를 끄덕였다. 그러나 여전히 미련이 남는지 바라보는 눈길에 아쉬움이 가득했다.

마지막 인사로 그는 트로웰에게 악수를 청했다. 이번엔 트로웰 역시 거절하지 않고 그의 손을 맞잡았다.

"인연이 닿으면 또 볼 수 있겠지. 만나서 반가웠다."

"저도 좋은 경험이었어요."

"그리고 보니 난 아직 네 이름도 모르는군. 이름이 어떻게 되지? 혹시 다음에 만나게 되면 인사라도 할 수 있게 알아 두고 싶은데."

"아아, 제 이름은……."

딱히 다시 만날 일은 없을 것 같았지만 트로웰은 무심히 머리를 굴렸다. 끝까지 신사적인 태도를 유지하는 휴센을 향한 마지막 호의로. 그냥 대충이라도 지어서 답할 생각이었다.

쉿, 매튜라고 불러야지.

그 순간, 또다시 눈앞이 새하얗게 점멸하기 시작했다. 흠칫 놀란 트로웰은 자신도 모르게 맞잡은 손에 힘을 주었다.

내 유희 중의 이름이야.

속삭이듯 말하는 음성은 분명 자신의 것이었다.
믿어지지 않았지만 착각이 아니었다. 다시 혜안이 열린 것이다.
"매튜……."
"아, 그렇구나. 매튜라, 좋은 이름이군."
그때 무심코 중얼거린 것을 대답으로 들었는지 휴센이 즉각 반응을 보였다. 트로웰은 혼란스러운 얼굴로 그를 쳐다보았다. 의아하게 바라보고 있는 그의 모습 위로, 무언가의 환영이 덧입혀지고 있었다.
아직 인간인지 아닌지 그 형체조차 불분명했지만, 마주한 순간부터 느껴지는 건 짙은 청량감이었다. 단비에 젖은 잔디가 생명력을 뿜어내듯, 이미 오래전에 잃어버렸던 감각이 천천히 살아나는 것 같았다. 그 형체가 자신을 향해 웃으며 말하고 있었다.

잘 부탁해, 매튜.

눈물이 쏟아져 나올 것 같아 그는 입술을 꾹 악물었다. 갑자기 고개를 숙이는 그의 모습이 이상했는지 휴센이 어리둥절해져서 물었다.
"이봐, 매튜. 괜찮은 거냐?"
"……네, 괜찮아요."
"조금 전에도 이랬던 것 같은데. 역시 몸이 안 좋은 것 같다. 당장 의원에게 보이는 것이……."
걱정하는 그를 향해 트로웰은 가만히 고개를 저었다. 혜안은 다시 닫혔지만 이번엔 혼란스럽지도 불안하지도 않았다. 지금 이 순간, 그는 어느 때보다 머리가 맑았다.
"저, 괜찮다면 아까 한 그 제안을 받아들이고 싶은데요."
"응? 무슨 제안…… 혹시 용병이 되겠다고 말하는 거냐?"
뒤늦게 깨달은 의미에 휴센은 당황한 표정을 지었다. 냉정할 정도로 단호하게 거절한 직후에 갑자기 결정을 번복할 거라곤 미처 예상하지 못했던 탓이었다.
"네. 안 되나요?"
"아, 아니다. 네가 제안을 받아 준다면 나야 무척 기쁘지."
"그럼 확정되었네요. 앞으로 잘 부탁드립니다."

"그, 그래. 나도 잘 부탁한다. 쉐리, 너도 인사해라. 이제부터 동료로 지낼 사이니까."

얼떨결에 인사를 주고받은 후, 휴센은 쉐리에게도 트로웰과 악수를 나누게 했다. 쉐리는 마음에 들지 않는 표정을 지었지만 순순히 손을 내밀었다.

"휴센이 단장이니까 결정엔 따라야지. 앞으로 잘 부탁해."

"잘 부탁해요, 쉐리."

"그런데 방금 전까지 싫다고 하더니 갑자기 왜 마음이 바뀐 거야?"

"아아, 별거 아니에요. 희망이라고 해야 하나……."

"희망?"

의아하게 바라보는 시선을 느끼며 트로웰은 나직이 웃었다. 달콤한 꿈을 꾸듯 마음이 들떴다. 오랜만에 느껴 보는 편안한 기분이었다.

"당신들과 함께 있으면 희망을 볼 수 있을 것 같거든요."

캐릭터 프로필

이름: 라피스라즐리
생일: 7월 30일
키: 181cm
종족: 드래곤
계열: 레드
성별: 양성, 주로 지내는 건 남성의 모습.
외형연령: 21세~23세
머리카락과 눈동자 색: 붉은색
소개: 주인공 엘퀴네스의 두 번째 계약자. 자타가 공인하는 천재이자 괴짜 드래곤.

질문을 올려 주신 이공카 카페(http://cafe.daum.net/shakito)의 회원분들의 질문 중에서 임의 선택했습니다. (**스포일이 상당수 포함**되어 있으므로 주의 부탁드립니다.)

(잡소뤼 님의 질문)

Q. 엘이 만약 여신이 된다면 청혼할 것인가요?

A. 뭐? 엘이 여신이 될 리가 있겠어? 그 녀석은 자기가 남자라고 철석같이 주장하는 녀석인데. 게다가 갑자기 마음이 바뀌어서 여신이 된다고 쳐도, 내가 왜 그 녀석에게 청혼을 해야 해? …… 뭐, 그 녀석이 청혼한다면야 굳이 그것까지 막을 생각은 없지만 말이지, 흠흠.

(사흘소녀 님의 질문)

Q. 자신이 엘뤼엔의 전대 엘퀴네스라는 사실을 알았을 때 어땠

나요?

A. 그냥 저절로 납득이 되던데? 내가 워낙 잘났잖아.

Q. 죽고 난 뒤 4천 년 전 영혼의 보석이 되어 엘이 찾으러 왔을 때 기분이 어땠나요?

A. 사실 난 거기가 어디인지도 몰랐어. 그래도 엘이 날 찾고 있다고 생각하니까 그리 기분이 나쁘지는 않던데.

(보랏빛천사 님의 질문)

Q. 엘을 어떻게 생각하나요?

A. 잔소리쟁이에 덜렁이. 쓸데없이 오지랖만 넓은 녀석.

Q. 트로웰을 어떻게 생각하나요?("시꺼먼 꼬맹이" 같은 답변은 아니겠죠?)

A. 그렇게 대답했다간 그 녀석 손에 죽을걸? 근데 시꺼먼 꼬맹이라, 그거 제법 마음에 드는 표현이네. 틀린 말은 아니잖아?

Q. 이사나를 어떻게 생각하나요?(설마 "유희 때 만났던 인간 꼬마"는 아니겠죠?)

A. 거기에 하나 더 추가. 내가 노리고 있던 기회를 가로챈 괘씸한 놈.

Q. 마신 자리는 마음에 드시는지요?(……이 질문은 목숨이 위험할지도 모르겠군요.)

A. 궁금하면 직접 해 보시지. 젠장, 신은 탱자탱자 놀기만 한다고 한 녀석 대체 누구야? 죽여 버리겠어!

(A.RIN♣ 님의 질문)

Q. 솔직히 엘을 진심으로 좋아하는 것 맞아요……?

A. 싫어하진 않아. 그럼 된 거 아니야?

(황초아 님의 질문)

Q. 신이 되어서 좋은 점과 나쁜 점은?

A. 예전보다 할 수 있는 게 더 많아졌지. 단점은, 할 수 있는 걸 누릴 시간이 없어.(제기랄)

Q. 앞으로 다시 내세로 가고 싶다거나 그럴 예정이 있나요?

A. 엘뤼엔이 말하길, 앞으로 만 년 정도는 어림도 없다더군. 카노스 그 자식은 대체 일거리를 얼마나 쌓아 놓은 거야? 이거 처리하기 귀찮아서 그냥 소멸한 거 아냐?

(Teplly 님의 질문)

Q. 당신 왜 그렇게 존잘남인가요? 그리고 저 당신에게 반했어요. 저 책임질 수 있나요? 아, 제발…… 저는 정말정말 진지해요.

A. 훗, 나한테 반하는 거야 당연하지. 당연한 일에 책임을 지라니 너무 무리한 요구를 하는군. 뭐, 앞으로도 계속 날 좋아해도 좋아. 그 정도는 특별히 허락해 줄게.

(느긋화분 님의 질문)
Q. 만약 엘이 전대 엘퀴네스처럼 차갑고 도도했다면, 자신을 계속 거부했다면 어떻게 했을 것인지?
A. 내가 만든 결계는 어차피 소용없었을 거고, 끝까지 거절했다면 나도 포기했겠지. 약속은 지키라고 있는 거니까.

Q. 여성체로 살았을 때, 아름다운 모습에 그 성격인 자신을 주변인들은 어떻게 봤나요? 신경 안 썼나요?
A. 내 주변인들이야 나를 칭송하고 흠모하기에 바빴…… 아니, 근데 내 성격이 어디가 어때서??

소원성취

어쨌든 변신 ★

순정・나초

드래곤 길들이기

나는 아빠다

아무튼 해결!